Andrea Eichhorn

Liebesglück in Tirol

Andrea Eichhorn

Liebesglück in Tirol

Roman

rosenheimer

www.rosenheimer.com

Titelfoto: © mRGB – Fotolia.com (oben) und
Photolyric – iStockphoto.com (unten)
Lektorat: Iris Erber, Aistersheim
Satz: SATZstudio Josef Pieper, Bedburg-Hau
Druck und Bindung: GGP Media GmbH, Pößneck
Printed in Germany

ISBN 978-3-54424-8

1

Liebe Frau Blauensteiner, unser diesjähriger Urlaub bei Ihnen war so schön, dass wir – gestern erst nach Stuttgart zurückgekehrt – bereits wieder Heimweh nach den traumhaften Tiroler Bergen haben! Deshalb (und da wir wissen, wie schnell die entzückenden zehn Zimmer Ihrer Pension ausgebucht sind) wollen mein Mann und ich für dieses Jahr in den ersten drei Juliwochen »unser« Zimmer »Glücksgefühl« reservieren. Übrigens, dass eine so umwerfend hübsche und sympathische Frau wie Sie Single ist, kann ich nicht länger hinnehmen! Ich werde alle verfügbaren attraktiven Männer in meiner Bekanntschaft durchgehen und nach Kirchberg in Tirol schicken! Machen Sie sich auf etwas gefasst!
Herzliche Grüße
Ihre treuen Gäste und Wahl-Tiroler Bernd und Grit Jakobs

Huch, bei so viel Überschwänglichkeit wurde einem ja ganz schwindelig! Als Rosa bei den letzten Sätzen der E-Mail angelangt war, konnte sie nicht anders, als laut loszuprusten. Vom gegenüberliegenden Schreibtisch streckte Kathi ihren Kopf mit dem schicken kupferroten

Kurzhaarschnitt hinterm Bildschirm hervor. »Was gibt's denn bei dir Lustiges, das dich so zum Lachen bringt?«

Ihr breites Grinsen ließ kaum einen Zweifel daran, dass sie für eine kleine Abwechslung äußerst dankbar war. Bereits seit einer Stunde mühte sie sich durch die aktuelle Buchhaltung von Rosas Ferienpension, kam bis jetzt aber auch nicht so richtig weiter. Einigermaßen seltsam das Ganze ... »Irgendwas stimmt nicht mit der Abrechnung«, hatte ihr die alte Schulfreundin zwei Tage zuvor bei einer Tasse Kaffee erzählt. Rosa hatte nicht den blassesten Schimmer, warum sich eine Summe von fast zweitausend Euro scheinbar in Luft aufgelöst hatte.

»Ich schau's mir an«, hatte sie, ohne auch nur eine Sekunde zu zögern, erwidert.

Dafür war ihr Rosa mehr als dankbar. Nun ja, im Grunde war es ihr auch total unangenehm, denn Kathi ließ sich dafür keinen Cent zahlen, höchstens mit frischem Strudel belohnen. Als Besitzerin eines gut besuchten Friseursalons im Nachbarort Kitzbühel hatte sie an ihrem freien Montag bestimmt weitaus Besseres zu tun, als vor der Abrechnung der »Willkommen im Glück«-Pension zu versauern. Aber das war eben Kathi, wie sie leibte und lebte: Wenn sie von etwas überzeugt war, ließ sich die zarte Powerfrau nur sehr selten davon abbringen. »Du weißt ja, ich kann nicht nur gut mit Haaren, sondern auch ganz passabel mit Zahlen – und außerdem krieg ich bei dir den besten Apfelstrudel von ganz

Tirol«, war ihr abschließender Kommentar dazu gewesen.

Der im Übrigen keinen Widerspruch duldete.

Jetzt schaute sie ihre Freundin wissbegierig an, musste aber warten, bis die sich einigermaßen beruhigt hatte. »Die Leute machen sich einfach ganz schön viele Gedanken um meinen – wie sagt man heute so schön – ›Beziehungsstatus‹ …«, erklärte die schließlich.

Beim letzten Wort malte sie grinsend Gänsefüßchen in die Luft. Die andere verzog fast enttäuscht den Mund. »Geht's auch ein bisserl genauer?«

Rosa nickte und las die nett gemeinte »Drohung« von Grit Jakobs laut vor. »Oh … na, dann mach dich mal auf was gefasst!«, lachte Kathi derartig schallend, dass ihre kupferroten Fransen geradezu vibrierten.

»Ist dann wohl bald endgültig vorbei mit deinem ruhigen Mauerblümchendasein …«

Und mit einem Augenzwinkern fügte sie hinzu: »Vielleicht schafft diese Frau Jakobs das schier Unmögliche und holt dich mit einem feschen Prinzen raus aus dem Dornröschenschloss … hinter der dichten, dichten Dornenhecke … mir ist das ja bis jetzt nicht gelungen.«

Die andere verdrehte ihre großen braunen Augen. Jetzt kam das schon wieder! Kathi, die seit fast sechs Jahren mit ihrem Johann in einer zwar turbulenten, aber nichtsdestotrotz, davon war sie fest überzeugt, ausnehmend glücklichen Beziehung lebte, konnte einfach nicht begreifen, dass ihre Freundin auch alleine recht zufrieden war. Insgeheim vermutete Rosa sogar, dass sie in ihrem Kitzbüheler Friseursalon heimlich eine Liste führte, welcher Kunde für ihre Single-Freundin in Betracht kam – vielleicht sogar mit Sternchen-Bewertung wie bei den Hotels, das wäre ihr durchaus zuzutrauen. Und wofür Kathi die meisten Sternchen vergab, wollte sie gar nicht wissen … Wäre sie jetzt Frau Jakobs, hätte sie hinter diesem Gedanken bestimmt mindestens ein Smiley platziert. Apropos Frau Jakobs: Die resolute Stuttgarterin war höchstwahrscheinlich die leidenschaftlichste Kupplerin, aber beileibe nicht die einzige. Auch andere Feriengäste, Freunde und Bekannte wollten genau den »Richtigen« für Rosa an der Angel haben. Es war zum Verzweifeln – oder einfach nur zum Totlachen. Tja, augenscheinlich gab sie ein ziemlich jämmerliches Bild vor ihren Mitmenschen ab, da brauchte sie sich gar nichts vorzumachen. Dabei hatte sie sich bereits seit einiger Zeit heimlich geschworen: Noch ein einziges arrangiertes Date von irgendwem, und sie würde mindestens einen mittleren Schreikrampf kriegen! »Brauchst dir keine Sorgen um mich machen. Irgendwann lerne ich bestimmt jemanden kennen, bei dem's ›Zoom‹ macht – so wie in ›Tausendmal berührt‹ oder wie das Lied auch immer heißen mag«, erklärte sie jetzt bemüht locker und vertiefte sich scheinbar wieder in ihre E-Mails. »Passt ja für dich wie die

Faust aufs Auge«, ließ sich Kathi jetzt vom anderen Schreibtisch halblaut vernehmen.

Unwillkürlich musste sie schlucken. Mist, sie war ja selbst schuld, dass sie ausgerechnet mit diesem Lied dahergekommen war … geradezu eine Einladung an Kathi, um auf Rosas äußerst peinliche Verliebtheit in Christian anzuspielen, den sie beide seit der Schulzeit kannten. Die Unmengen von kitschigen Herzchen, die in ihren Augen jahrelang wie betrunken auf und ab getanzt hatten, waren ja für jeden offensichtlich. Und absolut jämmerlich, wie sie sich nun selbst eingestehen musste. Obwohl sie sich dagegen wehrte, schob sich wieder einmal das Bild des großen, schlaksigen Mannes vor ihr inneres Auge. Warum nur, warum, stöhnte sie innerlich auf. Langsam reichte es wirklich! Aber nein, da war er! Dunkelblond, mit dem charakteristischen Wirbel über der Stirn, wodurch seine Haare immer ein wenig widerspenstig wirkten, sah sie den Gynäkologen aus Kitzbühel vor sich stehen. Mit dummerweise wahnsinnig schönen grüngrauen Augen und diesem ehrlichen und doch so verheißungsvollen Lächeln, das wie auf Knopfdruck Gänsehaut auf ihre Arme zauberte. »Für immer und ewig bleiben wir die besten Freunde der Welt«, hatte er als Sechzehnjähriger zu ihr gesagt, wie sie nebeneinander auf einer Kitzbüheler Alm im Gras gesessen hatten.

Und sie? Sie hatte eifrig genickt, wie so ein belämmerter Wackeldackel, obwohl sie doch schon damals längst bis über beide Ohren in den feschen Burschen verknallt gewesen war. Danach hatte er sie ganz seltsam angeschaut, während sie mit eher bescheidenem Erfolg versucht hatte, die rasant aufsteigenden Tränen wegzublinzeln. »Die Sonne blendet total stark«, hatte sie schließlich hektisch erklärt und war aufgesprungen. Danach hatte sie sich besser im Griff gehabt, jahrelang nichts anderes behauptet, als dass sie in ihm wirklich nur einen guten Kumpel sah. Also offiziell rein gar nix mit »Zoom gemacht« ... Sogar Kathi, vor der sie sonst keine Geheimnisse hatte, wollte sie nichts von ihren Gefühlen erzählen. Und insgeheim – wie dusselig war das denn? – hatte sie nichtsdestoweniger immer auf ein Zeichen von Christian gewartet. Auch als er in München Medizin studiert hatte. Und dann – trara! – als er im letzten Jahr nach Kitzbühel zurückgekommen war, hatte dieses Zeichen direkt vor ihrer Nase auf endlos langen Giraffenbeinen gestanden: In Gestalt von Ines, Christians ehemaliger Studienkollegin und aktueller Lebensgefährtin, die sich nun im Krankenhaus von Kitzbühel zur Kinderärztin ausbilden ließ. »Es war nur eine dumme, kleine Schwärmerei«, hatte sich Rosa bestimmt tausendmal wie ein Mantra im Stillen vorgebetet.

Und es irgendwann sogar selbst ein wenig geglaubt. Ja, sie konnte eigentlich recht zufrieden sein, denn mit jedem Tag tat es ein bisschen weniger weh. Kleine Rückschritte gab es nur, wenn Christian ihr begegnete. Der hatte ja zum Glück immer noch keine Ahnung, streute ihr so aber auch unwissentlich bei jeder seiner innigen Umarmungen so richtig schön Salz in die Wunden. Und danach spürte sie immer einen seltsamen Druck auf der Brust, der sich erst nach Stunden verflüchtigte. Kein Wunder, dass sie ihrem »Kumpel« inzwischen so weit wie möglich aus dem Weg ging. Und dass er, wenn sie ihm wieder mal absagte, darüber ziemlich niedergeschlagen zu sein schien, das war ausnahmsweise einmal nicht ihr Problem.

Sie atmete tief durch, spürte verärgert, wie sich ihr Puls gehörig beschleunigt hatte. Auch jetzt, obwohl sie die Sache mit Christian endlich überwunden hatte, tat es ihr nicht gut, an ihn zu denken. Schnell schaute sie aus dem geöffneten Fenster, atmete einige Male tief durch, konzentrierte sich auf den Ausblick … ja, viel, viel besser. Immer wieder herrlich war es für sie, ihre idyllische Heimat zu betrachten, die Berge und Almen, die einfach wunderschön, geradezu wie eine Postkartenidylle aussahen. Und wieder mal freute sie sich darüber, was für einen fantastischen Ausblick sie von ihrem Bürofenster im ersten Stock hatte. Die kleine Pfarrkirche mit dem schlanken, hohen Kirchturm vor ihr, dahinter der Gaisberg mit seinen jetzt im Mai besonders frischen grünen Wiesen. Und darüber thronte eine strahlende Sonne am nahezu wolkenlosen blauen Himmel. Nach den letzten Regentagen meinte sie es nun endlich gut mit den Urlaubern, die zum

Wandern nach Tirol gekommen waren und bereits ein wenig missmutig aus der Wäsche geschaut hatten.

Für einen Moment schloss Rosa die Augen, während sie sich bemühte, der Wahrheit ins Gesicht zu sehen. Okay, vielleicht war diese dumme Schwärmerei für Christian wirklich nicht ganz unschuldig an ihrem Single-Dasein gewesen. So richtig verliebt hatte sie sich bis jetzt in keinen anderen Mann. Und Affären waren auch absolut nicht ihr Ding, wie sie sich nach einem eher desaströs verlaufenen One-Night-Stand hatte eingestehen müssen. Sie wagte einen kurzen Blick Richtung Kathi. »Das, was du meinst, ist schon lange vorbei. Schnee von gestern, was sag ich, von vorgestern sozusagen«, murmelte sie.

Prompt lachte ihre Freundin ungläubig auf. »Bitteschön, wenn du das so sagst …«

»Es ist aber wirklich so!«, erklärte die andere vielleicht einen Hauch zu energisch.

Mist, sie merkte ja selbst, dass sie sich dabei wie ein trotziges Kind anhörte. Nein, so machte sie die Sache wirklich nicht besser. Aber ehrlich über Christian zu reden, das schaffte sie einfach nicht. Herrje, sie musste endlich an etwas anderes denken, am besten an jemand anderen … und wirklich, auf einmal breitete sich ein angenehmes Gefühl in ihrer Brust aus. Sicher, bis jetzt war alles völlig unverfänglich gewesen. Poetischere Menschen als sie würden es vielleicht als »zartes Pflänzchen« bezeichnen. Aber ehrlich gesagt war es nicht mal das. Bloß ein paar nette Gespräche und eine sehr herzliche Umarmung zum Abschied ... und nun ein paar E-Mails und Anrufe, völlig freundschaftlich gehalten. Eigentlich gar nicht erwähnenswert, außer man war ein dreizehnjähriger weiblicher Teenager, der Jungs endlich nicht mehr doof fand und auf den ersten Kuss hoffte ... und dennoch, der Mann schien sie zu verstehen, konnte offenbar bis auf den Grund ihrer Seele schauen, obwohl sie sich kaum kannten.

Da schnalzte Kathi auf einmal mit der Zunge. »Vielleicht sollten wir dir die Haare blond färben, das wirkt wie ein Magnet auf die Mannsbilder!«

Rosa schüttelte den Kopf, so dass ihre schulterlangen braunen Locken nur so flogen. »Nein, danke, ich bleib bei meiner eigenen Haarfarbe. Und wenn du es ganz genau wissen willst ...«

Sie machte eine bedeutsame Pause, und wie auf Kommando riss ihre Freundin die Augen auf. »Rück schon raus, Mädel! Oder ich fall auf der Stelle tot um!«

Rosa atmete tief durch. Sie wusste gar nicht so richtig, wo sie beginnen sollte. »Also«, fing sie schließlich an und merkte dabei selbst, wie sie versonnen zu lächeln begann.

Menschenskind, sie interpretierte wirklich viel zu viel in die ganze Sache hinein. Wieder ließ sie ihren Blick durchs Fenster nach draußen schweifen, betrachtete die weiß-braun gefleckten Kühe, die ganz in der Nähe auf einer Weide standen und sich das frische Gras schmecken ließen. Melodisch bimmelte die Glocke der Leitkuh, die recht energisch quer über die Wiese stapfte, offenbar duftete es dort hinten nach ganz besonders leckeren Kräutern. Traumhaft musste es sein, durchs frische Grün zu wandern, anstatt hier im Büro zu hocken … Besonders mit Florian, dem Maschinenbauingenieur aus Nürnberg mit den breiten Schultern und äußerst attraktiven Grübchen in den Wangen. Vielleicht würden sie sich zwischen blauem Enzian und Almrausch irgendwann tatsächlich küssen. So wie es vor drei Wochen um ein Haar passiert wäre, an Florians letztem Tag in ihrer Pension, als er sie zum Abschied einfach in den Arm genommen hatte. Tja, aber dann war Maria, ihre Angestellte, auf einmal ums Eck gekommen, und weil Rosa das Gesicht rasch zur Seite gedreht hatte, war Florians Kuss statt auf ihrem Mund auf ihrer Wange gelandet … »Erde an Blauensteiner! Bist du noch unter uns?«

Schützend hielt Rosa die Hände vor den Körper, aber zu spät. Kathi konnte es sichtlich nicht mehr erwarten, die Geschichte serviert zu bekommen und hatte eben einen Kugelschreiber nach ihr geworfen. Peng, war er auf Rosas Schulter gelandet und hatte noch dazu einen kleinen blauen Fleck auf ihrem weiß-roten Ringelshirt hinterlassen. »Aua! Ist ja schon gut!«, schrie sie entrüstet, begann aber endlich zu erzählen.

Nach zehn Minuten hatte sie wohl noch jedes klitzekleine Detail ihrer Begegnung mit Florian geschildert. Tja, erstaunlich, die Worte sprudelten geradezu aus ihr heraus. Während sie erzählte, wurden Kathis Augen immer größer. »So kenne ich dich ja gar nicht!«

Begeistert sprang sie auf und fiel der Freundin um den Hals. »Klingt ja nach so was von Traummann«, seufzte sie schließlich, als sie sich ein wenig beruhigt hatte, und klang dabei verdächtig rührselig.

Dann schob sie Rosa ein Stück von sich fort, zwinkerte ihr nun, wieder ganz die gewohnt resolute Friseurmeisterin, spitzbübisch zu. »War aber auch höchste Zeit! Sonst hätte ich dir glatt den Titel ›Mauerblümchen des Jahres‹ verliehen – samt selbst gemalter Urkunde und Plastikstatuette.«

»Na, herzlichen Dank auch!«, erwiderte Rosa gespielt empört, musste aber sofort wieder loslachen.

»Blink!«, meldete sich genau in dieser Sekunde ihr Computer und signalisierte so den Eingang einer E-Mail.

Kathi hob demonstrativ eine Augenbraue. »Vielleicht Florian?«

»Ach komm, das kann alles Mögliche sein!«

Sie winkte betont lässig ab, spürte aber gleichzeitig, wie es in ihrem Bauch auf einmal leicht zu kribbeln begann. »Schau doch einfach mal nach!«, sprach da Kathi ein Machtwort und reckte hinter ihrer Freundin den Hals, als die endlich die Computermaus bewegte.

»Jetzt hör dir das mal an«, erklärte Rosa gleich darauf mit einem leisen Seufzer.

Und las zum zweiten Mal an diesem Vormittag eine E-Mail vor:

Liebe Rosa, beim Aufwachen denke ich an dich, beim Einschlafen genauso. Und die restliche Zeit? Tagsüber gehst du mir nicht mehr aus dem Kopf, in der Nacht träume ich von dir. Wie soll das bloß weitergehen? Ich sag's dir: So gar nicht! Ich will dich nämlich reden und lachen hören und dir dabei in deine schönen dunkelbraunen Augen sehen. Sonst sterbe ich noch vor Sehnsucht! Ich habe mir eine Woche Urlaub genommen und könnte bereits morgen vor deiner Tür stehen und eines deiner Ferienzimmer beziehen.

»Na, der geht ja ganz schön ran!«, kicherte Kathi los wie ein Teenager.

»Findest du?«

Sie schluckte, im ersten Moment fühlte sie sich tatsächlich ein wenig überrumpelt. Das waren ja ganz neue Töne. Doch das winzige Unbehagen verschwand sofort, machte einem wohligen Gefühl in der Brustgegend Platz. War es nicht großartig, dass Florian sie gern hatte und keinen Hehl daraus machte? Genau das war's doch! Viel zu lange hatte sie wie eine Blöde Christian hinterhergehechelt und gehofft, dass er irgendwann das Gleiche für sie empfinden würde wie sie für ihn. Wie lächerlich konnte man sich denn noch machen? Es schüttelte sie ja geradezu, wenn sie daran dachte, wie sie bis vor Kurzem, obwohl Christian ja mit Ines zusammenlebte, immer noch insgeheim davon geträumt hatte, dass der Mann quasi über Nacht in heller Liebe zu ihr entflammen würde. Himmel auch! Kathi stieß sie jetzt breit grinsend in die Seite. »He, das hab ich doch nicht so gemeint! Aus mir spricht nur der Neid, weil der Johann niemals so was Süßes schreiben würde!«

»Aber geh! Sei doch ehrlich, wenn der Johann mit so was Schmalzigem daherkäme, würdest du ihm glatt einen Vogel zeigen«, antwortete sie mit hochgezogenen Augenbrauen.

Die andere gluckste. »Hast wahrscheinlich recht … aber wichtig ist doch, dass dir das Schmalz gefällt … und jetzt solltest du gleich mal antworten!«

»Ich weiß nicht so recht …«, überlegte sie laut.

Irgendwas sträubte sich noch in ihr. Es war schließlich etwas ganz anderes, ein wenig aus der Ferne zu flirten, als sich zu verabreden. Und dann wollte der Mann noch eine ganze Woche bei ihr wohnen! Okay, bei ihr wohnten zwar immer wieder Leute, das hatte es so an sich, wenn man eine Frühstückspension sein Eigen nannte, aber das hier war doch etwas völlig anderes. Huch, irgendwie lief das alles so irrsinnig schnell! Auf einmal war sie sich gar nicht mehr sicher, ob sie das überhaupt wollte. Vielleicht brauchte sie noch ein bisschen mehr Zeit, um endgültig mit Christian abzuschließen. Da räusperte Kathi sich vernehmlich. »Übrigens … ich hab gestern in Kitzbühel beim Bäcker die Ines getroffen.«

Sie machte eine kurze Pause, so als ob sie ihrer Freundin die Gelegenheit geben wollte, sich zu erinnern, wer diese Ines denn eigentlich sei. Rosa verdrehte die Augen – langsam reichte es wirklich mit dem blöden Versteckspiel. »Und, was hat sie erzählt?«, fragte sie und merkte dabei ärgerlicherweise, wie ihre Stimme leicht zitterte.

»Sie und Christian wollen im September heiraten. Seine Frauenarztpraxis läuft schon ganz gut, und jetzt können sie in Ruhe ihre Traumhochzeit planen.«

Mitfühlend strich sie der Freundin, die die letzten Worte nur mehr wie durch einen Nebel mitgekriegt hatte, über den Oberarm. »Ich glaub, es wird echt mal Zeit …«

Rosa schluckte. »Wo du recht hast, hast du recht …«

Nein, sie würde jetzt nicht zu heulen beginnen. Stattdessen ließ sie sich auf ihren Stuhl fallen, straffte den Rücken und begann, entschlossen zu tippen:

Lieber Florian, ich würde mich auch sehr freuen, wenn wir uns wiedersehen. Aber bitte lass uns nichts überstürzen! Schauen wir einfach, was die gemeinsame Woche bringt. Auf jeden Fall steht das Zimmer »Traumland« für dich bereit. Bis morgen und viele Grüße …

Sie warf einen raschen Blick zu Kathi, die nickte zustimmend. »Ist vielleicht gar nicht schlecht, wenn du ihn ein bisschen bremst … sonst macht er dir in drei Tagen noch einen Heiratsantrag!«

»Ha, ha … sehr witzig.«

Bevor sie es sich noch anders überlegen konnte, drückte sie rasch auf »Senden«. »Braves Mädchen«, murmelte Kathi, dann schien ihr wieder einzufallen, warum sie eigentlich hier war.

Ausgiebig reckte sie ihre Arme über den Kopf, setzte sich danach vor den anderen Computerbildschirm, um ihren Blick erneut über Zahlenkolonnen wandern zu lassen. »Was ist eigentlich mit der Therese? Zahlst ihr noch was?«

Unmerklich zuckte Rosa bei der Nennung des Namens ihrer fünf Jahre älteren Schwester zusammen. Noch so eine Baustelle in ihrem Leben … Keine Frage, es tat ihr immer noch weh, dass Therese sie nicht besonders mochte. Und das war noch milde ausgedrückt: Im Grunde hasste ihre ältere Schwester sie, da brauchte sie sich gar nichts vorzumachen. Das Äußerste, was von ihr kam, war hin und wieder mal eine Karte zum Geburtstag. Und trotzdem beschlich Rosa jedes Mal ein schlechtes Gewissen, wenn sie an ihre Schwester dachte. »Letzten Monat … ja, genau … im April war es das letzte Mal«, antwortete sie jetzt und hoffte dabei inständig, dass Kathi ausnahmsweise mal nicht ihren Senf zu diesem Thema dazugeben würde.

Zum Glück sagte sie nichts, runzelte bloß die Stirn. Auch so wusste Rosa, dass die Freundin ihre Entscheidung, der älteren Schwester dreißigtausend Euro als Ausgleich zu ihrem eigenen Erbe in Raten zu bezahlen, im besten Falle als unrettbar gutherzig bis völlig durchgeknallt bewertete. Verständlich, denn Rosa konnte nun mal nichts dafür, dass Tante Grete ihr alleine den alten Bauernhof, der nun zur Ferienpension mit kleinem Streichelzoo umgebaut worden war, vermacht hatte. Als die Eltern der beiden Mädchen vor zwölf Jahren bei einem Autounfall gestorben waren, war Rosa erst vierzehn, Therese neunzehn Jahre alt gewesen, hatte bereits in München eine Modeschule besucht und dort in einem Studentenwohnheim gelebt. So war bloß Rosa, völlig traumatisiert nach dem plötzlichen Tod der Eltern, zu Tante Grete in ihr altes Bauernhaus mit den vielen Hühnern gezogen. Die um einiges ältere Schwester des Vaters mochte vielleicht eine einfach gestrickte und etwas bedächtige Frau gewesen sein, aber sie hatte ihren Schützling geliebt und umsorgt wie ein eigenes Kind, und das junge Mädchen hatte ebenfalls sehr an der Tante gehangen. Rosa hatte es auch gar nicht fassen können, als Grete vor fünf Jahren mit Mitte siebzig nach einem schweren Schlaganfall gestorben war. Hatte der alten Frau, die sie sieben Jahre lang wie eine Mutter behütet hatte, viele Tränen nachgeweint. Im Gegensatz zu Therese, die Tante Grete, in ihren Augen »ein strunzdummes Bauernweiberl«, nie wirklich hatte besonders leiden können.

Rosa hielt für einen Moment den Atem an. Als ob es erst gestern gewesen wäre, sah sie die Szene bei der Testamentseröffnung in der Kanzlei des Notars vor sich.

Mit glühenden Wangen wetzte Therese auf dem schweren Stuhl hin und her, konnte es sichtlich kaum erwarten, dass Doktor Steinfellner, der Notar von Kirchberg, endlich anfing, Tante Gretes Testament vorzulesen. Dabei wirkte sie wie ein aufgeregtes Schulmädchen und trotz ihrer topmodischen, engen schwarzen Lederhose und der hohen Stiefeletten gar nicht mehr wie die trendige, stets coole Münchner Modedesignerin, als die sie sich so gerne präsentierte. Dabei würdigte sie ihre jüngere Schwester, damals einundzwanzig, die im braven Dirndl neben ihr wie ein Häufchen Elend hockte, keines einzigen Blickes. »Wie lange dauert es denn noch?«, fragte sie ungeduldig den Notar, der eben noch dabei war, seine Unterlagen zu ordnen.

»Keine Sorge, es geht schon los.«

Steinfellner warf ihr einen kühlen Blick zu. Einen Bruchteil einer Sekunde lang glaubte Rosa sogar ein spöttisches Lächeln zu erkennen, das seine Lippen umspielte. Aber vielleicht hatte sie sich das auch bloß eingebildet. Mit ruhiger Stimme, scheinbar ohne jede Gefühlsregung, las er das Testament bis zum letzten Satz vor. Danach war es einen Moment lang so ruhig in dem eichenholzgetäfelten Raum, dass man die sprichwörtliche Stecknadel hätte fallen hören können. Doch schon in der nächsten Sekunde schnappte Therese wie eine Ertrinkende nach Luft, um dann mit hochgeschraubter Stimme loszukreischen: »Wie bitte? Rosa erbt von der alten Schachtel alles allein? Den ganzen Hof?«

»Exakt«, kam die Antwort des Notars wie aus der Pistole geschossen.

Rosa warf abwechselnd ihm, dann Therese einen entsetzten Blick zu. Ihr Magen hatte sich verkrampft, und sie musste mehrmals schlucken, um nicht auf der Stelle in Tränen auszubrechen. Heute noch lief ihr ein eisiger Schauer den Rücken hinunter, wenn sie an den wutverzerrten Ausdruck im Gesicht ihrer Schwester dachte. »Alles kriegst du! Nachdem uns unsere Eltern nichts als Schulden hinterlassen haben … hast ja ganz wunderbar eingefädelt … du kleine, fiese Egoistin!«

»Aber ich hab doch gar nix gewusst … und verstehe auch nicht, warum Tante Grete das getan hat.«

Obwohl Rosas Erklärung der reinen Wahrheit entsprach, sprang Therese schäumend vor Wut auf. »Wer's glaubt, wird selig!«, zischte sie, rauschte an Rosa vorbei, die ebenfalls aufgestanden war.

Als sie die Jüngere grob an der Schulter streifte, entschuldigte sie sich nicht, sondern starrte Rosa nur hasserfüllt an. Ein scharfer Schmerz schoss ihrer Schwester bis in die Brust, obwohl es doch bloß ein leichter Rempler gewesen war. Bereits am nächsten Tag schlug sie Therese die dreißigtausend Euro als Ausgleichszahlung vor. Ohne mit der Wimper zu zucken, nahm die das Angebot an. Und dennoch, bis heute war es offensichtlich, dass Therese ihre jüngere Schwester verabscheute.

»Tja, dann muss ich wohl weitersuchen«, holte Kathi Rosa wieder in die Gegenwart zurück.

Die runzelte die Stirn. »Tut mir echt leid, dass du dir so viel Arbeit machst!«

»Ach, das tu ich doch gern … Und jetzt werd ich erst so richtig neugierig!«

Sie zwinkerte ein paar Mal. »Kannst mich gerne Sherlockine Holmes nennen!«

Ihre Freundin schmunzelte, merkte auf einmal, wie Kathi sie liebevoll anschaute. »Außerdem bin ich total stolz auf dich, dass du die Pension so super schupfst. Quasi aus dem Nichts hast du es geschafft, dass jeder Gast wiederkommt, ja am liebsten gleich bei dir einziehen möchte!«

Rosa, der so viel Lob richtig unangenehm war, winkte ab. »Im Grunde hab ich einfach nur viel Glück gehabt … und supernette Gäste, die weitererzählen, wenn es ihnen hier gefällt.«

»Aber sicher.« Kathi, die merkte, wie Rosa sich vor Verlegenheit wand, kam wieder zur eigentlichen Sache. »Bezahlen nicht viele auch in bar?«

»Schon, aber das Geld bringen Maria oder ich einmal die Woche auf die Bank, und im Moment ist nichts offen.«

»Aha, Maria …«

Energisch schüttelte Rosa den Kopf. Über ihre Mitarbeiterin, die von Anfang an dabei war, ließ sie nichts kommen. Seit fünf Jahren arbeitete die sechzigjährige Witwe bei ihr; eigentlich seit dem Eröffnungstag der Ferienpension »Willkommen im Glück«. Von ihr war auch der Vorschlag gekommen, die zehn Zimmer, anstatt sie einfach zu nummerieren, mit klingenden Namen wie »Herzenswärme«, »Kinderlachen« oder »Liebeszauber« zu versehen. Rosa hatte die Idee umwerfend gefunden – und erfreut gemerkt, dass sie auch bei ihren Gästen unglaublich gut ankam. Und jetzt war Maria so was wie das »Mädchen für alles«, putzte die Zimmer, half beim Frühstücksbuffet und fungierte insgesamt als die gute Seele des Hauses. »Du, wirklich … für sie lege ich meine Hand ins Feuer«, erklärte Rosa nun mit Nachdruck.

Kathi setzte eben zu einer Antwort an. Doch ausgerechnet jetzt wurde von außen die Bürotür aufgerissen.

»Da bist du ja!«

Große blaue Kinderaugen schauten Rosa vorwurfsvoll an und zauberten sofort ein Lächeln auf die Gesichter der beiden Frauen. Zu niedlich sah die fünfjährige Nele aus Köln aber auch aus in ihrem rosa geblümten Kleiderl und mit den zwei geflochtenen blonden Zöpfen! Wie ein kleiner Engel, der jetzt aber eher wie ein trotziges Teuferl die Unterlippe vorschob. »Wir wollten doch gemeinsam zu den Kaninchenbabys gehen!«

»Aber sicher, Nele!«

Rosa beugte sich zu ihr. »Ich hab's auch nicht vergessen!«

»Na, dann gehen wir doch!«

Zappelig fasste ihr im Moment jüngster Gast nach ihrer Hand. »Darf ich ihnen Namen geben? Ich weiß auch schon ganz tolle: Murmel für das Braune … und Schneeflocke für …«

»Das Weiße?«, fragte Kathi mit treuherzigem Blick nach.

Nele rollte mit den Augen. »Na, logo!«

Die beiden Frauen tauschten einen raschen Blick aus, bemühten sich, dabei ernst zu bleiben. »Ist es okay, wenn ich dich ein bisserl allein lasse?«, fragte Rosa die Freundin.

»Na, logo!« Kathi grinste breit, ging dann wie bei Karate in Kampfstellung. »Mit deiner Abrechnung werde ich auch alleine fertig.«

»Bis später!«

Rosa lachte auf und war in der nächsten Sekunde auch schon an Neles Hand zur Tür draußen.

Die Kleine hatte es ziemlich eilig, zog sie rasant wie auf einer Flucht den schmalen Weg zum Kaninchenstall hinter sich her. Erstaunlich, wie schnell so kleine Füßchen laufen konnten! Mmmh, als sie am Kräutergarten vorbeikamen, zog ein wunderbar würziger Duft nach Salbei, Zitronenminze und Basilikum zu ihnen herüber. Normalerweise hätte Rosa das Mädchen darauf aufmerksam gemacht, aber jetzt … jetzt waren die Kaninchen einfach interessanter, alles klar. Auch Benno, Rosas ein Jahr altem Hovawart, der eben noch faul in der Sonne gedöst hatte und nun die beiden schwanzwedelnd begrüßte, wurde von Nele ausnahmsweise bloß im Vorbeigehen der Kopf getätschelt. Da fiel Rosa etwas ein. »Wissen deine Eltern überhaupt, dass du bei mir bist?«, fragte sie und blieb abrupt stehen.

Wie von grimmiger Zauberhand weggewischt, verschwand blitzartig das eben noch so fröhliche Lachen aus Neles Kindergesicht. »Denen ist das doch egal ... die streiten ohnehin die ganze Zeit!«

»Ach, Mäuschen ...«, murmelte Rosa, strich der Kleinen über die blonden Haare.

Ihr selbst war auch schon aufgefallen, dass sich Neles Eltern, Doris und Klaus Reichart, seitdem sie vor einer Woche angekommen waren, häufig angifteten. Einmal, als sie frische Handtücher ins Zimmer gebracht hatte, war Rosa sogar unbeabsichtigt Zeugin eines handfesten Ehekrachs geworden. Ungewöhnliche Kreditkartenabrechnungen von Klaus und eine Arbeitskollegin, die verdächtig oft in der Anrufliste seines Handys auftauchte ... Am liebsten hätte die Pensionswirtin das alles gar nicht mitgekriegt, und besonders tat ihr natürlich die Kleine leid. »Das wird schon wieder«, versuchte sie zuversichtlich zu klingen, aber die Traurigkeit wich immer noch nicht aus Neles Blick. »Die wollen sich scheiden lassen ...«, flüsterte sie mit hängenden Schultern.

Mit einem tiefen Seufzer, den sie einfach nicht unterdrücken konnte, schloss Rosa sie in die Arme. »Aber, aber ... so schnell lässt man sich nicht scheiden«, flüsterte sie, spürte dabei selbst einen dicken Knödel im Hals. »Am liebsten würde ich bei dir bleiben, für ewig oder noch länger«, wisperte das Mädchen.

Die Frau stupste es sanft am Kinn an. »Aber geh, deine Mama und dein Papa haben dich doch so lieb. Wenn du weg wärst, würden die den ganzen Tag nur weinen!«, versuchte sie einen lockeren Ton anzuschlagen.

»Und jetzt gehen wir zu den Kaninchenbabys, die warten schon auf uns!«

Dafür war Nele zum Glück sofort zu begeistern. »Und das Scheckige nenne ich Kasimir!«

»Einen schöneren Namen wüsste ich auch nicht«, pflichtete ihr Rosa bei, erleichtert darüber, dass die Kleine so schnell auf andere Gedanken gekommen war.

Kurz vorm Stall kam ihnen Maria mit einem vollen Wäschekorb in den Händen entgegen. »Klasse, dass alles in der Sonne so schnell trocken geworden ist, nicht wahr?«, meinte ihre Arbeitgeberin, deutete lächelnd auf die Bettüberzüge.

Von der kleinen, molligen Frau erntete sie dafür nur ein mürrisches Nicken. Was war denn da los? Verwundert runzelte sie die Stirn. So kannte sie Maria, die sonst immer die gute Laune in Person war, gar nicht. In einer ruhigen Minute würde sie sich bei ihr erkundigen, ob sie etwas auf dem Herzen hatte. Mit einem mulmigen Gefühl dachte sie an die starken Magenschmerzen, die Maria ein paar Tage zuvor erwähnt hatte und deretwegen sie zum Arzt gehen wollte. Hoffentlich war da nichts Schlimmes rausgekommen …

»Genau so ist es richtig!«

Mit vor der Brust verschränkten Armen stand Rosa hinter dem niedrigen Holztürchen des Kaninchenstalls, nickte Nele aufmunternd zu, die mittendrin vor den sechs Jungen kniete und sie erstaunlich vorsichtig streichelte.

»Sie sind ganz weich und flauschig«, hauchte das Mädchen ehrfürchtig.

Die junge Frau schluckte angesichts der rührenden Szene einige Male, musste sich auf einmal ganz dringend die Nase putzen … Zum Glück klingelte in der nächsten Sekunde das Handy in ihrer Hosentasche. Dankbar für die Ablenkung, fischte sie es aus ihren verwaschenen Jeans, schaute aufs Display. Oh. Als sie den Namen erkannte, musste sie mehrmals blinzeln. Und weil sie gleichzeitig einen Schritt rückwärts machte und dabei über die Heugabel stolperte, fiel sie, bevor sie ans Telefon rangehen konnte, erst mal mit einem kleinen Plumps nach hinten ins Heu.

2

Mit angespanntem Gesicht saß Ines Werner am Küchentisch, rührte seit fast einer halben Stunde in ihrem Kaffee, der bestimmt längst kalt geworden war. Dabei zitterten ihre Finger, und dieses mulmige Gefühl in ihrer Magengrube, das sich seit dem Vortag immer mehr gesteigert hatte, erschien ihr inzwischen übermächtig. »So was Blödes aber auch!«, murmelte sie, warf erneut einen kurzen Blick auf die Wanduhr neben der Tür.

Kurz vor fünf. Eigentlich sollte jeden Moment Christian nach Hause kommen. Nachdem er die letzten Tage bis spät am Abend in seiner vor drei Monaten eröffneten Frauenarztpraxis gesessen hatte, wollte er heute früher dran sein. Zumindest hatte er ihr das versprochen, als sie ihn mal kurz vor Mitternacht mit einem sarkastischen »Hallo Fremder!« begrüßt hatte.

»Tut mir wirklich leid, aber es ist jede Menge zu tun, und ich muss mich in der Praxis erst in alles reinfuchsen«, war sein Kommentar gewesen.

Begleitet von einem entschuldigenden Schulterzucken. Zum Anbeißen hatte er dabei ausgesehen. Und erst sein zerknirschter Blick aus diesen unergründlichen Augen. Graugrün. Fast hätte sie darauf wetten können, noch bei keinem anderen Menschen diese Augenfarbe gesehen zu haben. Dazu seine kantigen Wangen mit dem leichten Bartschatten. Keine Frage, der Mann war außerordentlich attraktiv. Und er stellte als erfolgreicher und leidenschaftlicher Arzt genau das dar, was sie sich immer von einem Partner gewünscht hatte. Überhaupt, sie gaben das perfekte Paar ab. Intelligent, gut aussehend kletterten sie die Erfolgsleiter empor. Auch dass sie beide engagierte Mediziner waren, die Arbeit mit Patienten jedem von ihnen ehrlich am Herzen lag, verband sie. Schon dadurch würde es ihnen niemals an gemeinsamen Gesprächsthemen mangeln. Trotzdem beschlich sie in letzter Zeit immer öfter ein seltsames Gefühl. Leise Zweifel, ob Chris das alles genauso sah wie sie. Tja, wenn sie ehrlich zu sich selbst war, musste sie sich eingestehen, dass sie stets die treibende Kraft in ihrer Beziehung war. Ihre Idee war es gewesen, nach der flüchtigen Affäre zwischen ihnen sofort Nägel mit Köpfen zu machen. Hinter seinem Rücken hatte sie sich sogar auf der Kinderstation im Kitzbüheler Krankenhaus beworben und nach der überraschenden Zusage etwas von einem Angebot eines Arztes, der ein Freund der Familie sei, erzählt. Nur eine kleine Notlüge, die sie Chris vielleicht in einigen Jahren sogar beichten würde. Frustriert strich sie sich über die Stirn, merkte, wie auf einmal ihre Kehle ganz eng wurde. Um sich abzulenken, sprang sie von ihrem Stuhl auf, ging unruhig in der geräumigen Küche auf und ab. So weit kam's noch, dass sie jetzt auch noch zu heulen begann! Ihre Tränen konnte sie sich für später aufheben, wenn die Diskussion, die sie mit Chris führen musste, nicht in die gewünschte Richtung gehen würde. Mit Unbehagen dachte sie an die Begegnung mit Kathi Stellberger am Vortag beim Bäcker. Irgendwas hatte sie an dem Blick der vorlauten Friseurin, die immer mit der fürchterlichen Rosa zusammensteckte, gereizt. So als ob Kathi es nicht glauben konnte, dass Christian sich ganz und gar für sie entschieden hätte. Bah! Dieser rothaarige Kobold dachte doch nicht wirklich ernsthaft, dass er immer noch für die harmlose und stinklangweilige Rosa schwärmen würde! Wenn er das überhaupt jemals getan hatte. Nur deswegen war mit ihr die Fantasie ein wenig durchgegangen, und sie hatte von Hochzeitsplänen berichtet, die bis jetzt nur in ihrem Kopf existierten. Leider. Und dummerweise hatte Christian so gar nicht auf ihre dezenten Andeutungen am Morgen reagiert. Nun warf sie ihre langen hellbraunen Haare, die noch immer angenehm nach dem teuren Pfirsichshampoo aus dem Reformhaus rochen, energisch in den Nacken. Auf einmal dachte sie ein wenig zuversichtlicher, sogar ein kleines Lächeln umspielte ihre Lippen. Sie wusste, dass sie gut aussah. Mit Bedacht hatte sie sich sorgfältig, aber dezent geschminkt, war in ihr schickes dunkelblaues Leinenkleid geschlüpft. Tja, offenbar musste man einen Mann mit den Waffen einer Frau schlagen. So einfach war das. Heute Nachmittag würde sie den Sack zumachen und Christian ganz einfach davon überzeugen, dass sie bald heiraten sollten. Möglicherweise mit dem Argument »In einer so kleinen Stadt schauen die Leute doch komisch, wenn man unverheiratet zusammenlebt.«

Vielleicht doch lieber nicht. Sie sah Christan ja geradezu vor sich, wie er laut losprusten und sie daran erinnern würde, dass sie nicht mehr im Mittelalter, sondern im 21. Jahrhundert lebten, das inzwischen auch in Tirol angekommen war. Leise schnalzte sie mit der Zunge. Dann würde sie eben auf Liebe machen müssen, genau! Denn sie liebte ihn ja auch. Natürlich. Auf ihre Art, wohlüberlegt mit Hirn. Und nicht mit brennendem Herzen, wie es vielleicht diese alberne Rosa tat. Wenn sie nur an die sehnsuchtsvollen Blicke dachte, die diese Frau ihrem Chris zuwarf, wenn sie sich unbeobachtet fühlte! Wusste dieses ewige Bauernmädel denn nicht, dass sie und Chris einfach nicht in derselben Liga spielten? Absolut lächerlich das Ganze! Mit großen Schritten war Ines zum Fenster geeilt, warf einen Blick auf die Kitzbüheler Gassen. Wie immer um diese Zeit herrschte geschäftiges Treiben. Und jetzt, bei den milden Temperaturen, eine ganz leichte, frühlingshafte Stimmung, die sich auch in den Gesichtern der Fußgänger widerspiegelte. So wie bei dem jungen Pärchen, das eben die Straßenseite wechselte. Nachdenklich stützte Ines das Kinn auf ihre Faust. Die beiden gingen weder eng umschlungen noch Hand in Hand. Aber irgendwas sagte ihr an der Körperhaltung der beiden, dass sie zusammengehörten. Auf einmal fühlte sie einen scharfen Stich hinterm Brustbein. Ob sich Fremde das auch bei Christian und ihr dachten, wenn sie sie zusammen sahen? Unwirsch schüttelte sie den Kopf. Geschenkt! Was interessierten sie die anderen Leute? Sie wollte doch bloß Christian. Aber der ließ sich ärgerlicherweise wieder mal Zeit …

Mit erhitzten Wangen stürzte Rosa in die Küche ihrer Pension, wäre in ihrer Aufregung fast über die Türschwelle gestolpert. Im letzten Moment konnte sie gerade noch einen Sturz verhindern, schlitterte aber in ihren marineblauen Ballerinas dennoch recht schwungvoll bis vor den großen Eichentisch in der Mitte des Raumes. »Ihr glaubt ja gar nicht, wer mich eben angerufen hat!«

Kathi, die, bereits im Aufbruch begriffen, nach ihrer schicken braunen Handtasche gefasst hatte, legte sie wieder auf den Tisch zurück. »Bestimmt dieser Florian, oder? Erzähl schon!«

Maria schüttelte bloß ganz langsam den Kopf. Rosa wollte es ein bisschen spannend machen. Vielleicht konnte sie so auch Marias Interesse wecken, die scheinbar völlig teilnahmslos frische Butterstücke, die sie von einem Bauern in der Nähe besorgt hatte, in den Kühlschrank einsortierte. Äußerst seltsam, wo doch Maria sonst geradezu die Neugier in Person war. Erneut beschlich Rosa ein ungutes Gefühl. Nachdem Kathi gefahren war, würde sie sie geradewegs fragen, was sie auf dem Herzen hatte. Aber jetzt musste sie einfach die Neuigkeit loswerden – sonst platzte sie noch. »Die Therese hat sich bei mir gemeldet!«, sprudelte es aus ihr heraus.

»Sie möchte uns bald besuchen kommen. Es tut ihr leid, dass wir so … na ja, dass wir uns in den letzten Jahren nicht so richtig toll verstanden haben.«

Mit glänzenden Augen schaute sie zu Kathi, dann zu Maria, die nun doch endlich aufmerksam geworden war. »Was sagt ihr dazu? Ich hab auf jeden Fall ein richtig gutes Gefühl!«

Maria gab statt einer Antwort ein schnaubendes Geräusch von sich. Wie ein Pferd, das vor einem Hindernis scheute. Und ihr verkniffener Gesichtsausdruck sagte mehr als tausend Worte.

Na, herzlichen Dank aber auch! Rosa schluckte, dann wandte sie sich an ihre Freundin. »Was meinst du?«

»Na ja …«

An ihrer krausen Stirn konnte man ablesen, dass sie verzweifelt nach einer möglichst schonenden Formulierung suchte. Aber Kathi wäre nicht sie selbst gewesen, wenn sie sich allzu lange mit Schönfärberei aufgehalten hätte. »Ich wäre an deiner Stelle vorsichtig.«

»Wie meinst du das?«

Kathi atmete hörbar aus. »Findest du es nicht seltsam, dass sie sich ausgerechnet dann meldet, nachdem deine letzte Zahlung an sie rausgegangen ist? Komischer Zufall, muss man schon sagen …«

»He, jetzt sei nicht so voreilig!«, unterbrach Rosa sie, schroffer als beabsichtigt.

Ehrlich gesagt war genau dieser Gedanke ihr selbst, nachdem sie auf die »Aus«-Taste ihres Smartphones gedrückt hatte, durch den Hinterkopf gehuscht. Und sofort war sie sich total fies vorgekommen. Ihrer Halbschwester zu unterstellen, dass sie bloß auf ihr Geld aus wäre! Wo sie doch so weich geklungen hatte, so sehnsüchtig, dass Rosa bereits nach Thereses ersten Worten fast zu heulen begonnen hätte. »Ich glaub, sie meint es wirklich ehrlich«, sagte sie jetzt mehr zu sich selbst.

»Wir haben ja nur noch uns zwei …«

Kaum hatte sie diese Worte ausgesprochen, stand Kathi vor ihr und schüttelte sie fast ruppig an den Schultern. »Spinnst jetzt völlig? Du hast doch uns! Wir sind wie eine Familie!« Missbilligend hob sie eine Augenbraue in die Höhe. »Oder willst jetzt mit dem Spruch daherkommen ›Blut ist dicker als Wasser‹?«

»Nein, natürlich nicht«, seufzte Rosa. »Bessere Freunde als euch kann ich mir gar nicht vorstellen … ihr seid mir mindestens so viel wert wie Verwandte!«

Nun war auch Maria aufgestanden, tätschelte ihr mütterlich übers Haar. Himmel, das war jetzt zu viel des Guten. Ohne dass Rosa sie hätte aufhalten können, kullerten unaufhörlich Tränen über ihre Wangen. Kathi kreischte gespielt entsetzt auf. »Hilfe! Rette sich, wer kann! Hochwasser auf der Alm!«

»Dumme Kuh!«, grinste Rosa, dankbar, dass die Freundin sie aus ihrer Rührseligkeit geholt hatte.

Hastig wischte sie sich über die Wange, dann knuffte sie die Freundin in die Seite. »Bleibst aber immer meine Beste!«

»Und wie! Aber jetzt muss ich los!«

Kathi zwinkerte ihr zu. »Der Johann hat Sehnsucht nach mir … na ja, für ihn bin ich auch die Beste, etwas anderes möchte ich ihm auch nicht geraten haben!«

Rasch drückte sie ihre lachende Freundin an sich, winkte Maria kurz zu, dann war sie fast bei der Tür draußen. »He«, meinte sie noch im Umdrehen, als sie bereits die Klinke in der Hand hielt.

»Ich würd mich auch total freuen, wenn mit dir und der Therese wieder alles gut wird, kannst mir glauben!«

»Danke!«, rief Rosa ihr nach, spürte ein warmes Gefühl in ihrer Brust aufsteigen, das wie eine sanfte Brise die bitteren Enttäuschungen, die sie mit Therese erlebt hatte, fortfegte.

Plötzlich hielt sie es gar nicht mehr aus hier drinnen. »Ich komm gleich wieder«, sagte sie zu Maria, dann lief sie raus auf den Hof. Genießerisch streckte sie das Gesicht in die Sonne, schloss die Augen. Die wärmenden Strahlen streichelten ihre Haut, auf einmal kam sie sich ganz leicht vor. Als sie die Augen wieder öffnete, sah sie, wie die kleine Nele nur ungefähr dreißig Meter entfernt auf der großen Wiese laut lachend Benno hinterherrannte. Dem Hund schien das zu gefallen, er flog geradezu durch die Luft, blieb aber, wenn das Mädel zu weit hinten geblieben war, immer wieder stehen, um es bis auf ein kurzes Stück an sich rankommen zu lassen. Neles Eltern Doris und Klaus, die ihre Tochter vorhin vom Kaninchenstall abgeholt hatten, standen in der Nähe und beobachteten das Treiben. Ihrem Lächeln nach zu urteilen, schienen sie weit bessere Laune als zuvor zu haben. Jetzt legte Klaus sogar einen Arm um die Schultern seiner Frau. Selbst aus der Entfernung war die kleine Verzögerung zu bemerken. Doch der Arm blieb liegen, fast hatte Rosa das Gefühl, als ob Doris ein winziges Stückchen näher an ihren Mann rangerutscht wäre. Lächelnd drehte sich Rosa weg. Vielleicht gab es ja doch keine Scheidung im Hause Reichart. Sie würde es der Familie so sehr wünschen, besonders der kleinen Nele. »Warum eigentlich nicht?«, schoss es ihr durch den Kopf.

»Manchmal können sich auch schwierige Situationen gut entwickeln, wie bei Therese und mir …«

Langsam trat sie wieder in die Küche, schaute zu Maria, die mit konzentrierter Miene vor einer Einkaufsliste saß. Als sie den Kopf hob, begann Rosa im fast bittenden Ton zu sprechen. »Du denkst doch auch, dass die Therese und ich uns wieder näher kommen könnten – wie zwei Schwestern.«

Die andere zuckte mit den Schultern. »Ich wünsch es dir, mein Kind, aber so richtig trauen tu ich ihr nicht.«

»Du hättest sie vorhin selbst am Telefon hören sollen, eigentlich wollte sie mich schon ewig lang anrufen, dann hat sie im letzten Moment doch immer wieder der Mut verlassen.«

Sie seufzte leise auf. Sie würde sich ihren Optimismus nicht nehmen lassen. Warum auch? Sie beide wollten die nicht eben einfache Vergangenheit ruhen lassen und gemeinsam nach vorne schauen – als Familie. Auf einmal wurde Rosa bewusst, dass Maria sie schon die ganze Zeit beobachtete. Himmel, und sie stand da mit diesem seligen Lächeln auf den Lippen. Wie ein Kleinkind, das den Osterhasen und das Christkind gleichzeitig erwartete! Wie albern war das denn? Nein, so völlig sollte sie sich von Thereses Anruf nicht aus der Bahn werfen lassen. Aber ein bisschen freuen, ja, das durfte man sich durchaus. »Ich lasse es einfach auf mich zukommen, wie es mit der Therese wird, und steigere mich da gar nicht weiter rein«, sagte sie jetzt laut, bemerkte sofort den erleichterten Gesichtsausdruck auf Marias eben noch so ernstem Gesicht.

Sogar ein kleines Lächeln huschte über ihre Lippen, verschwand jedoch gleich wieder. Verlegen senkte Rosa den Blick. Was war sie bloß für eine egoistische Gans! Die ganze Zeit plapperte sie nur über sich selbst, verging sich in Mutmaßungen über die Beweggründe ihrer Halbschwester, während die arme Maria etwas offensichtlich sehr Schlimmes auf dem Herzen trug.

»So, jetzt sag's endlich, was ist los mit dir?«, fragte sie leise, fast schon ein Flüstern.

Dann setzte sie sich neben Maria, fasste nach ihrer Hand. »Bist du krank?«

Vor Aufregung vergaß sie fast zu atmen, bemühte sich dennoch, nicht allzu niedergeschlagen dreinzuschauen. Nur um im nächsten Augenblick entsetzt zusammenzuzucken. So einen unsagbar traurigen Blick warf Maria ihr zu …

Nein, die Sache lief nicht optimal. Absolut nicht. Eben war Christian nach Hause gekommen, aber anstatt ihr ein Kompliment über ihr zweifellos fabelhaftes Aussehen zu machen, war er nach einem flüchtigen Kuss, der irgendwo in ihrem Haar gelandet war, schnurstracks im Arbeitszimmer verschwunden. Nicht zu fassen! Mit zornigem Blick starrte sie die geschlossene Tür an. Dann straffte sie die Schultern, setzte ein unbeschwertes Lächeln auf. So leicht gab sie sich bestimmt nicht geschlagen. »Schatz, was hältst du von einem Glas Sekt vor dem Abendessen?«, flötete sie durch die geöffnete Tür, strich sich dabei ganz beiläufig eine lange Strähne hinters Ohr.

Eben hatte sie beschlossen, weiblicher, weicher aufzutreten. Vielleicht war es ja ihr zielbewusstes Verhalten, das ihn ein wenig abschreckte. Und das er womöglich sogar mit Dominanz verwechselte. Absoluter Blödsinn! Er konnte froh sein, dass sie die Zügel in der Hand hielt, ihr gemeinsames Leben gestaltete. Wo wäre er denn ohne sie? Ehrlich gestanden nervte sie seine seltsame Ziellosigkeit in Bezug auf ihre gemeinsame Zukunft zusehends. Kaum etwas erfuhr sie von seinen Wünschen und Träumen. Sie wusste ja nicht mal richtig, ob er eigene Kinder haben wollte.

Gut, das war ihr selbst auch nicht so wichtig, obwohl sie Kinder eigentlich recht gern mochte. Alles andere wäre bei ihrer Arbeit als Kinderärztin auch schlimm gewesen. Aber eigene, die man nach der Behandlung nicht wieder den richtigen Eltern übergeben konnte? Die jegliche Aussicht auf gemütliche Abende und leidenschaftliche Nächte zunichtemachen würden? Nicht mal ins Kino konnte man als Paar mehr gehen, ohne einen Babysitter zu engagieren. Und wie mühsam das sein konnte, einen passenden zu finden, hatte sie oft genug von überforderten Eltern gehört. Nein, der Wunsch nach einem Baby hielt sich bei ihr tatsächlich in Grenzen. Doch wenn Christian eines wollte? Natürlich, dann würde sie zustimmen. Schließlich schweißte ein gemeinsames Kind noch mehr zusammen. Und das konnte ihnen beiden nur guttun. Beschlich sie doch gerade in letzter Zeit immer mehr das ungute Gefühl, als ob Christian ihr aus dem Weg gehen würde. Dabei – das durfte er einfach nicht vergessen – waren sie doch gemeinsam das perfekte Paar! Basta. Nun sah er über einem Stapel Papieren auf seinem Schreibtisch auf, blinzelte ein paar Mal. »Sekt? Hast du was zu feiern, Ines?«

»Ja, unsere Verlobung«, hätte sie am liebsten laut verkündet, biss sich aber glücklicherweise noch rechtzeitig auf ihre in einem hellen Rosenholzton geschminkten Lippen.

Sie musste ihn dazu bringen, alleine draufzukommen. So dass er am Schluss dachte, die Hochzeit wäre seine eigene Idee gewesen. Ach, allein die Vorstellung, in der jahrhundertealten süßen Kitzbüheler Pfarrkirche zu heiraten, verursachte verrücktes Bauchkribbeln in ihr. Er im schwarzen Frack. Sie im elfenbeinfarbenen langen Kleid mit langen Ärmeln aus Spitze. Anständig und doch sexy. Sie sah die Traumrobe geradezu vor sich: Oben eng geschnitten, ab der Taille weit, wie bei einer Prinzessin. Keine Frage, es würde ihr fabelhaft stehen und der ausgestellte Rock ihre vielleicht ein klitzeklein wenig zu breiten Hüften vorteilhaft umspielen. Nun schenkte sie ihrem Freund ein verführerisches Lächeln. »Ich dachte, wir setzen uns mal ein wenig zusammen, plaudern ein bisschen …«

Ihre Stimme bekam einen sehnsüchtigen Klang. »Die ganze letzte Woche hast du so lange gearbeitet, und am Wochenende hatte ich Dienst im Krankenhaus …«

Er konnte einen Seufzer kaum unterdrücken, stand aber zumindest auf. »Hast ja recht, wir sollten uns wirklich mehr Zeit füreinander nehmen.«

Das klang zwar jetzt nicht ganz so leidenschaftlich wie erwartet. Eher, als ob er ein Gespräch mit ihr als Pflicht ansehen würde. Aber es war zumindest ein Anfang. Keine zwei Minuten später saßen sie im Wohnzimmer nebeneinander auf der großen hellgrauen Couch. Vorausschauend hatte Ines bereits zuvor eine CD mit romantischen italienischen Liedern eingelegt. Nun sang Eros Ramazzotti »Adesso Tu«, und Ines hatte ihre langen Beine über Christians Oberschenkel gelegt. Dass dabei ihr Rock in die Höhe rutschte, war nur beabsichtigt. Erleichtert über die nun tatsächlich sehr intime Stimmung atmete sie auf. Wirklich schön hatten sie es hier. Hinter ihnen im Kamin knackten die brennenden Holzscheite, verbreiteten eine heimelige Atmosphäre in dem großen, mit hellen Landhausmöbeln eingerichteten Raum. »Echt kuschelig …«, flüsterte Ines Christian ins Ohr.

Er nickte. »Ja, bei uns in den Alpen können die Frühlingsabende schon mal kühler sein, da ist so ein Kamin ziemlich nett.«

»Du bist auch ziemlich nett …«

Huch, ihre Stimme hatte jetzt auf jeden Fall *ziemlich* lasziv geklungen. Aber warum eigentlich nicht? Wäre nicht das erste Mal, dass ein Mann nach gutem Sex seiner Liebsten einen Heiratsantrag gemacht hätte. Sie schaute Christian tief in die Augen, schloss ihre eigenen bis auf einen schmalen Spalt. Dann ließ sie ihre Hand über sein Hemd wandern, hakte schließlich ihre Finger in die Knopfleiste über der Brust ein. »He …«, flüsterte er, sein Atem ging jetzt deutlich rascher.

Wunderbar, in letzter Zeit war ihr Liebesleben ohnehin immer mehr auf Eis gefahren. Der ganze Stress von Christians Praxisgründung, ihr eigener Job im Krankenhaus … Höchste Zeit, dass sie wieder öfter zusammenfanden. »Bei dir bin ich endlich angekommen«, flüsterte sie ihm ins Ohr.

Mmmh, sie liebte seinen Duft, dieses frische Aftershave, das so wunderbar nach Zitrone und

Minze roch, doch langsam könnte er ihr endlich antworten. Er würde doch nicht so begriffsstutzig sein und ihre Anspielung nicht kapieren? Ein wenig ärgerte sie sich natürlich auch über sich selbst, vielleicht hätte sie doch bis später warten sollen ... Mit einem bewusst entspannten Lächeln sah sie ihm direkt in seine im Schein des Kaminfeuers nun eher grün als grau wirkenden Augen. »Hast du überhaupt gehört, was ich gesagt habe?«

»Natürlich ...«

Pause. Viel zu lange. Innerlich stöhnte sie auf. Langsam, aber sicher wurde es ihr zu bunt. »Und was sagst du dazu?«

Es hätte leicht und unbekümmert klingen sollen. Doch nicht mal ihr entging der Vorwurf, der in ihrer Stimme lag. Und was noch viel schlimmer war, nun erkannte sie etwas in Christians Blick, was sie richtiggehend wütend machte: Mitleid. »Was glaubst du eigentlich?«, zischte sie, auf einmal war es ihr völlig egal, ob sie sexy wirkte oder nicht.

»Wir sind fast ein Jahr zusammen, und du machst nicht die geringsten Anstalten, mit mir über unsere Zukunft zu reden! Ich weiß doch gar nicht, woran ich bei dir bin!«

Mit jedem Wort hatte sich ihre Stimme höher geschraubt. Aber das war ihr nun herzlich egal. Fast befreit fühlte sie sich, da sie nun die Katze aus dem Sack gelassen hatte. »Ines«, begann er zaghaft. »Ich kann ja verstehen, dass du Pläne schmieden möchtest. Aber ...«

Jetzt zuckte er mit den Achseln. »Ich bin einfach noch nicht so weit.«

Beim letzten Satz gingen seine Mundwinkel leicht nach oben. »Außerdem sind zehn Monate auch noch keine Zeit, wo man gleich das Aufgebot bestellen muss.«

Ha, jetzt wollte er auch noch witzig sein! »Wie du meinst«, zischte sie, sprang auf.

Ohne ihn noch mal anzusehen, stürmte sie aus dem Zimmer. So erbärmlich, wie sie sich auf einmal fühlte, hielt sie es keine Sekunde länger mit ihm in einem Raum aus. Und als sie wenige Minuten später die Wohnungstür zuschlagen hörte, fühlte sie – fast gar nichts. Außer einer gewissen Erleichterung.

»Nein, krank bin ich nicht«, erklärte Maria in Rosas Küche.

Ihre Stimme klang nun aber so schleppend, dass sich Rosa nicht mal richtig über die Nachricht freuen konnte. Zögerlich strich sie ihr über den Arm. »Aber was ist es dann?«

So als ob die andere sie nicht sanft gestreichelt, sondern geschlagen hätte, zuckte Maria zusammen. Dann atmete sie tief durch, schaute Rosa in ihre großen braunen Augen. »Ich habe dir zweitausend Euro gestohlen!«

Wie? Die zweitausend Euro, die in der Abrechnung fehlten? Fast hätte Rosa zu lachen begonnen. Das konnte natürlich nur ein schlechter Scherz sein. »So ein Blödsinn!«, rief sie entrüstet aus.

»Du bist doch die Ehrlichkeit in Person! Was hättest du denn für einen Grund haben sollen, mir Geld zu stehlen?«

Besorgt musterte sie ihr Gegenüber. Maria gehörte zu den bescheidensten Menschen, die sie kannte. Die Sechzigjährige träumte weder von einer großen Wohnung, noch von teuren Reisen. Und für teure Kleidung hatte sie so absolut keine Schwäche. Im Gegenteil, als Rosa ihr letzte Weihnachten einen edlen fliederfarbenen Kaschmirpullover geschenkt hatte, war die Reaktion äußerst verhalten ausgefallen. Zumindest war Rosa damals der zweifelnde Blick, noch vor dem hastig aufgesetzten Lächeln, nicht entgangen. Abgesehen davon war Marias Gehalt doch recht ordentlich. Oder etwa nicht? »Maria, bezahle ich dir zu wenig?«, fragte sie unsicher.

»Nein, im Gegenteil …«, flüsterte die andere. »Du bist sogar recht großzügig.«

»Aber warum denn dann?«

Resigniert hob Rosa die Hände in die Luft, ließ sie gleich darauf wieder fallen. »Warum um Himmels willen bestiehlst du mich dann?«

Völlig unwirklich wirkte die Situation auf sie. Nein, das konnte gar nicht wahr sein. Gleich würde Maria zu lachen beginnen und rufen: »Ha, ha, ausgetrickst! Bist ja schön reingefallen, Roserl!«

Aber nichts dergleichen passierte, stattdessen hielt Rosa die Luft an, starrte wie gebannt auf Marias Lippen. Sollte sie sich wirklich dermaßen geirrt haben in der netten alten Frau? »Es hat vor drei Monaten angefangen«, fing die nun mit stockender Stimme zu erzählen an.

»Im Internet habe ich einen Mann kennengelernt, auf so einer Single-Plattform für Fünfzig plus.«

»Du, im Internet?«

Ungläubig zog Rosa die Augenbrauen in die Höhe. Alleine das klang ja schon wie der Witz des Jahrhunderts. Wo Maria bis zu diesem Zeitpunkt noch nicht mal erwähnt hatte, dass sie überhaupt einen Computer besaß. Gleich darauf schämte sie sich für ihre Verwunderung. So als ob sie der Älteren nicht zutraute, in der modernen Zeit angekommen zu sein, in der das World Wide Web einfach zum Leben dazugehörte. »Ja, eine Freundin hat mir den Tipp gegeben, mal nur so zum Spaß ein bisserl zu chatten.«

Sie räusperte sich. »So nennt man das, wenn man sich im Internet kurze Texte schreibt.«

Rosa musste trotz der traurigen Situation grinsen. »Ich weiß ...«

»Na ja, und da habe ich den John kennengelernt, einen feschen Kerl in meinem Alter, wie der Sean Connery hat er ausgeschaut – Geschäftsmann aus London, der sich unbändig in mich verliebt hat und gerne zu mir nach Tirol ziehen wollte.«

Marias Blick verdüsterte sich. »Nur war er momentan mit seiner Firma in eine Schieflage geraten, ein Missverständnis. Er hatte für einige Wochen keinen Zugriff auf seine Konten, hat aber ganz schnell Geld für die Büromiete gebraucht, sonst hätte er furchtbar hohe Zinsen zahlen müssen.«

»Und da hast du es ihm geborgt?«

»Ja«, kam es kleinlaut zurück.

»Und erst als mein eigenes Konto leer war und ich nix mehr borgen konnte, habe ich mir die zweitausend Euro aus deiner Kasse geholt.«

Wieder füllten sich ihre Augen mit Tränen. »Der John wollte mir doch alles ganz schnell zurückzahlen, dann hättest du es auch sofort wieder bekommen!«

Die junge Frau atmete scharf aus. Niemals hätte sie Maria für dermaßen naiv gehalten, dieser Räuberpistole Glauben zu schenken. Bereits nach dem zweiten Satz bekam man doch schon einen Lachkrampf! »Ich weiß, ich weiß, spätestens als er nach Geld gefragt hat, hätten bei mir alle Alarmglocken im Kopf klingeln müssen.«

»Allerdings!«

»Aber ich war so schrecklich verliebt ...«

Rosa schüttelte den Kopf. »Von solchen Betrügerbanden, die einsamen Frauen ihre Liebe vorgaukeln, um sie dann über den Tisch zu ziehen, bringen sie doch sogar im Fernsehen immer wieder Berichte! Hast du echt gedacht, diesen John gibt es wirklich?«

»Ich wollt's so gerne glauben!«, jammerte die andere, bevor sie sich in ihr Taschentuch schnäuzte. »Wir hatten so schöne Telefongespräche!«

»Auf Deutsch?«

»Ja, er hat erstaunlich gut deutsch gesprochen, fast akzentfrei!«

»Vielleicht deswegen, weil er gar kein Engländer war?«

Maria schlug sich die Hände vors Gesicht. »Du hast ja recht! Ich war eine dermaßen blöde Kuh! Schämen tu ich mich! Ganz furchtbar.«

Nun schluchzte sie wie ein kleines Kind. Es war nicht zum Anschauen! Rosa legte ihr die Hand auf die Schulter, streichelte immer wieder über die kratzige Bluse. »He, das wird schon wieder.«

Maria blinzelte sie ungläubig an. »Heißt das, du wirst mich nicht anzeigen?«

»Auf keinen Fall!«

»Echt?«

Rosa nickte bestimmt. Erst jetzt merkte sie, wie ihr ganzer Körper nach Marias Hiobsbotschaft kribbelte. So als ob er unter Strom stehen würde, und die Luft hier drinnen war nicht auszuhalten. Sie musste raus hier, ein Stück den Berg rauflaufen, sonst würde sie noch explodieren. »Und was wird mit mir?«, fragte Maria leise nach.

Rosa versuchte ein Lächeln, es gelang ihr nur halbherzig. »Wir finden eine Lösung. Ganz bestimmt. Ich muss erst einmal meinen Kopf ein bisserl frei kriegen!«

Wenig später stand sie draußen am Hof und rief nach Benno. Sofort kam der junge Hovawart schwanzwedelnd angesprungen. Kläffte ein paar Mal, offensichtlich hocherfreut darüber, von seinem Frauchen gerufen worden zu sein. »Komm, wir gehen eine Runde!«, sagte sie, während sie sich zu dem Hund hinunterbeugte und ihn am Hals kraulte.

»Darf ich mit?«, krähte hinter ihr eine helle Kinderstimme.

Lachend drehte sie sich um, fasste sich dabei gespielt erschrocken ans Herz. »Nele! Hast du mich aber jetzt erschreckt!«

Mit einem stolzen Grinsen nickte das kleine Mädel. »Ja, das kann ich gut!«

Gleich darauf setzte es einen bittenden Blick auf. »Darf ich bitte, bitte mit?«

»Du, ich will ein Stückerl den Berg rauf ... das ist schon ganz schön anstrengend.«

Nele streckte ein streichholzdünnes Beinchen in die Luft. »Guck dir mal meine Muskeln an! Damit komme ich jeden Berg rauf!«

Rosa lachte amüsiert auf. Himmel, wer konnte diesem süßen Wesen schon widerstehen! »Okay, dann fragen wir mal deine Eltern.«

Wie aufs Stichwort bogen gerade jetzt Doris und Klaus Reichart händchenhaltend, wie Rosa erfreut registrierte, um die Ecke. »Mama, Papa, darf ich mit der Rosa und dem Benno spazieren gehen?«

Fragend schaute Doris die junge Pensionswirtin an. »Wäre das okay? Uns würde es ganz gut passen ...«

Sie räusperte sich verhalten. »Mein Mann und ich hätten nämlich einiges zu besprechen.«

»Aber gerne! Wir sind in einer guten Stunde wieder zurück, dann gibt's halt ein späteres Abendessen!«

Nachdem Doris der Kleinen noch ein Strickjäckchen über das geblümte Kleid angezogen hatte, bogen Rosa und Nele auf den schmalen Schotterweg ein, der zuerst quer über die Alm, dann ein Stück durch den Wald lief. Augenscheinlich völlig hin und weg vor Begeisterung drehte das Mädchen, als sie mitten auf der Almwiese standen, den Kopf hin und her. »Ahhh, ist das klasse!«

Rosa, die nun ebenfalls ihren Blick über die umliegenden Berge schweifen ließ, nickte. »Stimmt …«

»Am liebsten würde ich immer hier bleiben«, seufzte Nele, ging gleich darauf in die Knie, um einen zitronengelben Schmetterling, der sich eben auf einem rosafarbenen Almrausch niedergelassen hatte, ausgiebig von der Nähe zu betrachten.

Nach einer Weile sprang sie wieder auf, drehte sich zu einer dicken Hummel, die suchend umherschwirrte. »Hier wird's mir nie langweilig!«

»Da geht's dir genauso wie mir!«, lachte Rosa. »Aber bei dir daheim in Köln ist es auch schön. Außerdem kannst mich ja oft besuchen kommen!«

Aufmunternd strich sie der Kleinen über den Kopf. »Komm, weiter geht's!«

Benno, der sich bei ihrem kurzen Halt hechelnd ins frische Gras hatte fallen lassen, sprang sofort auf und lief vor den beiden her. Er kannte den Weg, der zu einem Marterl mit einer kleinen Bank davor weiter oben auf der Alm führte. Schließlich war er schon oft genug gemeinsam mit Rosa, die diesen Platz zum Nachdenken und

Träumen liebte, dorthin gelaufen. »Gehst du öfter hier rauf?«, fragte Nele schwer keuchend nach einer Weile.

Rosa verkniff sich ein Schmunzeln. Obwohl sie viel langsamer ging, als wenn sie mit Benno alleine gewesen wäre, brannten die »muskulösen« Beine der Kleinen offensichtlich nun doch ein wenig. »Ja, ziemlich oft, zu meiner ›Nachdenkbank‹«, erwiderte Rosa.

»Nur dann nicht, wenn es regnet. Da ist der Schotter zu rutschig und man kann ganz böse ausrutschen und sich wehtun.«

Nele nickte mit knallroten Wangen. »Oder sogar den Berg runterrutschen!«

»Stimmt, aber keine Sorge ...«

Sie zeigte auf den blauen Himmel, auf dem bloß ein paar kleine, duftig aussehende Wölkchen zu sehen waren. »Heute regnet es bestimmt nicht!«

Und als sie sah, dass das kleine Mädchen immer noch keuchte wie eine alte Dampflok, blieb sie stehen, stemmte sich, so als ob sie Seitenstechen hätte, die Hände unter die Rippen. »Komm, bleiben wir kurz stehen! Ich kann nicht mehr!«

»Okay, wenn du willst. Ich könnte ja noch weiterlaufen«, antwortete Nele gnädig, obwohl ihr die Erleichterung über die Pause von der Nasenspitze abzulesen war.

Sie ließ sich neben Benno ins Gras fallen, schloss ihre kornblumenblauen Augen mit den langen Wimpern. »Ich komm mir vor wie die Heidi«, flüsterte sie.

Rosa stupste sie an. »Nur mit dem kleinen Unterschied, dass die Heidi in der Schweiz wohnt und wir hier in Tirol sind.«

»Aber schöne Berge gibt's hier auch«, stellte Nele fest.

Im nächsten Moment war sie wieder auf den Beinen und stürmte davon. »Auf geht's! Sonst schaffen wir es ja nie bis zu deiner Nachdenkbank!«

Keine zehn Minuten später saßen sie nebeneinander auf der alten Holzbank, die irgendwann mal weiß lackiert gewesen sein mochte, heute aber den Anstrich nur mehr erahnen ließ, so verwittert war das Holz. Unter einer großen Föhre versteckt, fand man sie nur beim genauen Hinsehen. Doch es lohnte sich, denn von hier aus hatte man eine wunderbare Aussicht über ganz Kirchberg mit der alten Pfarrkirche, den vielen Bauernhäusern und auch einigen größeren Hotels. Nele sagte eine Weile gar nichts. So konnte sich Rosa das erschreckende Geständnis von Maria in Ruhe durch den Kopf gehen lassen. So sehr sie es aber in ihrem Kopf auch drehte und wendete, sie konnte nicht böse sein auf die Frau, die sich noch mal verlieben wollte und dabei den dreisten Liebeslügen eines Internetbetrügers, nun ja, wohl eher einer ganzen Bande, auf den Leim gegangen war. Nein, sie würde Maria bestimmt nicht entlassen. Unter der Voraussetzung, dass sie diesen John anzeigte. Und das Geld? Rosa fuhr sich nachdenklich durchs Haar. So wie sie es verstanden hatte, war Maria im Moment blank wie eine Kirchenmaus. Während es ihr dagegen finanziell von Monat zu Monat besser ging. Ihre Frühstückspension schrieb schon lange schwarze Zahlen, und auch dieses Jahr würden sie wohl die meiste Zeit ausgebucht sein. Die Gäste liebten Kirchberg zu jeder Jahreszeit: im Frühling und Herbst zum Wandern, im Sommer auch noch zum Schwimmen und im Winter zum Skifahren. »Ach was«, sagte Rosa zu sich selbst.

»Ich werde ihr das Geld einfach schenken. Und wir werden die Sache vergessen!«

Nele schaute sie verständnislos an. »Wem willst du Geld schenken?«

Huch, wie aufmerksam die Kleine war! »Ach, ich habe nur über Weihnachten nachgedacht …«

Das Mädel begann so heftig zu lachen, dass ihre Zöpfe durch die Luft flogen. »Da bist du aber früh dran! Ist doch gerade erst Ostern gewesen!«

»Stimmt!«, lachte Rosa mit.

»Da habe ich mich total vertan, jetzt freuen wir uns erst mal auf den Sommer!«

»Da kommen wir dich auch besuchen!«

Sie strich der Kleinen, die sich an sie ranschmiegte, über den Kopf. »Das wäre schön!«

Dann blickte sie auf ihre Armbanduhr. Fast schon sieben! »Komm, wir gehen wieder zurück. Deine Eltern warten bestimmt schon mit dem Abendessen!«

Nele strich sich über ihr schmales Bäuchlein. »Ich hab schon einen Bärenhunger!«

»Nicht nur du!«

Schmunzelnd zeigte Rosa auf Benno, der bereits beim Wort »Abendessen« aufgesprungen war, und nun ein paar Mal aufbellte. Fast so, als ob er »Hunger! Hunger!« rufen würde.

Zu dritt liefen sie den schmalen Weg bergab, Nele nun leichtfüßig wie eine kleine Gämse, offenbar auch ein wenig losgelöst von den Sorgen um ihre Eltern. Um sie herum sprang Benno, was das Mädchen zu übermütigem Gekicher animierte und nur noch schneller werden ließ. In kaum mehr als zwanzig Minuten waren sie an der kleinen Kreuzung, an der sie nur mehr das letzte Stück Alm zur Ferienpension überqueren mussten. »Wer ist das denn?«, fragte da Nele auf einmal.

Mit neugieriger Miene deutete sie auf die große männliche Gestalt, die direkt auf sie zukam.

Rosa, die den Mann sofort erkannte, spürte, wie ihr Herz ein wenig rascher pochte. Wenn sie nicht aufpasste, sprang es ihr noch aus der Brust. Mehr als ein verlegenes Lächeln brachte sie auch nicht zustande! Hastig straffte sie den Rücken, begann mit der rechten Hand zu winken. »Hallo! Was machst du denn hier?«

»Hallo Rosa!«, rief er anstatt einer Erklärung mit einem jungenhaften Grinsen zurück.

Seine Schritte beschleunigten sich, und wenige Sekunden später schloss er sie in seine Arme. Oh, wie gut sein frisches Aftershave duftete und wie wunderbar sich erst sein durchtrainierter Körper anfühlte. Jedes einzelne Härchen an ihrem Körper schien sich aufzustellen, als er sie sanft an sich drückte. Mmmh ... sie konnte gar nicht anders, als für einen Moment genießerisch die Augen zu schließen. »Ist das dein Freund?«, platzte da Neles Stimme in den romantischen Augenblick.

Rosa, die rasch einen Schritt nach hinten gesprungen war, schnappte betreten nach Luft. Himmel, was war denn in sie gefahren! Einfach so auf die kleine Nele zu vergessen! Gleich darauf hatte sie sich jedoch wieder gefasst und zwinkerte der Kleinen zu. »Erkläre ich dir später ...«

3

Benno, der eben noch erfolglos einem Tagpfauenauge nachgejagt war, raste plötzlich in einem Höllentempo auf die kleine Gruppe zu. Um sich gleich darauf leise knurrend mit nach hinten gelegten Ohren vor seiner Besitzerin aufzubauen. »Keinen Schritt weiter!«, sagten sowohl sein Blick als auch seine gefährlich aussehenden gesträubten Nackenhaare.

Rosa tätschelte ihm beruhigend den großen Hundekopf. »Aber Benno, das ist doch nur der Florian!«

»Genau, und ich tu deinem lieben Frauchen auch nichts!«, erklärte der Maschinenbauingenieur aus Nürnberg offenkundig amüsiert, beugte sich zu dem Hovawart hinunter, um ihn an seiner Hand schnuppern zu lassen.

Der hörte zwar auf zu knurren, drehte aber auch sofort den Kopf weg. »Ich glaub, er ist eifersüchtig«, sagte Nele mit nachdenklich gerunzelter Stirn.

In der nächsten Sekunde umarmte sie den daraufhin begeistert mit dem Schwanz wedelnden Hund. »Du brauchst nicht eifersüchtig zu sein. Ich hab dich doch soooo lieb!«

»Dem geht's aber gut bei dir!«, lachte Rosa, bevor sie ihrem männlichen Gegenüber zuzwinkerte. »Und ihr beide werdet vielleicht auch noch mal Freundschaft schließen.«

Ernster fügte sie hinzu: »Ich dachte, du kommst erst morgen?«

»Ich wollte dich einfach so gerne sehen«, erklärte er mit einem tiefen Seufzer und sah ihr dabei tief in die Augen. »Drum bin ich gleich losgefahren.«

Rosa, die auf einmal das seltsame Gefühl hatte, in seinen tiefblauen Augen zu ertrinken, blinzelte ein wenig verwirrt in die Abendsonne. Dann nickte sie. »Ich freu mich auch, dass du hier bist!«

»Also doch dein Freund!«, erklärte da die Kleine, die den Hund nun wieder losgelassen hatte, triumphierend.

Fragend guckte sie von einem zum anderen, bis beide in schallendes Gelächter ausbrachen. »Was ist denn daran so lustig?«, motzte das Mädchen, das endlich eine Antwort haben wollte.

Florian erlöste sie und fasste nebenbei ganz selbstverständlich nach Rosas Hand. Wie ein kleiner Stromschlag durchfuhr es die junge Frau, die nun fast froh darüber war, dass ihr Bekannter sich dem kleinen Mädchen zuwandte. So fielen ihm hoffentlich ihre auf einmal glühend heißen Wangen nicht so auf. »Weißt du, ich mag die Rosa einfach richtig gern …«, erklärte er mit ernsthafter Miene.

Die er auch beibehielt, als er wieder Rosa ansah. »Und wenn's nach mir ginge, also ich hätte nichts dagegen, wenn sie meine Freundin werden würde …«

Huch, noch ein Stromstoß, und ein sehr angenehmer noch dazu. Doch nach außen hin gab sie sich gelassen. »He, muss ich das gleich heute entscheiden?«

Nele kratzte sich an der Nase und schien dabei angestrengt zu überlegen. »Wie lange kann man sich denn da Zeit lassen? Mich hat nämlich auch der Basti im Kindergarten gefragt, ob ich seine Freundin sein will. Das war, bevor wir hierher gefahren sind.«

»Keine Sorge, die Burschen kann man ruhig ein wenig zappeln lassen«, beruhigte Rosa sie und warf danach Florian einen schelmischen Blick zu.

Der zuckte gespielt entsetzt zusammen, griff sich theatralisch an die Brust. »Frauen! Die wollen einem das Herz rausreißen.«

Nele kicherte wie verrückt, und auch Rosa konnte nicht anders, als laut loszulachen. Florians Geste war einfach zu lustig.»Wirst es überleben!«, neckte sie ihn und lief los.

»Kommt, ihr zwei, Neles Eltern werden schon auf uns warten!«

Als sie keine fünf Minuten danach an der Ferienpension angekommen waren, hielten, wie Rosa vermutet hatte, Doris und Klaus Reichart tatsächlich bereits Ausschau nach ihnen. Mit etwas angespannten Gesichtern … »Da seid ihr ja!«, rief die Kölnerin mit hörbarer Erleichterung in der Stimme, und drückte ihre Tochter, die direkt in ihre Arme gesegelt kam, an sich.

Die grinste übers ganze Gesicht. »Rosas Freund ist uns entgegengekommen, drum hat's ein bisschen länger gedauert.«

Leider wenig dezent zeigte sie auf Florian. Die Ferienpensionswirtin schluckte, konnte sich jetzt nicht mal eben der Erdboden auftun und sie verschlingen? Zum Glück hatte sie kurz vorm Hof Florians Hand losgelassen, so war es zumindest nicht ganz so offensichtlich, dass sich zwischen ihnen – natürlich nur eventuell – etwas anbahnen könnte … Als Doris sie mit hochgezogenen Augenbrauen fragend ansah, hatte sie sich wieder gefangen. »Nele ist da wohl ein bisschen voreilig«, erklärte sie mit einem fast unmerklichen Schulterzucken.

»Im Moment ist der Florian einfach ein netter …«

Sie stockte im Satz, als der fesche Nürnberger ihr grinsend ins Wort fiel: »Ja, was bin ich eigentlich? Ein Gast, ein Bekannter, ein …?«

Da sie nicht gleich was sagte, mischte sich Doris Reichart ein: »Immer mit der Ruhe junger Mann, bloß nichts überstürzen!«

»Genau!«, lachte Rosa, die sich selbst darüber wunderte, wie locker sie mit dem Thema umging.

Ha! Also doch nicht so verklemmt, wie manche sie gerne sehen wollten. Außerdem fand sie Neles Mutter immer sympathischer, so unkompliziert und herzlich wie sie war. Vielleicht ergab sich in den nächsten zwei Tagen, bevor die Familie wieder Richtung Köln abreiste, noch mal eine Gelegenheit, sich ausführlicher miteinander zu unterhalten. Ja, genau! Sie würde die Reicharts einfach auf einen Kaffee und Apfelstrudel auf die Terrasse einladen … Jetzt winkten die drei ihr und Florian zu und liefen Richtung Haustür. Ein niedliches Bild, wie Nele, die beide Elternteile an der Hand hielt, zwischen ihnen wie ein übermütiges Zicklein auf und ab sprang. Auf einmal machte sich das Mädchen los und rannte zu Rosa.

»Darf ich ganz oft zu dir kommen?«, rief es, während es ihre Taille umschlang.

Und als Rosa sich runterbeugte, um es zu umarmen, drückte ihr das Kind noch einen feuchten Schmatz auf die Wange. »So oft du willst, mein kleiner Engel!«, raunte sie der Kleinen zu.

»So, jetzt aber ab mit dir! Auf euch wartet doch die gute Tiroler Wurst, die ihr gestern auf der Alm gekauft habt!«, rief sie betont fröhlich, bevor sie noch total rührselig wurde.

»Stimmt!«, antwortete die Kleine, und schon war sie weg.

Was zur Folge hatte, dass nur noch Florian und sie selbst auf dem Hof standen, während die Sonne so richtig kitschig schön unterging. Sogar Benno war durch die einen Spalt offen stehende Küchentür nach drinnen verschwunden. Sicherlich in der Hoffnung, dass bereits sein Fressnapf frisch mit Futter gefüllt auf ihn wartete. Und so wie er Maria kannte, standen seine Chancen nicht schlecht … Rosa räusperte sich ein wenig befangen. Schon ein komisches Gefühl, hier in der Dämmerung dem attraktiven Deutschen so nahe gegenüberzustehen. Hoffentlich konnte er nicht hören, wie verrückt ihr Herz gegen die Brustwand hämmerte. Und obwohl es nun sogar ziemlich kühl geworden war, hatte sie auf einmal das Gefühl, in einer Hundert-Grad-Sauna zu sitzen. Herrje, vermutlich würde ihr gleich der Schweiß von der Stirn tropfen. »An was denkst du?«, fragte er leise, trat noch einen Schritt näher an sie ran.

Dabei hob er den rechten Arm, sodass sie sehen konnte, wie sich sein gut trainierter Bizeps leicht anspannte. Leicht streichelte er ihr über die Wange. Unweigerlich hielt sie den Atem an, total gebannt von dieser Situation. He, dieser Mann ging zwar ran in einem Tempo, welches ihr normalerweise völlig zuwider gewesen wäre. Und sie konnte auch nicht behaupten, dass sie verliebt war, zumindest noch nicht. Aber fasziniert war sie von ihm, der eine so sinnliche Ausstrahlung hatte, dass ihr ganz schwindelig wurde. Oh, jetzt fiel ihr erst wieder ein, dass er ihr eine Frage gestellt hatte. Was sie denn so dachte – ja, was bloß? Oder war nur noch Matsch in ihrem Kopf? Reiß dich mal zusammen!, ermahnte sie sich lautlos. Du bist erwachsen und kein fünfzehnjähriger Teenager! »Ich denk daran, dass ich völlig durcheinander bin, weil du da bist!«, sagte sie schließlich wahrheitsgemäß.

»Schlimm oder schön durcheinander?«, raunte er ihr ins Ohr.

Dass seine Wange dabei ihre ein wenig streifte, war wohl kein Zufall. Obwohl sie leicht erschauerte, musste sie innerlich schmunzeln. Dieser

Mann war wohl mit allen Wassern gewaschen … und sie wurde offensichtlich immer mehr Wachs in seinen Händen. »Ziemlich schön!«, wisperte sie zurück, ließ es geschehen, als er sie in seine Arme zog.

Sein Mund näherte sich ihren Lippen … noch ein kurzer Blick in seine in der Dämmerung nun geheimnisvoll dunkel glänzenden Augen, dann schloss sie die Lider. *Peng!* Bevor er sie küssen konnte, hörte sie, wie in der Nähe eine Autotür mit Karacho zugeknallt wurde, danach rasch näher kommende Schritte. Erschrocken machte sie sich aus Florians Armen los, wich ein Stück zurück.

Zum Glück, denn keine drei Sekunden später stand Christian vor ihnen, schaute mit wütendem Blick zwischen ihnen hin und her. Rosa, der das Ganze zwar einerseits ziemlich peinlich war, spürte, wie Zorn in ihr aufstieg. Sie war schließlich eine alleinstehende Frau, sie konnte küssen, wen sie wollte! Da brauchte Chris sie beide nicht so anzustarren, als ob er der betrogene Ehemann wäre! Ja, ja, wenn Blicke töten könnten, wären Florian und sie wohl schon umgekippt. Im nächsten Moment erkannte sie, wie sich Christians Gesichtsausdruck wandelte, seine Wut einer zwar wohl nur aufgesetzten, jedoch immerhin bemühten Gelassenheit wich. »Guten Abend!«, brachte er jetzt sogar heraus.

Dabei nickte er, was wohl freundlich wirken sollte. Da er aber nicht damit aufhörte, ähnelte er dabei eher einem Esel, der »I-A« machte.

»Hallo Chris!«, sagte sie jetzt auch, zwang sich ebenfalls zu einem Lächeln.

Ja, sehr gut, es schien ihr zu gelingen, obwohl ihre Mundwinkel dabei fast schmerzten. »Äh ... das ist Doktor Christian Heller, ein alter Jugendfreund von mir, er lebt mit seiner Braut in Kitzbühel.«

Kurz hatte sie das Gefühl, als ob der eben Vorgestellte leicht zusammenzucken würde. Was hatte er denn gedacht? Dass sie es nicht erfahren würde, dass bei ihm eine Traumhochzeit ins Haus stand? Hätte er ihr ja auch selbst erzählen können – das wäre dann womöglich nicht ganz so beschämend gewesen, wie es von Kathi zu erfahren. Die es auch bloß zufällig von Ines gehört hatte. Unwillkürlich presste sie ihre Lippen zusammen. So viel zu der jahrelangen Freundschaft zwischen Chris und ihr. In der nächsten Sekunde hatte sie sich wieder gefasst, schaute lächelnd zu Florian rüber. Oh, der wirkte jetzt aber sehr geknickt ... Kein Wunder, wenn ihr Jugendfreund wie ein Racheengel vor ihnen stand! »Und das ist Florian Seitenbach, ein sehr lieber Freund aus Nürnberg!«, erklärte sie weiter. Ohne dass es beabsichtigt gewesen war, hatte ihre Stimme einen viel weicheren Klang bekommen.

»Sehr erfreut!«, murmelten beide Männer fast gleichzeitig, fixierten sich einen Moment lang, als ob sie Hauptdarsteller bei einem Westernduell wären.

Alles klar, bei beiden hielt sich die Freude in Grenzen. »Und? Was führt dich nach Kirchberg?«, fragte Rosa jetzt, die diesem bizarren

Aufeinandertreffen ein möglichst rasches Ende bereiten wollte.

»Äh …«

Chris schien scharf nachzudenken, kniff dabei seine schönen grüngrauen Augen zusammen – kurz gab es ihr einen Stich in der Brust, aber wirklich nur eine Minisekunde. »Tja, ich wollte mich mal erkundigen, ob du zwei junge Kaninchen abgeben könntest«, sagte er jetzt und schien ehrlich erleichtert, dass ihm der Grund seines Besuches schließlich doch noch eingefallen war.

Irgendwie seltsam, fand Rosa. Und seit wann interessierte sich Christian für ihre Kaninchen? »Sind die für den Sonntagsbraten vorgesehen?«, mischte sich nun Florian merklich belustigt in das Gespräch ein und erntete dafür einen bitterbösen Blick von Christian.

»Natürlich nicht!«, sagte er scharf.

»Eine meiner Patientinnen hat mich vorhin gefragt. Ihre zwei Kinder wünschen sich sehnlichst welche als *Haustiere*, und da bist du mir eingefallen!«

Die letzten Worte richtete er wieder an Rosa, die vielsagend die Augenbrauen hob. Aha, jetzt gab Christian neben seinem Beruf als Gynäkologe auch noch den Haustiervermittler – na, wenn schon. »Du, wir haben ein paar Kleine, so in vier Wochen kann ich sie herschenken – wenn es ein wirklich guter Platz ist«, erklärte Rosa nun, schaute Christian dabei mit einem Blick à la »Und sonst noch was?« an.

Der schien zu kapieren, dass er hier völlig fehl am Platz war, und wandte sich zum Gehen. »Na, dann weiß ich ja Bescheid ... schönen Abend noch!«

»Ebenfalls!«, rief Florian, während er nach Rosas Hand fasste.

Genau in diesem Augenblick drehte sich Christian um, guckte seine Jugendfreundin fast entsetzt an. »Mach's gut!«, rief die ihm nach.

Und weil ihr sein seltsames besitzergreifendes Benehmen immer mehr auf die Nerven ging, konnte sie es sich nicht verkneifen, in einem eher spöttisch klingenden Ton »Schönen Gruß an deine Ines« hinzuzufügen.

»Werde ich ausrichten!«, erwiderte Christian – und es klang eher wie ein Knurren –, bevor er verschwand.

Mit einem vernehmbaren Seufzer lehnte sich Rosa an Florian. Der runzelte die Stirn. »Was war denn mit dem los?«

»Keine Ahnung«, gab sie kopfschüttelnd zurück.

Im Ernst, so richtig kannte sie sich tatsächlich nicht aus.

»Was bin ich nur für ein Idiot!«, brüllte Christian über das laut aufgedrehte Autoradio, aus dem ein Gute-Laune-Song von DJ Ötzi dröhnte, hinweg. Völlig unpassend für seine eigene miserable Stimmung. Obwohl er viel zu schnell in eine Kurve fuhr, ließ er mit einer Hand das Lenkrad los, fuhr sich mit einer verzweifelten Geste durchs Haar. Sofort begann der Wagen zu straucheln. »Mist!«

Erschrocken lenkte der Arzt nun wieder mit beiden Händen, nahm endlich den Fuß vom Gaspedal. So fix und fertig er auch war, er musste sich unbedingt beruhigen, sonst landete er noch im Straßengraben oder im Gegenverkehr. Schwer atmend fuhr er nun im erlaubten Tempo weiter, während seine Gedanken im Kopf Karussell fuhren. Was hatte er sich bloß dabei gedacht, ohne Voranmeldung bei Rosa aufzutauchen? Wie ein Ritter, der um die Hand seiner Liebsten anhalten wollte! Völlig bescheuert! Kein Wunder, dass sie ihn angesehen hatte, als ob er nicht mehr ganz dicht gewesen wäre. Ja, durchgeknallt kam er sich ja selbst vor. Ohne zu überlegen war er vorhin von zu Hause losgefahren, und wie von selbst hatte er den Wagen nach Kirchberg, zu Rosas Ferienpension gelenkt. Natürlich war er bloß zu Rosa gefahren, um sie um Rat zu fragen wegen seiner, nun ja, ziemlich verkorksten Beziehung mit Ines. Nur warum, warum war ihm dann dauernd durch den Kopf gegangen, seine Jugendfreundin in den Arm zu nehmen, sie zu küssen. Noch jetzt erschauerte er, wenn er daran dachte, wie gerne er ihre weichen Lippen hatte spüren wollen. Denn dass sie weich waren, sich einfach himmlisch anfühlen mussten, daran hegte er keinen Zweifel. »Vergiss es!«, rief er jetzt wieder laut, diesmal über Madonnas »Hung up« hinweg.

Rosa hatte ihm die letzten Jahre doch unmissverständlich zu verstehen gegeben, dass sie nicht mehr als einen guten Freund in ihm sah. Und er? Er war mit Ines zusammen, die doch eine richtig klasse Frau war und die Rosa komischerweise sogar als seine Braut betitelt hatte. Warum bloß hörten alle außer ihm schon die Hochzeitsglocken läuten? Er kapierte es einfach nicht. An einer roten Ampel, bereits in Kitzbühel, ließ er ächzend den Kopf aufs Lenkrad sinken. Und warum nur fühlte sich alles so falsch an? Weshalb hätte er vorhin am liebsten diesem Florian seine Faust ins Gesicht gerammt? Der Kerl war ihm gleich von der ersten Sekunde an unsympathisch gewesen. Wie abschätzig der ihn gemustert hatte. Erst als hinter ihm gehupt wurde, merkte Christian, dass die Ampel auf Grün umgesprungen war. Mit quietschenden Reifen fuhr er los, bog dann langsamer in die kleine Seitenstraße ein, in der seine Wohnung lag. Nachdem er den Wagen in der Nähe des Hauses geparkt hatte, schlich er leise die Treppe hoch, bemühte sich, die Wohnungstür fast lautlos aufzuschließen. Drinnen war alles dunkel und still. Erleichtert atmete er auf, Ines schlief wohl schon. Schließlich war sie alles andere als eine Nachteule. Hoffentlich, schoss es ihm durch den Kopf, während er sich im Geiste selbst die Daumen hielt.

Völlig erbärmlich und feige, keine Frage. Aber er hatte das Gefühl, als ob seine Schultern von zentnerschweren Gewichten nach unten gedrückt wurden. Fast krank fühlte er sich, und für eine hitzige Diskussion – und nichts anderes stand ihm bevor, wenn seine Freundin heute noch mit ihm reden wollte, da machte er sich gar keine Illusionen – fehlte ihm schlicht die Energie. Vorsichtig schlüpfte er aus seinen Schuhen, legte die Schlüssel in die kleine türkisblaue Keramikschale im Flur, die sie vom letzten Griechenlandurlaub mitgebracht hatten, und huschte auf Zehenspitzen ins Schlafzimmer.

»Darf ich dich jetzt küssen?«

Florian hatte Rosa an sich gezogen, sein Mund war so nahe an ihrem Ohr, dass sie seinen Atem spürte. Angenehm frisch roch er, ein wenig nach Pfefferminze. Und sein Aftershave – sie tippte auf Zitrone und Vanille –, das in der kühlen Abendluft noch stärker zur Geltung kam, war geradezu betörend. Leise stöhnte sie auf. Eigentlich hätte jetzt alles ganz romantisch sein können. Der Schein der Hauslaterne, die inzwischen angegangen war, zauberte geheimnisvolle Schatten auf Florians attraktives Gesicht mit den kleinen Grübchen. Zum Glück standen sie weit genug weg von den Fenstern, so dass man sie von drinnen nicht beobachten konnte. Also warum war sie dann so angespannt? Natürlich, immer wieder musste sie an Chris denken, an seinen fassungslosen Gesichtsausdruck, als er sie zusammen mit Florian gesehen hatte. Völlig fehl am Platz, keine Frage. Und dennoch hatte sich vorhin nicht nur vor Ärger ihr Magen umgedreht. »He, denk nicht länger an diesen komischen Typen!«, raunte Florian ihr jetzt zu. »Wenn er dich wirklich lieben würde, wäre er mit dir zusammen und nicht mit dieser Ines!«

Wie auf Kommando bekam sie einen knallroten Kopf, was hier im Halbdunkeln hoffentlich nicht so auffiel. Ertappt! Da konnte wohl jemand Gedanken lesen. Auf einmal wurde ihr ganz warm ums Herz. Genau, das war es, was sie an Florian von Anfang an so besonders gefunden hatte: Ohne dass sie ihm etwas erklären musste, konnte ihr der erstaunliche Mann bis ins Herz sehen. Kaum etwas hatte sie von Christian erzählt. Zumindest nichts Wichtiges. Und schon gar nicht, dass sie mal vor ewig langer Zeit ein wenig für ihn geschwärmt hatte. Und dennoch traf Florian den Nagel punktgenau auf den Kopf. Vielleicht schwangen ihre beiden Seelen ja tatsächlich im Gleichklang, wenn es so etwas überhaupt gab. Und recht hatte er sowieso: Wenn ihr Jugendfreund nur ein bisschen etwas für sie empfinden würde, hätte er sie längst darauf angesprochen. Doch das war nie passiert. Stattdessen würde er Ines heiraten. Innerlich straffte sie sich. Nein, der Mann war nicht mehr ihr Problem. Das Leben ging weiter, auch ohne ihn. Und wie es aussah, gar nicht mal so schlecht! »Ach, der Christian!«, sagte sie betont gelassen. »Der interessiert mich doch gar nicht, zumindest nicht als Mann!«

»Und ich? Interessiere ich dich als Mann? Zumindest ein bisschen?«

Seine Stimme erinnerte sie jetzt an geschmolzene dunkle Schokolade – ein wenig herb und doch süß ... und äußerst verführerisch. Auf einmal stellten sich alle Härchen in ihrem Nacken auf, noch mehr, als Florian ihr sanft über den Rücken strich. Huch, war ihr auf einmal heiß, ihr ganzer Körper schien in Flammen zu stehen. Und jetzt, ja, jetzt küsste Florian sie. Zuerst ganz vorsichtig, dann immer leidenschaftlicher. Mmmh … ja, es fühlte sich angenehm an – vielleicht nicht ganz das explodierende Feuerwerk, das sie angesichts der Spannung, die sich zwischen ihnen aufgebaut hatte, erwartet hätte, aber doch, schön war es, seine ein wenig rauen Lippen auf ihrem Mund zu spüren. He, sie würde Christian aus ihrem Kopf verbannen, endlich und für immer … wer war dieser Mann noch gleich? Wisch, wisch, einfach mal zur Seite geschoben. Nicht grüngraue Augen hatte sie nun vor sich, sondern blaue, so strahlend blau wie der Himmel an einem wunderschönen Sommertag. Ja, es klappte, vielleicht war sie noch nicht hundertprozentig entspannt, aber auf einem guten Weg. Zumindest fühlte sie sich viel unbeschwerter, konnte den Augenblick immer mehr genießen. »Du bist ein Traum«, flüsterte Florian ihr nun zu, »aus dem ich nie mehr aufwachen möchte!«

»Schön«, wisperte sie zurück, drückte sich noch ein wenig enger an ihn, dessen Hände sanft über ihren Rücken strichen.

Oh, musste ausgerechnet jetzt ihr Magen knurren? In der abendlichen Stille klang das ja so, als ob in ihrem Bauch ein Motor gestartet worden wäre … Unromantischer ging's nun wirklich nicht! Vielleicht gar nicht so verwunderlich, dass ihr Magen sich meldete: Ihre letzte richtige Mahlzeit war ein frühes Mittagessen gewesen, bestehend aus einer Hühnersuppe mit Nudeln. Nicht allzu üppig und etliche Stunden her … Vorher, als ihr Maria ihr Geständnis gemacht hatte, war sie einfach zu aufgeregt gewesen, um wenigstens einen Apfel runterzukriegen. »Hunger, meine süße Bergfee?«, fragte Florian nun auch prompt.

Er hatte sie ein Stückchen von sich weggeschoben und zwinkerte ihr verschmitzt zu.

»Kann man wohl sagen«, musste sie unwillkürlich mitlachen. »Ich hab schon ewig nix mehr gegessen.«

Sie strich sich über ihren flachen Bauch. »Und mein Magen weiß anscheinend, dass die Maria eine Riesenpfanne Kaiserschmarren zum Abendessen machen wollte! Der steht bestimmt schon auf dem Herd und wartet auf uns.«

»Und Pflaumenkompott ist auch dabei?«, fragte er im sehnsüchtigen Ton nach.

Neckisch wuschelte sie ihm durchs Haar. »Wir sagen zwar ›Zwetschkenröster‹ dazu, aber ja, den haben wir natürlich auch. Und wie ich die Maria kenne, hat sie eine Riesenportion gemacht!«

»Oh, du bist ja noch da!«, rief sie eine Minute später überrascht auf, als sie mit Florian in die Küche kam.

Maria stand mit einer rot-weiß geblümten Küchenschürze am Herd, rührte mit einem

Holzlöffel in einer großen gusseisernen Pfanne. Langsam drehte sie sich um, nickte Florian zu, der fröhlich »Guten Abend!« rief. Dann wandte sie sich mit ernstem Gesicht Rosa zu. »Ich hab gedacht, wir zwei reden noch einmal miteinander.«

Die trafen die Worte wie ein Schlag. Natürlich … Die arme Maria musste ja fürchten, ihren Job in der Ferienpension zu verlieren! Mit einer fahrigen Bewegung strich sie sich eine lange dunkle Strähne aus dem Gesicht. Himmel, wie hatte sie nur darauf vergessen können! Die Überraschung mit Florian hin oder her! Mit schuldbewusstem Gesicht trat sie an die Sechzigjährige mit den kurzen grauen Löckchen heran. »Du, es ist alles okay«, flüsterte sie ihr ins Ohr. »Zwischen uns geht es ganz normal weiter … und die Sache von vorhin vergessen wir einfach.«

Die Augen der älteren Frau wurden auf einmal feucht. »Du bist ein Engel, und das Geld zahl ich dir ganz schnell zurück!«

»Nein, nein«, wehrte Rosa mit erhobenen Händen ab. »Das passt schon …«

Sie warf einen raschen prüfenden Blick auf Florian, der sich inzwischen an den Tisch gesetzt hatte und sich offensichtlich auf einen Artikel in einer Fremdenverkehrszeitschrift konzentrierte. Natürlich, Frauengespräche schienen ihn wie die meisten Männer gar nicht zu interessieren … Dennoch formulierte sie es vorsichtig: »Aber das Einzige, was ich mir wünsche, ist, dass *du* die Sache nicht auf sich beruhen lässt.«

Maria nickte, dann seufzte sie laut auf. »Versprochen, ich werde diese Bande nicht einfach so davonkommen lassen.«

»Sehr gut!«

Erleichtert klopfte Rosa ihr auf die Schulter. Das war ja einfacher gegangen, als sie gedacht hatte. Insgeheim war sie ja ein wenig besorgt gewesen, ob Maria nicht doch noch in den ominösen John verliebt sein könnte und deswegen ihren sonst so klaren Verstand unwiederbringlich über Bord geworfen hatte. »Wenn du willst, gehe ich mit dir zur Polizei«, bot sie ihr dennoch an.

»Mädel, du hast schon so viel für mich gemacht, das schaffe ich schon allein!«, rief da ihre Angestellte aus.

Erst danach schauten beide Frauen fast gleichzeitig erschrocken zu Florian. Hoffentlich hatten sie nicht schon zu viel von etwas ausgeplaudert, was niemanden etwas anging. Aber der Nürnberger schien völlig versunken in den Bericht über den Wilden Kaiser. Rosa stupste ihn leicht an. »Na, wie schaut's jetzt aus mit Kaiserschmarren?«

Lächelnd schaute er auf, direkt in ihre dunkelbraunen Augen. »Aber immer gern! Für einen Kaiserschmarren mit Zwetschkenröster könnte ich sterben!«

Wieder brachte dieser Blick sie ein wenig aus der Fassung. Jetzt konnte es aber auch mal gut sein! Glücklicherweise hatte sie sich gleich darauf wieder im Griff. »Gib's doch zu! Nur wegen

Marias Spezialität bist überhaupt so schnell wieder nach Tirol gekommen!«

»Erwischt!«

Beide lachten auf. Und eigentlich hätte sich Rosa gedacht, dass Maria mitlachen würde. Doch die blieb stumm. Seltsam … Die junge Frau musterte sie, bemerkte für einen Bruchteil einer Sekunde einen fast feindseligen Blick, den Maria Florian zuwarf. Was war denn da los? Zum Glück schien der Mann nichts zu bemerken. Kein Wunder, sein Fokus lag einzig und allein auf ihr, die er regelrecht anzuhimmeln schien. Doch sie konnte sich nicht so recht darüber freuen. Ein komischer Gedanke kam ihr, den sie selbst nicht recht verstand. War ihre Angestellte, nachdem sie ganz offenkundig einem Schwindler aufgesessen war, nun neidisch auf ihr, nun ja, zumindest zart aufkeimendes Glück? Mit ruppigen Bewegungen holte Rosa drei mit Streublumen bemalte Teller aus dem alten Holzschrank. »Du, ich hab vorhin schon gegessen«, sagte da Maria, bevor die andere den dritten Teller auf den Tisch stellte.

»Ich geh dann mal.«

»Na dann, gute Nacht!«, antwortete Rosa fast erleichtert. »Komm gut nach Hause!«

Normalerweise würde sie auch noch zu ihr hingehen und sie zum Abschied umarmen. Doch das brachte sie jetzt einfach nicht über sich. Okay, vielleicht tat sie Maria ja wirklich unrecht, und deren komischer Blick vorhin in Richtung Florian war reiner Zufall gewesen. Bin wohl im Moment ein bisschen dünnhäutig, schoss es ihr durch den Kopf.

Ja, genau, das war's – alleine heute war dermaßen viel passiert ... da musste einem ja ganz schwummrig im Kopf werden.

Nun schloss sie doch die ältere Frau in die Arme. »Bis morgen, du Liebe!«

»Ja, bis morgen, ihr beiden Hübschen!«, antwortete die und lächelte schon fast an der Tür nun auch Florian ganz freundlich zu.

»Lasst euch den Kaiserschmarren gut schmecken!«

»Ja, das werden wir!«, antwortete Rosa, während sie die Pfanne in die Tischmitte platzierte.

Und auch Florian meinte herzlich zu Maria: »Wenn Ihr Kaiserschmarren nur halb so gut schmeckt wie beim letzten Mal ...«

Statt den Satz zu vollenden, machte er mit Kussmund und Fingern ein eindeutiges Zeichen. Beide Frauen lachten, und ehe Rosa noch das »Wichtigste« vergaß, holte sie noch schnell das große Glas Zwetschkenröster aus dem Vorratsschrank.

Nun kam Maria noch einmal zurück, legte schelmisch den Kopf schief. »Übrigens, das Zimmer ›Traumland‹ hab ich vorhin fertig gemacht!«

Rosa nickte gerührt. »Danke! Du bist ein Schatz!«

Als sie draußen war, nickte Florian mit vor der Brust verschränkten Armen. »Deine Maria scheint ja eine wahre Perle zu sein ...«

Oh, hatte das jetzt höhnisch geklungen? Hastig warf sie ihm einen prüfenden Blick zu. Nein, er lächelte ganz harmlos. Langsam konnte sie wirklich aufhören, ständig in Alarmbereitschaft zu sein, wenn das so weiterging, hörte sie ja noch das Gras wachsen …

Kaum hatte Christian auf Socken das Schlafzimmer betreten, ging das Licht an. Wie ein untreuer Ehemann, der von seiner Frau in flagranti erwischt worden war, zuckte er zusammen. Absolut lächerlich, ärgerte er sich über sich selbst. Schließlich hatte er überhaupt nichts in dieser Hinsicht verbrochen. Blöd nur, dass ihm dauernd so komische Sätze im Kopf herumspukten. Sätze, die er natürlich niemals über die Lippen bringen würde: »Ines, es tut mir leid, wir müssen uns trennen. Ich liebe dich nicht richtig.« Oder noch schlimmer: »Auch wenn ich es mir nie eingestehen wollte: Ich empfinde für die Rosa so viel, dass ich unmöglich eine andere Frau in mein Herz lassen könnte.« Sätze, die sowas von wirr waren, dass er vielleicht überprüfen sollte, ob er sich nicht irgendeinen grippalen Infekt zugezogen hatte. Oder nervliche Überlastung wegen seiner Praxis. »Burnout« oder irgendwas in der Art vielleicht. »Hallo Ines«, sagte er stattdessen zu seiner Freundin, die im Nachthemd halb zugedeckt im Bett lag und ihn anklagend anschaute. »Wo warst du denn? Ich hab mir Sorgen gemacht.«

Verlegen räusperte er sich. »Bin einfach nur rumgefahren, wollte einfach mal einen klaren Kopf über uns beide bekommen …«

»Und?«

Herausfordernd sah sie ihn an. »Warst du erfolgreich?«

»Sag's ihr endlich! Sag's ihr endlich! Sei kein so erbärmlicher Feigling!«, plärrte eine unbarmherzige innere Stimme in seinem Hirn.

Aber was nur sollte er ihr denn bitte schön sagen? Sollte er tatsächlich Rosa ins Spiel bringen? Die Frau, die offensichtlich einen Freund hatte, wie lange schon, das würde ihn auch mal interessieren! Obwohl es ihn natürlich rein gar nichts anging. Und er? Er war doch auch nur sentimental, weil er für Rosa, die er so viele Jahre kannte, immer heimlich geschwärmt hatte. So heimlich, dass es ihm lange Zeit nicht mal selbst bewusst gewesen war ... Und irgendwann war es einfach zu spät gewesen, der Zug war abgefahren. Und deswegen sollte er jetzt wirklich mit Ines Schluss machen? Mit dieser patenten, bezaubernden Frau? Die ihn augenscheinlich wirklich liebte? »Aber diese Gefühle erwiderst du nicht so, wie sie es verdient hätte!«, krähte seine innere Stimme munter weiter.

Langsam aber sicher bekam er Lust, das freche Ding zu erwürgen! Mit verkniffenem Gesicht gab er sich einen Ruck, steuerte entschlossen auf Ines' Bettseite zu. Um sich dann fast im Zeitlupentempo an den Bettrand zu setzen. Sofort fasste sie nach seiner Hand, sah ihn ängstlich, fast panisch an. Unwillkürlich musste er schlucken, dann brachte er wenigstens ein paar Worte raus. »Tut mir wirklich leid, wenn du dir Sorgen gemacht hast.«

Offenbar bereits halb verzeihend zuckte Ines mit den Schultern, verzog den Mund zu einem schiefen Lächeln – sagte jedoch kein Wort. Also musste wohl unweigerlich er weitersprechen. »Ich musste einfach über uns nachdenken, denn die Sache ist die …«

So, jetzt könnte er mit der Sprache rausrücken. Einfach sagen »Unsere Gefühle füreinander sind nicht die gleichen« oder irgendwas in der Art. Doch bevor er zum Sprechen ansetzte, schob sich ein Bild vor sein inneres Auge. Rosa mit ihren wunderschönen, nun so leuchtenden Rehaugen und dieser andere Mann, die so innig beieinander gestanden waren. Und er war wie ein Idiot in die romantische Szene reingeplatzt. Ganz toll … Ein Blinder hätte da gemerkt, dass sich Rosa über sein Erscheinen ungefähr so sehr gefreut hatte wie über einen Kropf! Und da sollte er tatsächlich seine eigene Beziehung wegwerfen? Für etwas, das doch völlig unerreichbar wäre? »Aber es wäre ehrlich«, erklärte seine innere Stimme nun, offenbar bemüht, den Titel »Größter Moralapostel von Tirol« zu gewinnen.

Leider hatte diese Stimme absolut recht. »Ines …«, setzte er an.

Doch bevor er noch mehr sagen konnte, legte sie ihm ihren Finger auf die Lippen. »Psst«, flüsterte sie.

Dann sah sie ihm tief in die Augen. »Wir brauchen gar nichts überstürzen. Es ist doch schön, so wie es ist.«

Automatisch nickte er. »Ja, wenn du das so siehst …«

»Tu ich«, erklärte sie bestimmt.

Dann lachte sie hell auf. »Die Sache mit der Hochzeit war einfach nur ein kindischer Einfall.«

Enttäuscht registrierte sie, wie sein Gesicht sich augenblicklich entspannte. Ihre Befürchtung, die seit einiger Zeit in ihr arbeitete, schien sich zu bestätigen: Chris liebte sie nicht richtig. Zumindest nicht genug, um sich eine gemeinsame Zukunft mit ihr vorstellen zu können. »Noch nicht«, sprach sie sich selbst Mut zu.

Denn über kurz oder lang würden seine Gefühle für sie wachsen. Davon war sie fest überzeugt. »Komm, Liebling«, flüsterte sie in sein Ohr.

»Für heute haben wir genug geredet …«

Mit einer geschmeidigen Bewegung zog sie ihn zu sich ins Bett, kuschelte ihren Körper, der nur in ein kurzes Seidenhemdchen gehüllt war, an ihn. Nur ein kurzes Zögern von seiner Seite, dann zog er sie mit einem entschlossenen Ruck an sich.

»He, damit warten wir noch ein bisschen …«, flüsterte sie, schob seine Hand, die eben schnurstracks unter ihren BH gewandert war, sanft zurück.

Mit einem verschmitzten Lächeln zwinkerte Rosa Florian, den sie eben auf sein Zimmer gebracht hatte, zu. »Nenn mich ruhig altmodisch, aber für unseren ersten Abend wäre mir das echt zu viel …«

Er wich zwei Schritte zurück und seufzte tief auf. Um gleichzeitig einen tieftraurigen Hundeblick aufzusetzen. »Du weißt aber auch, wie du die Männer verrückt machst …«

Im nächsten Moment lachte er aber wieder und Rosa mit ihm. Zärtlich fuhr sie ihm über sein dunkles Haar. »Du wirst es überleben, mein Held. Und jetzt schau dir lieber erst das Zimmer an, ob's dir gefällt!«

Mit einer einladenden Geste zeigte sie auf die hellen Landhausmöbel, die gelb-blau gestreiften Vorhänge vorm geöffneten Fenster. Florian ließ ebenfalls seinen Blick über die Einrichtung, die liebevollen Details wie die Blumenvase mit den gelben Röschen und die Stehlampe mit dem Schirm voller lavendelfarbener Streublumen schweifen. »Es ist noch schöner als mein Zimmer letztes Mal!«

Er deutete auf das Bett mit dem hellblauen Himmel. »Und mit dir kann ich mir das schon recht gut vorstellen, dass es seinem Namen ›Traumland‹ alle Ehre macht.«

»Du kannst es einfach nicht lassen«, versuchte sie streng zu klingen.

Dabei grinste sie jedoch breit. Tja, sie musste schon zugeben, dass sie dieses Geplänkel mit Florian ziemlich sexy fand. Zumindest lenkte es sie ab von der seltsamen Begegnung mit Christian vorhin, aus der sie, so viel sie auch darüber nachdachte, einfach nicht schlau wurde. Eifersucht konnte es bei ihm doch nicht gewesen sein, schließlich hätte er sie doch all die Jahre haben können. Oder fühlte er sich irgendwie für sie verantwortlich? Genau, das ist es, schoss es ihr auf einmal siedend heiß durch den Kopf.

Offenbar fühlte sich Christian wie ihr großer Bruder, der wohl am liebsten gefragt werden würde, wenn sie einen Mann kennenlernte. »Der spinnt ja völlig«, murmelte sie voller Empörung, bekam das aber erst mit, als Florians fragender Blick auf ihr ruhte.

Nervös lächelnd schob sie ihn zum offenen Fenster. »Du, wenn wir uns heute schon nicht gemeinsam unterm Betthimmel wälzen, dann können wir uns zumindest zusammen den Sternenhimmel anschauen!«

Noch mal die Situation gerettet! Denn Florian umfasste lachend ihre Taille. »Na ja, ist zwar nur ein schwacher Trost …«

Sie blinzelte, dann zeigte sie auf den Nachthimmel, der wie schwarzer Samt wirkte, auf dem Abertausende Diamanten verstreut lagen. »Aber der große Wagen ist trotzdem schön, gell?«

»Aber ja«, nickte er. »doch lang nicht so schön wie du …«

Mit einem tiefen Seufzer ließ Maria ihren schweren Beutel auf den Boden ihres kleinen, aber gemütlichen Wohnzimmers fallen. Das war vielleicht ein Tag gewesen! Wenn sie daran dachte, wie sie Rosa ihren Diebstahl gebeichtet hatte und diese dennoch so herzlich und lieb zu ihr gewesen war, färbten sich ihre Wangen erneut dunkelrot. Wie, um Himmels willen, hatte sie bloß so abgrundtief dumm sein können? Mit beiden Händen wischte sie sich über ihre Augen, hätte am liebsten alles weggewischt, was sie Schlimmes getan hatte. Diesem Betrüger zu vertrauen! Ihm nur ein einziges seiner doch offensichtlich nur geheuchelten Worte zu glauben! Mit Tränen in den Augen schaute sie auf das Porträt von Josef, das in einem goldenen Rahmen auf dem Regal vor ihr stand. Ihr lieber Josef, der einfach vor fünf Jahren ohne jegliche Vorwarnung an einem Herzinfarkt gestorben war. »Hast mich einfach allein gelassen!«, flüsterte sie dem leicht faltigen Männergesicht mit den gütigen grauen Augen und einem Anflug von einem Lächeln zu.

»Was hast du dir dabei nur gedacht?«

Die Worte verklangen im Raum, ohne dass eine Antwort kam. Wenn Maria ehrlich war, hatte sie sogar auf eine gewartet. Missmutig schüttelte sie den Kopf. »Jetzt wirst schon ganz blöd!«, schimpfte sie, aber nicht den lieben Josef, sondern sich selbst.

Ein dicker Knödel hatte sich auf einmal in ihrem Hals breitgemacht, wenn sie sich nicht schnell ablenkte, fing sie jetzt wirklich noch an zu heulen. »Nur nicht daran denken, wie allein du dastehst«, versuchte sie sich selbst aufzurichten.

»Auch wenn du die Rosa hast, den Benno … was allerdings kein Ersatz für eine Partnerschaft ist!«

Natürlich ging der Schuss nach hinten los. Mit ihren idiotischen Gedanken machte sie ja alles nur noch schlimmer. Doch gerade als sie sich, ihrer Einsamkeit so richtig bewusst, schluchzend in ein Taschentuch schnäuzte, klingelte ihr Telefon. Sie wischte sich hastig ein paar Tränen von den Wangen weg, dann ging sie ran. »Schoberle Maria hier«, meldete sie sich bemüht sachlich.

Im nächsten Moment schluckte sie. »Du, John?«

Durchs Telefon hörte sie seine angenehm tiefe Stimme: »Maria, du fehlst mir so sehr, ich denke nur an dich …«

Süß wie Honig klang er, seine Worte schienen direkt aus dem Hörer zu fließen. »Hallo John, wie geht es dir?«, begann sie ein wenig zittrig.

»Was ist los, Darling?«, fragte er. »Geht es dir nicht gut? Du weißt doch, ich bin immer für dich da, mein Engel! Ohne dich fällt mir sogar das Atmen schwer.«

»Da geht's dir genauso wie mir«, antwortete sie, ein wenig nach Luft schnappend.

»Du fehlst mir auch ganz schrecklich, mein Schatz …«

4

»Die Zeit hier in Tirol hat uns dreien auf jeden Fall richtig gutgetan ... und wie lieb Sie zur Nele waren ... ich weiß gar nicht, wie ich mich bei Ihnen für alles bedanken kann.«

Mit verdächtig schimmernden Augen schaute Doris Reichart Rosa an, die ihr an der üppig gedeckten Kaffeetafel auf der Terrasse gegenübersaß. Ein wenig hektisch räusperte sie sich, um dann wieder ziemlich gefasst und sogar mit einem Schmunzeln hinzuzufügen: »Und Ihr Apfelstrudel ist einfach ein Traum!«

Der Strudel, den Rosa eben erst aus dem Backrohr geholt hatte, duftete tatsächlich so verführerisch, dass man es vermutlich bis nach Kitzbühel riechen konnte. Oder zumindest fast. Und die Pensionswirtin, die sich bei so viel Lob, so nett es auch gemeint war, immer ein wenig wand, wehrte hastig ab. »Schön, wenn es Ihnen bei uns gefallen hat ... aber Urlaub ist wohl immer eine gute Zeit, um sich als Paar wieder näher zu kommen ...«

Doris zog eine Grimasse. »Na ja, manche Eheleute hauen sich gerade dann gegenseitig die Köpfe ein.«

»Stimmt«, nickte Rosa. »Aber vorsorglich habe ich bereits vorher alle schweren Gegenstände versteckt.«

Erschrocken starrte Doris die Tirolerin an, dann entdeckte sie den Schalk in deren Augen.

»Sie sind spitze!«, kicherte sie.

Danach senkte sie die Stimme, obwohl sich ihr Mann Klaus, der eben mit Nele aufgestanden war, weit außer Hörweite befand. Da die Familie gleich nach dem Kaffeetrinken aufbrechen wollte, hatte ihn Nele fortgezerrt, damit er sich mit ihr von jedem Kaninchen einzeln verabschieden konnte. »Aber sicher doch, das darf ich auf keinen Fall vergessen!«, war sein Kommentar gewesen, erstaunlich ernst vorgetragen, doch um seine Mundwinkel hatte es verräterisch gezuckt.

»Klaus hat mir versprochen, seine Affäre zu beenden … wir wollen es noch mal miteinander versuchen«, erklärte sie unvermittelt.

Mit großen Augen schaute sie Rosa an. »Bin ich jetzt sehr naiv? Oder einfach nur blöd?«

»Gar nichts von beiden!«, antwortete die andere überzeugt. »Sondern meiner Meinung nach ziemlich klug … denn sonst würden Sie sich vielleicht ein Leben lang ärgern, wenn Sie es nicht einmal versucht hätten. Wo Sie beide sich doch offenkundig richtig gern haben – das sieht man einfach.«

In der nächsten Sekunde verzog sie ihr Gesicht zu einer leicht verzweifelten Grimasse. »So, jetzt sollte ich aber ganz schnell meinen Mund halten. Ich bin weder verheiratet, noch hab ich Kinder. Ehrlich gesagt, kann ich nicht mal eine längere Beziehung vorweisen.«

Kopfschüttelnd kaute sie an einem Stück Apfelstrudel. »Und spiel mich hier als Beziehungsratgeberin auf …«

»Jetzt stellen Sie Ihr Licht nicht so untern Scheffel!«, sagte Doris mit einem amüsierten Lächeln.

»Ich glaub, Sie haben da den richtigen Riecher.«

Dann wurde sie wieder ernst. »Er hat es mir hoch und heilig geschworen … so was passiert nie wieder.«

Rosa fasste kurz nach der Hand der anderen, die auf einmal mit ihren zusammengepressten Lippen total unglücklich wirkte. »Ich drück die Daumen … so fest, bis sie blau werden.«

Puh, erleichtert registrierte sie, wie Doris lachen musste. Als die zwei Frauen sahen, dass Klaus und Nele um die Ecke bogen, wechselten sie ganz schnell das Thema. »Beim nächsten Urlaub hier müssen wir unbedingt noch mehr wandern gehen!«, erklärte Doris, zwinkerte Rosa dabei verschwörerisch zu.

Rosa nickte zustimmend. »Ich kenne noch ganz viele schöne Touren … wenn Sie wollen, geb ich die Bergführerin!«

»Ja!«, rief Nele, die Rosa umarmte, entzückt aus, um im nächsten Augenblick loszuschluchzen.

»Ich will nicht weg von dir!«

Es dauerte ein paar Minuten, bis alle Tränen getrocknet waren, und vielleicht tat auch das große

Stück Apfelstrudel, das in Alufolie verpackt mitgegeben wurde, seine Dienste. Aber irgendwann konnte Nele wieder lachen und versprach, aus Köln eine Postkarte zu schicken. »Ich such dir die schönste aus!«, erklärte sie durch das offene Wagenfenster von ihrem Rücksitz aus.

»Dann kommst du mich vielleicht auch einmal besuchen!«

Rosa strich ihr sanft über den dünnen Kinderarm. »Aber sicher … und dann schauen wir uns den Kölner Dom an! Den wollt ich eh schon immer einmal sehen.«

Danach winkten alle wie verrückt, auch Maria hatte sich neben ihre Chefin gestellt und wedelte unablässig mit ihrer Hand, bis der Kombi mit dem Kölner Kennzeichen hinter der Wegbiegung verschwand.

»Kommt's gut nach Hause!«, rief die ältere Frau noch einmal, eher für sich selbst, dann wandte sie sich an Rosa.

»Hoffentlich kommen sie wieder … waren ja ganz besonders liebe Leute.«

Die andere nickte mit einem breiten Grinsen. »Da hast recht. Aber eigentlich bin ich mir fast sicher, dass sie ihren nächsten Urlaub hier verbringen, so gut wie es ihnen gefallen hat …«

Versonnen vor sich hin lächelnd ließ sie ihren Blick über die üppige grüne Alm neben ihnen schweifen. Doch so richtig konnte sie sich nicht auf die Kühe und das Kälbchen, das so niedlich seiner Mama hinterherstakste, konzentrieren. Maria starrte sie wohl schon eine ganze Weile an, mit einem äußerst vieldeutigen Lächeln. »Na, so richtig verknallt, Fräulein Blauensteiner?«, meinte sie nun auch noch und schnalzte amüsiert mit der Zunge.

»Es fühlt sich einfach alles gut an«, seufzte Rosa wahrheitsgemäß.

Stimmte ja auch, der Florian war ein richtig Lieber, am nächsten Abend würde Therese zu Besuch kommen ... was wollte sie mehr? Prüfend ließ sie ihren Blick über Marias Gesicht wandern. Auch ihre Angestellte, die ja viel mehr mütterliche Freundin war, wirkte um einiges entspannter. »Und ... wie steht es mit diesem John?«, hakte sie dennoch nach.

Kurz zuckte die andere zusammen, dann nickte sie entschlossen. »Alles im Griff.«

»Du kannst mir vertrauen ... so einen Blödsinn mach ich nie wieder!«, fügte sie hinzu, während sie Rosa ernst ansah.

»Weiß ich doch«, antwortete die mit einem kleinen Lächeln.

Dann deutete sie diskret hinter Maria, wo nur wenige Meter entfernt ein rüstiger Mittsechziger mit weißem Vollbart in beigefarbener Hose und rot-weiß kariertem Hemd an einem von Marias Kräutertöpfen schnupperte. Offensichtlich Thymian. Mit ertapptem Blick schaute er auf, um gleich darauf den Frauen zuzuwinken. »Hallo, Herr Sedlak!«, rief Rosa fröhlich zurück, während Maria, die sich endlich umgedreht hatte, bloß mit verkniffenem Gesicht Unverständliches vor sich hin murmelte.

Dennoch näherte sich ihnen der Gast aus Wien mit leuchtenden Augen. Rosa fiel es schwer, ernst zu bleiben. Denn für wen Hubert Sedlaks Augen strahlten, war nicht schwer zu erraten. »Frau Maria!«, begann er auch gleich, als er bei ihnen angekommen war, machte dabei eine kleine Verbeugung.

»Wenn Sie ein bisschen Zeit hätten, wäre ich Ihnen sehr dankbar, wenn Sie mir Ihren Kräutergarten zeigen würden!«

Schnell drehte Rosa sich zur Seite, tat so, als ob sie niesen müsste. Alles nur, damit man ihr Grinsen nicht sehen konnte. Aber es war einfach zu putzig – und inzwischen konnte man sogar Wetten abschließen: Egal wo Maria sich aufhielt, kurze Zeit später tauchte dort auch – simsalabim – Herr Sedlak, der gutmütige Brummbär aus Wien, auf. Wenn das mal kein Zufall war. Doch auch heute hatte der Mann Pech: Nicht mal das winzigste Lächeln schenkte Maria ihm, verdrehte nur demonstrativ entnervt die Augen. »Die Kräuter können Sie sich doch auch alleine ansehen!«

Kopfschüttelnd schlurfte sie in ihren Birkenstock-Pantoffeln davon. »Als ob ich für so was Zeit hätte!«

Rosa schluckte nicht wenig entsetzt, traute sich gar nicht, den Urlauber anzuschauen. Ganz so harsch hätte Maria dem sympathischen Mann nun wirklich keinen Korb zu geben brauchen. Auf sanftere Art hätte er es ebenfalls kapiert. Nun war er bestimmt völlig geknickt. Als sie aber schließlich doch einen Blick in seine

Richtung wagte, traute sie ihren Augen kaum: Seinen Bart zwischen den Fingern zwirbelnd, lachte er in sich hinein. »Die hat schon recht, die Maria … einem Mann sollte man es niemals zu einfach machen.«

Okay, wenn er meinte, dieser Optimist … Sie räusperte sich umständlich. Zum Glück schien er keine Antwort zu erwarten. Denn dass Maria sich bloß ein wenig rarmachen wollte, war eine Möglichkeit. Die andere konnte man auch einfach mit »totalem Desinteresse« betiteln. Und dummerweise fiel ihr auch noch eine dritte ein, bei der ihr fast übel wurde. Denn die hieß schlicht und ergreifend »John«.

Nein, nix da! Sie würde Maria einfach vertrauen. Vielleicht hatte die tatsächlich noch Gefühle für diesen verdammten Betrüger, aber ihre Vernunft hatte gesiegt. Und damit basta. Noch die letzten Zweifel mit einer hastigen Schulterbewegung abschüttelnd, lief Rosa mit dem übermütig vor ihr herspringenden Benno hinters Haus. Zu dem knorrigen alten Birnbaum, unter dessen weiß blühenden Ästen auf einer Bank vorhin noch Florian gesessen hatte. Zum Glück sah sie ihn auch jetzt bereits aus einiger Entfernung mit seinem Laptop auf den Knien hier arbeiten, denn sie musste unbedingt mit ihm reden. Ungestört. Insgeheim schauderte es sie ein wenig davor, denn im Grunde war es von Florian vorhin doch total süß gewesen, ihr anzubieten, noch eine weitere Woche an seinen Urlaub hier anzuhängen. Und dummerweise hatte sie höflich »Ja, klar, gerne!« geantwortet.

Leider völlig voreilig. Denn so gern sie ihn auch mochte, wollte sie Therese nun wirklich nicht das Gefühl geben, bei ihr die zweite Geige zu spielen. Gerade jetzt. Es reichte ohnehin, dass ihr Besuch und der von Florian sich einige Tage überschneiden würden ... und so bis über beide Ohren verliebt wie Florian augenscheinlich war, würde er bestimmt enttäuscht sein, wenn sie recht viel Zeit mit Therese alleine verbringen würde ... eben ein echt blödes Timing. Mit ernstem Gesicht näherte sie sich dem schlanken Mann, der sofort den Laptop schloss. »Na, du, meine Schöne ...«

»He, ich will dich gar nicht beim Arbeiten stören. Bist ja offenbar ein gefragter Typ.«

»Tust du nicht«, erwiderte er mit seinem charmanten Grübchenlächeln, fasste dabei ganz selbstverständlich nach ihrer Hand.

»Und außerdem bin ich im Urlaub!«

»Ja. Deswegen wollte ich mit dir reden.«

Fragend schaute er sie an, dann stellte er den Laptop neben sich auf die Bank. Ups, und ehe Rosa es sich versah, hatte er sie auf seinen Schoß gezogen. »Willst mir etwa erklären, dass ich mich mehr um dich kümmern soll?«, fragte er ganz nahe an ihrem Ohr.

So, dass seine Lippen ihre Ohrmuschel berührten. Oh, das klang aber sehr sexy und fühlte sich ebenso an. Fast verlegen zog sie den Kopf zurück, musste an die letzte Nacht denken, in der sie beide das erste Mal miteinander geschlafen hatten. Beeindruckend. Dieses Wort fiel ihr als Erstes ein, wenn sie daran dachte, wie Florian sanft und doch bestimmend ihren ganzen Körper erkundet hatte. Keine Frage, der Mann wusste, was Frauen gefiel. Nun ja, zumindest, was ihr gefiel, hatte er von der ersten Sekunde an kapiert. Zärtlich, mit einer ordentlichen Portion Leidenschaft. Aber keine olympiareifen Stellungswechsel im Minutentakt. »He, das klingt ja wie ein Kochrezept!«, schoss es ihr belustigt durch den Kopf.

Also wirklich! Dabei war es einfach … ja, sehr schön gewesen. Nach dieser Nacht konnte sie sich nur darüber wundern, wie sie es überhaupt so lange ohne Sex ausgehalten hatte! So lebendig und aufgekratzt, wie sie sich nun fühlte. Herrlich. Nur eines war vielleicht ein bisschen seltsam: So richtig verliebt war sie immer noch nicht in Florian, was sie aber jetzt auf keinen Fall überbewerten wollte. Denn was hieß denn schon »richtig verliebt«? Schließlich hatte sie den Mann durchaus gern. Sehr gern natürlich. Mit Herzklopfen. Absolut. Und sie war sich völlig sicher, dass ihre Zuneigung wachsen würde. Abgesehen davon war sie wohl einfach noch zu überwältigt, als dass sie ihre Gefühle schon richtig einordnen konnte. »Genau, das ist es«, schoss es ihr durch den Kopf, während sie erleichtert aufatmete.

»Denkst du auch an heute Nacht?«, fragte Florian nun leise.

Bevor sie etwas sagen konnte, begann er an ihren Lippen zu knabbern, drückte seinen Mund nun fester auf ihren. He! So famos der Mann auch küssen konnte, das hier war eindeutig nicht der richtige Zeitpunkt dafür. Aber bedauerlicherweise konnte er ausgerechnet jetzt gar nicht genug davon bekommen. »Äh … sorry …«, nuschelte sie zwischen zwei Küssen, drehte den Kopf weg.

Florian küsste nun ihren Hals, fasste in den Ausschnitt ihrer moosgrünen Bluse … strich zuerst zärtlich über ihre Schlüsselbeine, um seine Finger danach unter ihren BH gleiten zu lassen. »Gehen wir in mein Zimmer?«

»Äh … ja … nein«, stammelte sie rum.

Himmel, stellte sie sich dusselig an. Darum ging es doch gar nicht! Entschlossen sprang sie auf. »Du, eigentlich denke ich darüber nach, ob es so eine gute Idee ist, wenn du gerade jetzt, wo Therese kommt, länger bleibst.«

Sie warf ihm einen schuldbewussten Blick zu. Jedoch in der Hoffnung, dass er sie verstehen würde. »Klar, das versteh ich doch!«, sagte er dann auch mit einem breiten Lächeln. »Dann komme ich ein anderes Mal wieder!«

»Das ist eine tolle Idee!«

Erleichtert pustete sie sich eine dunkle Locke aus der Stirn. Eine Sekunde lang hatte sie doch tatsächlich das Gefühl gehabt, so was wie Ärger in seinem Gesicht zu entdecken. Aber der Mann war einfach wunderbar, total verständnisvoll.

»Wirst sehen, wenn die Therese und ich ein bisschen Zeit miteinander verbracht haben, dann …«

»… lebst du auch wieder dein eigenes Leben!«, vervollständigte er den Satz.

Ein wenig irritiert sah sie ihn an. Aber gut, so verkehrt klang das gar nicht. Wenn ihre Halbschwester und sie wieder ein normales, gutes geschwisterliches Verhältnis zueinander hätten, dann konnte das Leben normal weitergehen. Mit all seinen schönen Seiten. »Du bist einfach ein Schatz!«

Seine blauen Augen blitzten, als sie ihn anlachte. »Wirklich …«, flüsterte sie gleich darauf, während es in ihrem Bauch angenehm zu prickeln begann. Und keine Sekunde länger wollte nun sie auf einen Kuss warten.

»Du, ich freu mich schon wahnsinnig auf Tirol!«, meinte kurz darauf Therese am Telefon.

Beim Klang der bekannten Stimme, wie eh und je ein wenig heiser und leicht nasal, fast wie bei einer Schauspielerin, fühlte sich Rosa so, als ob ihr jemand im Schneesturm eine warme Jacke um die Schultern legen würde. »Und ich freu mich auf dich!«, antwortete sie wahrheitsgemäß, bemüht, nicht allzu sentimental zu klingen.

»Aber natürlich!«, fiel ihr da Therese hastig ins Wort.

»Darum geht's ja … dass wir beide uns wieder haben.«

»Stimmt. Und du bist natürlich so lange willkommen, wie du möchtest.«

Am anderen Ende der Leitung erklang raues Lachen. »Pass auf, was du sagst! Am Ende bleibe ich noch ganz in Kirchberg!«

Nun musste Rosa laut auflachen. Großstadtpflanze Therese und das Landleben – zwei Dinge, die auf Dauer in etwa so zueinander passten, als ob man einen Delfin aus dem Atlantik in die Wüste übersiedeln wollte. Natürlich mit dem Unterschied, dass Tirol weniger Sand zu bieten hatte … und Therese eigentlich nie so das wahre Schwimmass war. »Du, von mir aus gerne, wenn du es ohne München aushältst!«

»Wer weiß …«, gab ihre Schwester zurück. »Manche Dinge ändern sich eben mit der Zeit.«

Rosa konnte nicht anders, als kurz daran zu denken, wie es wäre, wenn Therese auch in Kirchberg leben würde, sie sich oft sehen konnten. Sofort kam sie zu dem Schluss, dass es fabelhaft wäre, einfach fabelhaft. Und der boshaften Stimme in ihrem Hinterkopf, die ihr zuraunte, dass zwischen ihr und Therese, die so völlig anders war als sie selbst, bestimmt nicht immer eitel Sonnenschein herrschen würde, hörte sie gar nicht erst zu. Diese Unkenrufe, nun sogar in ihrem eigenen Kopf, gingen ihr mittlerweile auf die Nerven! »Resi …«

Schnell verbesserte sie sich, als ihr wieder einfiel, wie sehr ihre Schwester die »bäuerliche« Abkürzung hasste. »Äh, Therese, ich hol dich morgen vom Zug ab, ja?«

»Prima! Und mach dir ja keine Umstände wegen mir. Ich bin einfach bloß da.«

Am nächsten Morgen war Rosa dermaßen aufgeregt gewesen, dass sie bereits um sechs aus dem Bett gesprungen war. Aus ihrem eigenen wohlgemerkt. Denn die Aussicht auf das Wiedersehen mit Therese hatte sie so zappelig gemacht, dass sie einfach alleine sein wollte. Zähneknirschend, so hatte es zumindest gewirkt, hatte Florian eingewilligt. Jedoch nicht ohne ihr einen Liebesbrief unter ihre Wohnungstür im zweiten Stock der Ferienpension durchzuschieben. Hach, der Brief war herrlich kitschig gewesen! Jetzt noch konnte sie sich halb totlachen, wenn sie daran dachte, dass Florian ihre braunen Augen als »Kastanien, so glänzend wie vom Morgentau benetzt« beschrieben hatte. Und ihre Locken? Diesem wilden Gestrüpp auf ihrem Kopf, das zu bändigen sie bereits aufgegeben hatte? Da konnte Kathi beim Schneiden noch so oft von schönen festen Haaren tönen, die halt einfach ein Eigenleben hätten … Und bei Florian verwandelten die sich doch glatt in »Wellen von heißer Schokolade, erstarrt im Augenblick der Schönheit«. Nein, er konnte den Brief unmöglich ernst gemeint haben, aber zum Schreien komisch war er. Und wenn doch? Vielleicht hatte er ja so eine seltsame poetische Ader, würde sie, wenn sie zusammen blieben, jahraus, jahrein mit seiner schwülstigen Poesie überschütten. Ein kalter Schauer lief ihr den Rücken hinunter, gleich darauf schüttelte sie sich vor Lachen. Nein, Florian war ein absolut cooler Typ. Jetzt vielleicht ein bisschen beduselt, weil er so verknallt in sie war. Aber bestimmt kein schwülstiger Gedichteschreiber. Und das Beste war, dass sie sich jetzt zumindest einen Moment abgelenkt hatte von ihren fahrigen Gedanken an Therese. Und ihrer imaginären Liste, die sie noch abarbeiten wollte. Da sie nicht wusste, ob ihre Halbschwester lieber bei ihr in der kleinen Dachgeschosswohnung oder in einem Ferienzimmer schlafen wollte, würde sie sowohl ihr privates Gästezimmer als auch das hübsche Zimmer »Herzenswärme« herrichten. Und unbedingt zum Bäcker nach Kitzbühel musste sie fahren. Zu dem gleich neben dem Friseurgeschäft von Kathi. Hatte der doch den allerbesten Mohnkranz, den die Therese so gerne verputzte.

Um nur ja nicht zu spät dran zu sein, parkte sie bereits eine Stunde später ihren alten dunkelgrünen Golf in der Nähe der Bäckerei, sprang gleich darauf in Jeans, Turnschuhen und einem quietschgelben T-Shirt – ganz ihrer aufgekratzten Stimmung entsprechend – aus dem Auto. In der nächsten Sekunde war ihre gute Laune in den Keller gerasselt und sie fast unter den Wagen gekrochen. Himmel! Was tat denn Christian um diese Uhrzeit hier? Nach seinem seltsamen Auftritt letztens war er wirklich der letzte Mensch, dem sie begegnen wollte … Doch keine drei Meter entfernt stand er auf dem Gehsteig und tippte etwas in sein Handy. »Kann er das nicht woanders machen«, schimpfte sie leise, während sie so tat, als ob ihr etwas unters Auto gefallen wäre.

»Darf ich Ihnen helfen, junge Frau?«, meinte jetzt auch noch ein älterer Herr im

Trachtenanzug und ging, ohne eine Antwort abzuwarten, neben ihr in die Hocke.

Dabei krachten seine Kniegelenke so bedenklich laut, dass ihr vor Entsetzen der Mund offen stehen blieb. »Es ist … äh … nichts«, stotterte sie schließlich.

Der Mann warf ihr einen fragenden Blick zu. Klar, wenn nichts passiert war, dann schien es ja noch verrückter, warum sie neben dem Fahrzeug hockte. »Äh … mein Handy. Es ist unters Auto gefallen.«

Das hätte sie jetzt vielleicht nicht sagen sollen. Denn der hilfsbereite Herr – ungeachtet seiner krachenden Gelenke – machte sich nun daran, unter ihr Auto zu spähen. Herrje, hatte sie hier einen betagten Pfadfinder vor sich? Jeden Tag eine gute Tat oder so? »Wirklich reizend von Ihnen, aber es geht schon«, zischte sie so leise wie möglich, denn Christian war immer noch nicht weitergegangen.

Und weil es immer noch ein bisschen peinlicher ging, begann just in diesem Moment ihr Handy in der Handtasche zu klingeln. »Na, so was aber auch!«, rief ihr selbst ernannter Retter und richtete sich mit fragendem Blick auf – nicht ohne gruseliges Knacken, nun in seinen Schultergelenken. »Ist es jetzt doch net runtergfallen?«

»Nein, dann muss es etwas anderes gewesen sein, war aber bestimmt nicht wichtig.«

Na toll, ihr Kopf hatte bestimmt die Farbe reifer Erdbeeren angenommen, und die Peinlichkeit ließ sich noch toppen. Denn genau jetzt stand auch noch Christian vor ihr und betrachtete sie mit ratlosem Blick, wie sie da neben dem Pfadfinder a. D. kniete.

»Hallo, Rosa! Alles okay bei dir?«

Wie von der Tarantel oder sonst einem wilden Vieh gestochen, sprang sie auf, während Christian dem alten Herrn – samt launigem Knack, Knack von den Kniegelenken – auf die Beine half.

»Vielen Dank nochmal!«, rief Rosa ihm nach, als er sich kopfschüttelnd entfernte.

Jetzt nur nicht Christian ansehen, vielleicht verschwand er ja ganz von selbst. »He, du bist nicht mehr siebzehn!«, rief sie sich innerlich zur Ordnung.

Okay, okay, sie würde diese Situation so beherrscht wie möglich überstehen. »Alles bestens!«, rief sie nun auch übertrieben fröhlich mit einem etwas angestrengten Lächeln, so dass sich ihre Mundwinkel fast verkrampften.

»Bin nur ein bisschen aufgeregt, weil die Therese heute kommt! Ich will einen Mohnkranz für sie kaufen, den mag sie doch so gern.«

Herrje, musste Chris ihr so ewig lang direkt in die Augen schauen? Unwillkürlich versank sie in dem geheimnisvollen Graugrün, nur einen Wimpernschlag lang, dann hatte sie sich wieder bestens unter Kontrolle. »Ist ja schön«, meinte er nun, allerdings in einem dermaßen zweifelnden Tonfall, dass man seinen Worten absolut keinen Glauben schenken konnte.

Unwillkürlich nahm Rosa Abwehrhaltung ein. »He, willst du mir jetzt das Wiedersehen mit meiner Schwester vermiesen?«

»Nein, natürlich nicht«, sagte er rasch, hob dabei begütigend die Hände in die Höhe.

»Es kommt mir nur so plötzlich vor. Auch die Geschichte mit deinem Freund ... alles so Knall auf Fall.«

Empört umklammerte sie die Träger ihrer Handtasche. Schnell noch dreimal durchatmen, bevor sie antwortete, sonst explodierte sie hier vorm Bäcker glatt noch. »Was heißt hier Knall auf Fall!«, brachte sie schließlich heraus.

»Ich habe den Florian schon vor einiger Zeit kennengelernt ... und die Therese und ich – das ist ja wohl verständlich, dass wir uns wieder versöhnen wollen!«

Entnervt stöhnte sie auf. »Muss ich dir etwa über jedes Ereignis in meinem Leben genau Bericht erstatten?«

Himmel, nervte der Mann, wenn er sich wieder mal wie ihr großer Bruder aufführte! Langsam reichte es wirklich. »Äh, nein ... natürlich nicht!«, stammelte er, sichtlich betroffen.

Ha! In ihr brodelte es immer mehr, nun konnte sie sich nicht mehr zurückhalten. »Und wenn wir schon beim Thema sind«, zischte sie. »Ich finde es auch richtig toll, von der Kathi so ganz nebenbei zu erfahren, dass du im Herbst heiratest!«

Oh. Ihre letzten Worte hatten leider nicht ganz so zornig geklungen, wie von ihr beabsichtigt. Eher gekränkt, was gar nicht gut war. Sofort straffte sie den Rücken, versuchte, so gleichgültig wie möglich dreinzuschauen. »Und wenn die Kathi nicht deine Freundin zufällig beim Bäcker getroffen hätte, wüsste ich es bis heute nicht!«

Fassungslos blinzelte Christian. »Hat Ines das etwa erzählt? Dass wir heiraten?«

Rosa konnte nur mehr den Kopf schütteln. So albern benahm sich dieser Mann, der doch einmal ihr bester Freund gewesen war! Wer sollte bloß kapieren, warum er ihr seine Hochzeitspläne verheimlichte. Oh. Auf einmal schoss es wie ein heißer Blitz durchs Hirn: Chris hatte Mitleid mit ihr, wollte sie so lange wie möglich vor dieser Nachricht verschonen, weil – am liebsten würde sie sich auf der Stelle in Luft auflösen – er wusste, dass sie heimlich in ihn verliebt gewesen war. Ja, war! Vergangenheit! Mit mindestens hundert Ausrufezeichen! Mist, wenn sie nicht schnell von hier verschwand, kippte sie noch um. Würdevoller Abgang, würdevoller Abgang!, sprach sie sich selbst im Geiste Mut zu.

Ja, das würde sie schaffen. »Na dann, ich wünsche euch beiden wirklich alles erdenklich Gute!«, sagte sie so freundlich wie möglich. »Du kannst mir glauben, ich freue mich mit dir von ganzem Herzen!«

Oh, sie klang ja wie ein Pfarrer, salbungsvoller ging's wohl nicht. Und Chris? Der starrte sie bloß ganz seltsam an. Sein eben noch leicht gebräuntes Gesicht hatte innerhalb von Sekunden die Farbe seines weißen Hemds angenommen, während es ihm ganz offensichtlich die Sprache verschlagen hatte. Innerlich triumphierte Rosa, nur ein kleines bisschen. Es tat unheimlich gut, über diesen Mann hinweg zu sein, an dem ihre Gefühle jahrelang abgeprallt waren wie ein Tennisball an der Mauer. Und der sich offenbar völlig sicher war, dass sie ihn ewig umschwärmen würde. Ja, vielleicht hatte er es sogar genossen, und sein Selbstbewusstsein war dadurch gestiegen. Aber klarerweise war sie nicht die Frau, die er lieben konnte … doch das war ihr endlich egal. Nur schnell weg musste sie.

»Rosa, ehrlich gesagt verstehe ich nur Bahnhof«, sagte er jetzt.

»Alles ist gut. Um mich mach dir keine Sorgen!«, antwortete sie mit einem hoffentlich milden Lächeln. »Aber jetzt habe ich es leider eilig!«

Und ehe er noch etwas sagen konnte, verschwand sie in Kathis Friseurladen.

»Echt jetzt?«, meinte die keine zwei Minuten später. »Er hat so getan, als ob er von seiner Hochzeit nichts wüsste?«

Die Friseurin schüttelte vor dem Regal mit den Haarfärbemitteln entrüstet den Kopf. »Der hat vielleicht Nerven!«

»Wem sagst du das?«

Danach senkte Rosa die Stimme, damit Kathis Kundin unter ihrer Trockenhaube, die ohnehin schon sehr die Ohren zu spitzen schien, nicht alles mitbekam. »Aber das Schöne ist, es ist mir völlig egal.«

Sie seufzte laut auf. »Wie kann ein Mensch nur so blöd sein und in jemanden verknallt sein, dem man einfach nichts bedeutet?«

Instinktiv wollte Kathi sie schon tröstend umarmen, bemerkte aber noch im letzten Moment – vielleicht auch weil Rosa erschrocken aufquiekte –, dass ihre behandschuhten Hände voll undefinierbar gräulichbrauner Farbe waren. »Oh … dann lass dich im Geiste drücken!«

»Mach ich!«, lachte ihre Freundin, sprang dann so temperamentvoll vom Friseurstuhl auf, dass der Haarspray am Tischchen daneben umkippte.

»Und jetzt werd ich endlich den Mohnkranz holen, bevor ich dir noch den Laden zertrümmere!«

Mit einer Pulsfrequenz, als ob sie eben einen Berg hinaufgerannt wäre, trippelte Rosa von einem Fuß auf den anderen, schaute immer wieder abwechselnd auf die Bahnhofsuhr und auf ihre eigene am Handgelenk. Seit einer halben Stunde stand sie nun schon hier auf dem Bahnsteig, war viel zu früh dran gewesen, trotz ihrer Sorge, sich zu verspäten. »Bitte Vorsicht, Intercity aus München fährt ein!«, sagte aber jetzt doch die erlösende Tonbandstimme.

»Ruhig Blut!«, murmelte Rosa.

Ihr Herzschlag könnte sich echt langsam mal beruhigen, schließlich wartete sie hier nicht auf die Queen von England, sondern auf ihre Halbschwester. Das Natürlichste der Welt, wobei das »Halb« für sie ohnehin nie eine Rolle gespielt hatte. Oh, kurz musste sie schlucken, nicht mal zwanzig Meter entfernt stieg nun tatsächlich Therese aus dem Zug. Mit zwei mächtigen Koffern, die sie jedoch nicht selbst hinaushob, sondern ein junger, ziemlich attraktiver Typ in Lederjacke, der die schlanke Blondine – und sie kam Rosa sogar noch zarter vor als früher – dermaßen anhimmelte, dass es ein Bild für Götter war. Gleich würde er vor Dank auf die Knie fallen, weil er ihre Koffer tragen durfte. »Danke, es geht schon«, meinte Therese nun gnädig, während sie die Griffe rausdrückte, um die Koffer hinter sich her zu rollen.

»He!«, rief sie, als sie Rosa auf sich zukommen sah.

Die kam sich auf einmal in ihren Jeans und dem zitronengelben T-Shirt, außer ein bisschen Wimperntusche ungeschminkt, total hausbacken neben Therese vor. Die wirkte, wie sie ihr da in ihrem eng anliegenden lachsfarbenen Kleid mit Wasserfallausschnitt und hochhackigen nudefarbenen Sandaletten, die schmalen Hüften schwingend, entgegenstöckelte, wie auf einem Laufsteg. Perfekt geschminkt, so dass es wiederum sehr natürlich wirkte, die langen blonden Haare zu einem gewollt unordentlichen Knoten hochgesteckt. Kein Wunder, dass ihr so ungefähr jeder auf dem Bahnsteig lange Blicke zuwarf, die die gesamte Palette von Bewunderung über Neid bis zu einfachem Erstaunen, welcher Star da wohl in Kirchberg abgestiegen war, abdeckten. Sofort schämte sich Rosa, sie wollte bestimmt nicht neidisch sein auf ihre hübsche Schwester, sondern einfach stolz. Und im nächsten Moment, als sie sich in den Armen lagen, hatte sie all diese dummen Gedanken sofort vergessen. »Schön, dass du da bist!«, murmelte sie unter Tränen.

»Das habe ich mir schon ewig gewünscht!«

»Ich mir auch«, sagte Therese herzlich.

Nachdem sie Rosa ein Stück von sich weggeschoben hatte, schaute sie sie lange an. »Gut siehst du aus, bist ja noch hübscher geworden!«

Oh, eine leichte Röte breitete sich über Rosas Wangen aus, so sehr freute sie sich über das Kompliment. »Aber geh!«, sagte sie schnell. »Ich schau doch aus wie immer.«

Eben wollte sie noch hinzufügen, dass Therese schön wie und eh je war, da umspielte ein vielsagendes Lächeln die Lippen ihrer Schwester. »Und mir scheint, du hast nicht nur von der guten Bergluft so glänzende Augen.«

Prompt kriegte Rosa, die am Telefon noch nichts von Florian erzählt hatte, einen mittleren Hustenanfall. »Na ja … es gibt da wirklich jemanden.«

Vielleicht blöd, aber es hatte sich bei den Gesprächen mit Therese, die nicht allzu lange gewesen waren, keine richtige Gelegenheit dafür ergeben. Abgesehen davon, war sie auch besorgt gewesen, dass ihre Halbschwester durch ihre neue Beziehung vielleicht sogar von einem Besuch abgeschreckt hätte sein können. Nach dem Motto »Wenn du frisch verliebt bist, will ich nicht stören.«

Nun machte sie große Augen. »Von dem Mann musst du mir unbedingt erzählen!«

Plötzlich verdunkelte sich ihre Miene, so als ob ihr etwas wirklich Schlimmes eingefallen wäre. »Aber sag jetzt nicht, es ist der Christian Heller!«

»Nein! Der doch nicht.«

Oh, hoffentlich hatte sie jetzt nicht zu laut gelacht. »Es ist ein deutscher Gast, der … also, es hat sich einfach so ergeben. Florian heißt er, es ist aber alles noch neu, na ja, er ist auf jeden Fall total sympathisch, groß, breite Schultern, fast türkisblaue Augen – echt, solch eine Augenfarbe habe ich noch nie gesehen!«

Therese zog eine Grimasse. »Tja, scheint so, als ob er nicht direkt hässlich wäre.«

»Sieht so aus!«, lachte Rosa.

Dann seufzte sie leise auf. »Aber das alleine ist es nicht. Er ist so einfühlsam. Er scheint fast alle meine Gedanken zu erraten, so als ob wir uns schon ewig kennen würden. Na ja, ich weiß, es klingt jetzt sicher superkitschig, doch vielleicht sind wir ja tatsächlich füreinander bestimmt.«

Kurz, bloß für einen Sekundenbruchteil, war das Lächeln auf Thereses fein geschnittenem Gesicht mit den großen blauen Puppenaugen verschwunden. Doch jetzt strahlte sie wieder. »Bin echt gespannt, wann ich ihn kennenlerne«, sagte sie und schnappte sich den einen Rollkoffer, während Rosa den anderen, größeren nahm.

Kurz musste die Jüngere sich räuspern. »Du, ich hoffe, es stört dich nicht, aber er ist gerade zu

Besuch … brauchst aber echt keine Sorge haben, dass ich nur mit ihm herumturtle … und in ein paar Tagen fährt er ohnehin wieder.«

»Aber Roserl!«, lachte die Ältere schallend, während sie auf dem Bahnsteig nebeneinander herliefen.

»Ich brauch doch keine 24-Stunden-Rundumversorgung!«

»Ja, ist schon klar!«, stimmte ihr Rosa hastig zu, die sich mittlerweile völlig dämlich vorkam.

Ehrlich gesagt redete sie bis jetzt nur Schwachsinn. Und bei ihrem kläglichen Versuch, nur ja alles richtig zu machen, kam sie so dermaßen gestelzt daher, dass es schon wehtat. Während die selbstbewusste Therese so herrlich locker und unbekümmert war. Von ihr konnte sie sich echt eine Scheibe abschneiden. »Einfach mal durchatmen«, ermahnte sie sich im Stillen.

Dann versuchte sie ein Lächeln. »Ich bin schon so gespannt, wie du den Florian finden wirst. Sicher werdet ihr euch gut verstehen!«

Therese, mit der sie nun vor ihrem Auto angekommen war, zog kurz eine Augenbraue in die Höhe. »Du machst mich richtig neugierig auf deinen Nürnberger … scheint ja ein echter Superheld zu sein!«

Kurz zuckte Rosa zusammen. Irgendwas von dem, was Therese eben gesagt hatte, war komisch gewesen. Gleich nachdem sie die Koffer verstaut hatte, kam sie selbst drauf. Der »Superheld«. Na wenn schon, Therese konnte es eben nicht lassen, ein wenig zu spötteln. Zumindest guckte sie jetzt ganz schuldbewusst drein, atmete hörbar erleichtert aus, als sie Rosa lächeln sah. »He, lass dich einfach überraschen, dann wirst du selbst herauskriegen, ob er Superman ist – oder Batman!«

Therese nickte kichernd, dann verschwand ihr Kopf in der Türöffnung vom Beifahrersitz. Als sie drinnen im Auto nebeneinander saßen, stieß sie Rosa leicht den Ellenbogen in die Seite. »Warst mit ihm schon am Berg?«

»Nein, leider noch nicht … es war so viel zu tun die ganze Zeit.«

Sie machte ein fragendes Gesicht. »Warum eigentlich?«

Ihre Halbschwester blinzelte. »Na ja, wenn er gut klettern kann, könnte er auch Spiderman sein!«

»Wer weiß!«, lachte Rosa prustend, konnte erst nach ein paar Sekunden, als sie sich einigermaßen beruhigt hatte, den Motor starten.

Aber die Vorstellung, dass Florian im rotblauen Spidermankostüm in den Kitzbüheler Alpen herumkraxelte, war einfach zu schräg.

5

»Kannst du dir erklären, warum die Rosa denkt, dass wir im Herbst heiraten?«

Ines schluckte, krallte sich vielleicht eine Sekunde lang ein wenig zu sehr an Christians Hand, die in ihrer lag, fest. Schon wieder diese Frau … die ihr nun sogar den bis eben noch so harmonischen Spaziergang zu zweit durch die Kitzbüheler Innenstadt verdarb. Ein lauer Abend voller intensiver Fliederdüfte in der Luft, wie gemacht für verliebte Paare. Samt spektakulärem Blick auf die Streif, die man jetzt nicht – wie von den Skiübertragungen im Fernsehen gewohnt – schneebedeckt, sondern saftig grün bewundern konnte. Und dazu noch der klare Himmel, den die Abendsonne rosarot eingefärbt hatte. Aber danke auch! Vor allem dafür, dass die eben noch so romantische Stimmung zwischen Christian und ihr jetzt völlig verpufft war. Ehe es sich die Kinderärztin versah, brannten ihre Wangen vor Scham. Es hätte sie nicht mal gewundert, wenn darauf Flammen gezüngelt hätten. Mist, Mist, Mist! Hastig begann sie, in ihrer Handtasche zu kramen, überlegte fieberhaft, was sie jetzt sagen sollte. »Ines?«, meldete sich Chris erneut.

»Sorry … mir ist eben eine Fliege oder so was in den Mund geflogen … total ekelig!«

Erst nach einem mittelschweren Hustenanfall, bei dem ihr Christian liebevoll auf den Rücken geklopft hatte, wandte sie sich ihrem Freund zu. »Hast du gerade nach Rosa gefragt? Ich habe sie schon ewig nicht mehr gesehen.«

Huch, hoffentlich hatte ihr unschuldiger Augenaufschlag die gewünschte Wirkung auf Chris, der sie leider immer noch fragend ansah. Innerlich dagegen ballte sie die Fäuste. Und setzte gleich mal zum Gegenschlag aus. »Du hast mir gar nicht erzählt, dass du dich mit Rosa getroffen hast«, erklärte sie kühl.

»Heute Morgen ist sie mir zufällig über den Weg gelaufen.«

Erstaunt kniff sie die Augen zusammen. Wenn sie nicht alles täuschte, hatte Christian jetzt irgendwie verlegen gewirkt. Gerade so, als ob er ihr etwas verheimlicht hätte. Für eine Sekunde lang durchfuhr sie ein eisiger Schreck. Hatte er mit dieser dummen Kuh vielleicht etwas am Laufen? Nein, nein, beruhigte sie sich gleich darauf selbst. Für keinen anderen Mann würde sie die Hand ins Feuer legen, aber Christian war nicht so. Bestimmt nicht. Wenn er etwas mit Rosa anfangen wollte, würde er ihr reinen Wein einschenken. So bitter der auch schmecken würde. »Angeblich hast du der Kathi beim Bäcker erzählt, dass wir heiraten.«

Verflixt! Erschrocken biss sie sich auf die Unterlippe. Wie hatte sie denn damals auch wissen können, dass Christian sich so vehement gegen das Heiraten sträuben würde! Wenn alles nach ihrem Willen gelaufen wäre, würden sie beide jetzt schon vor jedem Juwelierschaufenster stehen bleiben und kichernd Hochzeitsringe vergleichen. Nichts da, eben hatte Christian sie, als sich ihre Schritte beim letzten Schmuckgeschäft unwillkürlich verlangsamt hatten, einfach weitergezogen. So als ob er nichts gemerkt hätte. »Na ja, ich würde mal sagen, deine kleine Freundin hat ein wenig zu viel Fantasie«, begann sie vorsichtig, ließ sich dabei auf eine kleine Steinmauer sinken.

Christian, der vor ihr stehen geblieben war, musterte sie mit skeptischem Blick. »Willst du damit sagen, sie ist nicht ganz richtig im Kopf?«

Oh, jetzt musste sie vorsichtig sein. Es würde ihr rein gar nichts bringen, wenn sie offen ihre Abneigung gegenüber Rosa zeigte. So brachte sie nur ihren Freund gegen sich auf, der sich scheinbar als edler Ritter sah, der das arme kleine Roserl vor feuerspeienden Drachen oder sonstigem Ungemach beschützen musste. Lächerlicher ging es echt nicht mehr! Nein, ihren Kampf gegen diese naive Bauerndirn würde sie mit feineren Klingen ausfechten ... so fein, dass Chris sie nicht mal bemerken würde. »Auf keinen Fall!«, rief sie hoffentlich hinreichend entrüstet aus.

»Ich finde sie einfach wunderbar, diese sympathische, patente Frau, die so mutig ihren Weg geht!«

Wunderbar. Auch wenn sie sich insgeheim am liebsten wegen ihrer schleimigen Worte übergeben würde – sie zeigten die richtige Wirkung.

Christians eben noch so verkniffenes Gesicht hatte sich merklich entspannt, sogar ein kleines Lächeln umspielte seine Lippen. Ja, ja, fast fühlte sie sich wie eine Boa constrictor, die ihr Opfer mit einer Umarmung tötete. Und wenn die gute Rosa umarmt werden wollte, nur zu. »Ich dachte immer, du magst sie nicht so besonders.«

»Wie kommst du darauf?«

Scheinbar völlig verdattert schüttelte sie den Kopf. »Ich würde sie am liebsten einmal zu uns einladen.«

So, jetzt hatte sie endlich den richtigen Einfall. »Und was ich vorhin gemeint habe, war nur …«

Bemüht um einen ausreichend gefühlvollen Klang in ihrer Stimme fuhr sie fort: »Ich glaube, Rosa wünscht sich nichts mehr, als dass du glücklich wirst. Und sie wäre wohl sehr erleichtert, wenn sie dich gut aufgehoben wüsste.«

»Und deswegen versucht sie, unsere Heirat zu beschleunigen?«

Im Geiste ließ er die seltsame Szene am Morgen nochmals Revue passieren. Rosa war ihm total zornig vorgekommen, was er überhaupt nicht kapiert hatte. Aber vielleicht war sie einfach nur besorgt um ihn gewesen. Und wollte ihm mit ihrer kleinen Flunkerei einen Schubs in die richtige Richtung geben … Richtung Ines … »Oder es nervt sie total, dass du dich wie ein verliebter Nebenbuhler aufführst, und sie will einfach ihre Ruhe vor dir«, ging es ihm durch den Kopf.

Peinlich berührt schoss ihm das Blut in die Wangen, gleichzeitig verkrampfte sich seine

Brust. Es musste aufhören, auf jeden Fall. Lange genug hatte er sich wie ein Idiot benommen. Sein Platz war an der Seite von Ines, das sollte ihm langsam klar werden. Mit einem bemühten Lächeln im Gesicht setzte er sich neben seine Freundin. Und während er ihr ernst, ja fast feierlich in die Augen schaute, nahm er ihre Hand. »Jetzt!«, dachte sie, hielt unwillkürlich den Atem an.

Sie hatte alles richtig gemacht, an den richtigen Rädchen in dem offenkundig ein wenig schwerfälligen Männerkopf gedreht. Am liebsten würde sie sich für ihre famose Taktik selbst auf die Schulter klopfen. Doch das musste warten. Denn diesen Augenblick, in dem Chris endlich um ihre Hand anhalten würde, wollte sie ganz und gar auskosten.

Nachdem Therese Rosa gründlich über Florian ausgefragt hatte, setzte die, als sie auf die Almstraße einbogen, die zur Ferienpension führte, zum Gegenschlag aus. »Was tut sich bei dir in Sachen Liebe?«

Therese winkte mit einer äußerst schiefen Grimasse ab. »Erinnere mich bloß nicht daran ... du kennst mich doch, bei mir ist es immer ein bisschen kompliziert!«

»Du klingst ja wie dieser Beziehungsstatus bei Facebook!«, musste Rosa schmunzeln.

»Es ist kompliziert ...«

So richtig wunderte sie sich nicht mal. Denn anders kannte sie es bei ihrer Schwester eigentlich gar nicht. In der Vergangenheit hatte für gewöhnlich ein fescher Lover den nächsten abgelöst. Oder Therese war in seltsame Affären mit verheirateten und ziemlich wohlhabenden Managern verwickelt gewesen, die allesamt mit mehr oder weniger großem Knall geendet hatten. Tja, offenbar hielt es Therese nie lange mit ein und demselben Mann aus. Oder hatte den Richtigen noch nicht kennengelernt. Zu gerne hätte Rosa noch genauer nachgefragt – schließlich war ihre Schwester auch total neugierig gewesen! – doch jetzt waren sie bereits vor der Ferienpension angekommen. »Na, wo ist er denn jetzt, dein Prinz?«

Kichernd wie ein Teenager zwinkerte Therese ihrer jüngeren Schwester zu, nachdem sie beide aus dem Auto gestiegen waren. Ein wenig enttäuscht senkte Rosa den Blick. Denn Maria, die das bestimmt einige Überwindung gekostet hatte, war extra aus der Küche gekommen, um Therese zu begrüßen. Und die hatte von der Sechzigjährigen noch nicht mal Notiz genommen. Da ... endlich schien sie sie zu bemerken, verzog den Mund zu einem kleinen Lächeln. »Hallo Maria, gut schaust aus!«

»Ebenfalls, Therese! Ist ja schon eine Weile her, dass wir zwei uns begegnet sind.«

Nach Rosas Geschmack ein wenig zu förmlich reichten sich die beiden Frauen die Hand. Offensichtlich würde es noch ein Weilchen dauern, bis das Eis zwischen ihnen geschmolzen war. Jetzt schien auf jeden Fall noch winterlicher Frost angesagt. »Schön, dass wir alle beisammen sind, nicht?«, rief sie vielleicht ein wenig zu überschwänglich, während sie beide gleichzeitig umarmte.

Sachte, sachte, rief sie sich selbst zur Ordnung. Nur weil sie hier den überdrehten Zirkusclown gab, konnte sie auch nichts beschleunigen. Bevor es noch peinlicher wurde, ließ sie die Arme wieder fallen und trat einen Schritt zurück. Fast erleichtert registrierte sie, dass Marias große, klobige Handtasche bereits auf der Bank neben der Küchentür stand. »Willst gar nicht mehr mit uns Abend essen?«, fragte sie dennoch höflich.

»Ich muss heute mal früher ins Bett«, antwortete ihre Angestellte, tätschelte ihr liebevoll die Wange.

»Außerdem habt ihr bestimmt eine Menge zu bereden.«

»Auf jeden Fall«, mischte sich Therese mit hochgezogenen Augenbrauen ein und drückte ihre Schwester fast ein wenig besitzergreifend an sich.

»Da sind wir ganz froh, wenn wir unter uns sind.«

Rosa warf ihr einen entsetzten Blick zu, wäre am liebsten in den Erdboden versunken. Warum redete Therese denn mit Maria, als ob die stören würde? Gleich darauf beruhigte sie sich selbst. Ihre Angestellte lächelte völlig unbeeindruckt. Nur sie selbst legte jedes Wort von Therese auf die Goldwaage. Bestimmt hatte die es gar nicht bös gemeint, drückte Maria nun sogar an sich. »Ich freu mich, wenn wir morgen mal mehr zum Plaudern kommen!«, sagte sie sogar.

»Ja, das wird nett!«, erklärte Maria, bückte sich nach ihrer Handtasche.

»Und lasst euch den Schweinsbraten gut schmecken! Den hat die Rosa wieder mal ganz super hingekriegt!«

»Ist ja auch meine Schwester!«, erklärte Therese.

Auch wenn es im Grunde total kindisch war, konnte Rosa nicht verhindern, dass sie vor lauter Stolz um mindestens zehn Zentimeter in die Höhe wuchs. Ups, und die albernen Tränchen musste sie auch ganz rasch wegblinzeln.

»Wo willst du denn schlafen?«, fragte sie Therese rasch, vor allem um sich selbst abzulenken. Geheult hatte sie in letzter Zeit wirklich genug. Weil die andere sie bloß fragend ansah, setzte sie zur Erklärung an. »Also entweder direkt in meiner Wohnung im Gästezimmer oder in einem Ferienzimmer … kannst es dir aussuchen!«

Therese schien scharf nachzudenken, dann zuckte sie fast entschuldigend mit den Schultern. »Ich glaub fast, es tut uns gut, wenn wir nicht rund um die Uhr aneinander kleben … was sagst du?«

Rosa versuchte, den winzigen Stich der Enttäuschung, der plötzlich durch ihre Brust zog, zu ignorieren. Ihre Schwester hatte vollkommen recht, ein Rückzugsort würde ihnen beiden guttun. »Wunderbar!«, hörte sie sich zum Glück ziemlich fröhlich sagen.

»Das Zimmer ›Herzenswärme‹ ist ohnehin schon hergerichtet!«

Therese lachte. »Die Namen von den Zimmern sind zum Schießen!«

»Findest du sie blöd?«, fragte Rosa ehrlich interessiert.

»Überhaupt nicht, sondern total niedlich!«

Sie seufzte laut auf. »Aber jetzt habe ich ehrlich gesagt einen Riesenhunger … mir ist schon ganz schlecht.«

»Sicher!«

Peinlich berührt schüttelte Rosa den Kopf. »Dein Zimmer kann ich dir ja später zeigen, jetzt suche ich erst mal den Florian, und dann gibt's den Schweinsbraten!«

»Schon gefunden!«, ertönte da hinter ihnen eine lachende männliche Stimme, und wie auf Knopfdruck drehten sich beide Frauen gleichzeitig um.

Unwillkürlich musste Rosa schlucken, als sie Florian im frischen blau-weiß gestreiften Hemd, die Ärmel lässig hochgekrempelt, und in dunkelblauen Jeans vor sich stehen sah. Der Mann sah einfach zum Anbeißen aus, fast schändlich, dass sie das zwischendurch immer wieder ein wenig vergaß. Bemüht, nicht zu selbstgefällig dreinzuschauen, drehte sie den Kopf zu Therese. »Das ist Florian«, wollte sie eigentlich erklären, brachte jedoch nicht mehr als ein »Das i …« hervor.

Ihre Schwester und ihr Freund schienen völlig ineinander versunken zu sein. Wie in einer wundersamen Seifenblase, und sie selbst guckte wie eine Fremde von außen rein. Ein seltsames dumpfes Gefühl, vermutlich eine Mischung aus

Staunen und Eifersucht, stieg in ihr hoch, begann sich aber aufzulösen, als Florian ihr in der nächsten Sekunde zuzwinkerte. »Willst du uns nicht miteinander bekannt machen, mein Schatz?«

»Sicher«, murmelte sie noch immer ein wenig benommen.

Zum Glück nahm ihre Schwester die Sache selbst in die Hand beziehungsweise hielt genau die dem Mann hin. »Du bist sicher der Florian … und ich bin die Therese, von der du bestimmt schon einiges gehört hast!«

Er ergriff sie, zog aber im nächsten Augenblick die schlanke, blonde Frau an sich. Wieder ein kleiner Eifersuchtspiekser bei Rosa, die sich inzwischen schon völlig irre vorkam. Sie wollte doch wohl kaum, dass sich ihre Schwester und Florian nicht ausstehen konnten. Und natürlich mochte sie ihrem wunderbaren Freund auch nicht unterstellen, dass er wie ein Schmetterling im Eiltempo von Blume zu Blume flatterte. So als ob er ihre Gedanken lesen könnte, legte er auch prompt einen Arm um ihre Schultern, sah dabei aber Therese mit einem schiefen Grinsen an. »Ja, habe ich. Die Rosa hat mir erzählt, wie gern sie dich hat und wie glücklich sie ist, dass du hergekommen bist!«

Therese zog eine perfekt gezupfte Augenbraue in die Höhe, ließ ihren Blick zwischen den beiden hin und her wandern. »Süß, mein Schwesterherz, nicht wahr?«

Mit einem perlenden Lachen stupste sie ihren Ellenbogen in Florians Rippen. »Darüber sind wir zwei uns schon mal einig, nicht wahr?«

Puh, offensichtlich war sie viel zu schnell den Berg runter und die kleine Straße entlang gelaufen. Nach der Dorfkirche war Maria stöhnend stehen geblieben, hatte ihre wie immer bis zum Rand gefüllte Tasche abgestellt. Ihre Knie taten ihr weh, und lästiges Seitenstechen quälte sie ebenfalls. Sich die rechte Seite haltend, versuchte sie, mehr Luft aus- als einzuatmen. So würde der Schmerz hoffentlich bald nachlassen. »Bist eben auch nicht mehr die Jüngste!«, dachte sie mit einem traurigen Lächeln, musste wieder an ihren Josef denken.

Ja, mit dem zusammen wäre sie gerne alt geworden, gemeinsam hätten sie es sich schön gemütlich gemacht, über manches Wehwehchen geschmunzelt und auf ihr Leben zurückgeschaut. Aber so allein, das war echt nicht das Wahre. Hach, und diese Therese ging ihr auch nicht aus dem Kopf. Wunderschön war sie ja, diese hochgewachsene Blondine aus der Großstadt. Fast wie aus einem Hollywoodfilm entstiegen. Richtiggehend mondän, wie man früher gesagt hätte. Aber trotzdem war sie ihr auch vorhin nicht wirklich sympathisch gewesen, in ihrem Blick war etwas dermaßen Berechnendes gelegen. Außerdem fand sie ohnehin die Rosa noch viel hübscher, lebendiger. Und vor allem besaß die eine Herzenswärme, mit der sie auch als Glöckner von Notre Dame als strahlend schön durchgegangen wäre. Obwohl der Vergleich zwischen der süßen Rosa mit der zierlichen Figur und den Bambiaugen und dem buckligen Glöckner hinkte. »Im wahrsten Sinne des Wortes«, musste sie selbst über ihre komischen Gedanken lachen.

Und sie würde aufhören, der Therese mit so einem dummen Widerwillen entgegenzutreten. Sie sollte sich vielmehr freuen für ihr Roserl, das endlich wieder seine Schwester gefunden hatte. Und alles andere ging sie einfach nichts an. »Jawohl«, sagte sie halblaut zu sich selbst.

Morgen würde sie total nett zur Therese sein, sich freundlich mit ihr unterhalten. Unwillkürlich musste sie lächeln. Eindeutig: Rosa hatte sie mit ihrem Glücksgefühl angesteckt. Dann schaute sie rasch auf die Uhr. Oh, so spät schon, sie wollte doch schon längst daheim sein. Als sie ihre Handtasche vom Boden aufheben wollte, sah sie ihn. Mit ernstem Gesicht war er aus der Kirche herausgetreten und schien ehrlich überrascht, ihr hier zu begegnen. Und dem breiten Grinsen in seinem Gesicht nach zu urteilen, war die Überraschung eine äußerst positive. »Frau Maria, das ist ja ein schöner Zufall!«

»Herr Sedlak!«, rief sie zurück, registrierte verwundert, dass sie sich ehrlich darüber freute, den Wiener Gast zu treffen.

»Was machen Sie denn hier?«

Schelmisch verzog er das Gesicht. »Euer Dorfkircherl hab ich mir gerade angeschaut mit den entzückenden Engerln … aber der schönste steht doch tatsächlich jetzt vor mir!«

»Oh …«

Ohne dass sie es verhindern konnte, wurden ihre Augen feucht. Sie blinzelte wie verrückt, dann setzte sie einen gereizten Gesichtsausdruck auf, das war immer noch besser, als loszuflennen. »Jetzt reden Sie doch nicht so einen Blödsinn!«, fuhr sie den Mann an.

»Wenn es doch wahr ist«, gab der ungerührt zurück, griff im nächsten Moment nach ihrer Tasche. »Darf ich Ihnen die nach Hause tragen?«

Ihre Blicke trafen sich, und ohne dass sie es wollte, verzog sich ihr Mund zu einem Lächeln. Eine Sekunde lang sahen sie sich so in die Augen, dann schaute Maria hastig auf ihre Armbanduhr. »Ein anderes Mal gern, aber heute nicht«, sagte sie fast entschuldigend, als sie sah, wie spät es schon war.

Hubert Sedlak nickte mit blitzenden Augen. »Ich werde Sie darauf festnageln!«

Danach tippte er sich zur Verabschiedung kurz an den Kopf und stapfte mit seinen festen Schuhen in die entgegengesetzte Richtung. Kurz schaute Maria ihm nach, spürte fast so etwas wie Bedauern. Ja, vielleicht wäre es sogar recht schön gewesen, sich noch ein bisschen mit dem sympathischen Herrn zu unterhalten. Aber jetzt hatte sie es wirklich eilig. Denn in ein paar Minuten wollte John anrufen.

Stöhnend schob Therese den bis auf ein winziges Stückchen Knödel vollständig leer geputzten Teller ein Stück von sich weg. »Gleich platz ich!«

»Und, hat's euch geschmeckt?«

Abwartend schaute Rosa zwischen Florian und ihrer Schwester, die mit ihr am großen

Eichentisch in der Küche saßen, hin und her. »Es war ein Traum, Schwesterchen!«, lachte Therese.

Auch Florian nickte energisch. »Jetzt wo ich weiß, dass du so gut kochen kannst, mag ich dich gleich noch ein bisschen lieber!«

Verlegen, aber auch ein bisschen stolz gluckste Rosa. Und bemerkte, als sie sich wieder mal eine vorwitzige Locke hinters Ohr schob, bloß im Augenwinkel, wie Thereses eben noch so breites Grinsen erstarb. Nur für den Bruchteil einer Sekunde, dann war es wieder da. Oder hatte sie sich das eben eingebildet? Sie war ohnehin ein wenig verwirrt über die seltsame Stimmung hier am Tisch. Wie Wellen schien sie sich auf und ab zu bewegen, was vor allem daran lag, dass Therese mal total gut aufgelegt war, um im nächsten Moment wieder eine Schnute zu ziehen. So als könnte sie sich nicht entscheiden, ob sie sich hier nun wohlfühlte oder nicht. Und ob sie Florian mochte oder nicht, konnte Rosa auch nicht wirklich erkennen. Mal schenkte sie ihm ein kokettes Lächeln, was Rosa ihr aber nicht mal übel nahm, denn so war Therese eben. Nur die bösen Blicke, die sie ihm dann zwischendurch immer wieder zuwarf, wie kleine Giftpfeile, konnte sie so gar nicht einordnen. Dabei war Florian nun wirklich bemüht, sich als charmanter Tischherr zu geben. Jetzt zeigte er auf seinen leeren Teller. »Siehst du noch was?«

»Nein, ehrlich gesagt nicht«, antwortete Rosa.

»Da würde ja nicht mal der Benno noch einen Krümel finden!«

Als er seinen Namen hörte, hob der Hovawart, der ebenfalls – zur Feier des Tages – ein Stück Schweinsbraten mit Knödel abbekommen hatte, kurz den Kopf. Um ihn im nächsten Moment wieder fallen zu lassen. Zufrieden grunzend kuschelte er sich in seinen Korb neben der Küchentür und schloss die Augen. »Dem geht's auch so gut wie uns«, sagte Therese und gähnte ausgiebig.

»Bist du schon müde?«, fragte Rosa verwundert.

Es war erst kurz nach neun, und eigentlich kannte sie ihre Schwester als totale Nachteule, die vor Mitternacht nicht mal in die Nähe eines Bettes kam. Nun ja, zumindest nicht, um darin zu schlafen. »Ja und wie. In letzter Zeit werde ich noch richtig sittsam«, erklärte sie, bevor sie einen kräftigen Schluck aus ihrem Wasserglas nahm.

Rosa betrachtete sie nachdenklich. Wieder so eine Überraschung. Therese, die immer gerne und oft auch zu viel Alkohol getrunken hatte, schien nun zur absoluten Abstinenzlerin geworden zu sein. Nicht mal ein Glas vom Grünen Veltliner, den sie doch immer so gerne gemocht hatte, wollte sie zur Feier des Tages mit ihr trinken. »Freu dich doch«, raunte Rosa eine innere Stimme zu. »Offenbar hat sie ihr Leben nun wirklich bestens im Griff.«

Ja, hoffentlich. Nur Thereses Erzählungen, dass sie ihr Modeatelier geschlossen hatte und nun einfach zu Hause arbeitete, hatte sie vorhin ein wenig stutzig gemacht. Offenbar hatte man ihr das angesehen, denn ihre Schwester hatte sofort die Augen verdreht. »He! Hast jetzt leicht Angst, dass ich dir hier auf der Tasche liege? Zu deiner Beruhigung: Ich habe so viele Aufträge, dass ich gar nicht nachkomme mit der Arbeit!«

»Nein, nein, das hab ich doch gar nicht gemeint!«, hatte Rosa erschrocken abgewehrt.

Therese hatte gelacht. »Ist schon gut! Aber wirst sehen, in der Zeit, in der ich da bin, werde ich auch arbeiten. Du hast doch eine Nähmaschine im Haus?«

»Sicher«, war von Rosa die Antwort gekommen, nicht ganz so begeistert, wie sie es eigentlich vorgehabt hatte.

Aber der Gedanke daran, längere Zeit mit der doch etwas launischen Therese unter einem Dach zu wohnen, war ihr auf einmal nicht mehr ganz so prickelnd erschienen. Jetzt trank sie den letzten Rest von ihrem Wein aus. Ein bisschen schwummrig im Kopf war ihr von dem einen Glas, denn Alkohol trank sie eigentlich nur alle heiligen Zeiten. Aber als sie die Flasche, nachdem Therese abgelehnt hatte, wieder in den Kühlschrank stellen wollte, weil sie wusste, dass Florian lieber Bier trank, wollte der auch den Grünen Veltliner probieren. Wohl nur ihr zuliebe. Leise seufzte sie auf. Er war wirklich ein Lieber, hatte kein einziges Mal zurückgeschossen, als Therese ihn manches Mal nicht eben nett aufgezogen hatte. Zumindest hatte er wohl so bereits einen kleinen Vorgeschmack davon bekommen, dass sie nicht gerade zu den einfachsten Menschen zählte. Obwohl sie natürlich wunderbar ist, korrigierte sich Rosa rasch im Geiste.

So weit kam's noch, dass sie ihre Schwester jetzt schon verurteilte, nur weil die nicht den ganzen Abend permanent gute Laune hatte! Für sie war es bestimmt auch nicht einfach, nach all der Zeit auf die Jüngere zuzugehen. Und eines musste man ihr lassen: Sie hatte den ersten Schritt gewagt. Mit einem kleinen Kloß im Hals legte Rosa ihre Hand auf die von Therese. »Willst noch ein Stück Mohnkranz … habe ich extra heute besorgt.«

»Nein, danke! Beim besten Willen nicht.«

Wieder dieses Augenrollen, so als ob Rosa den größten Blödsinn der Welt gesagt hätte. »Hast du doch auch!«, schimpfte die sich im Gedanken selbst, versuchte den kleinen Stich in ihrer Brust zu ignorieren.

»Du hast es aber sicher lieb gemeint … bist wahrscheinlich sogar zum Bäcker nach Kitzbühel gefahren!«, lenkte Therese sofort ein.

»Ist schon gut!«

Rosa zwang sich zu einem Lächeln und begann, den Tisch abzuräumen. »So, dann lasse ich euch Turteltäubchen mal alleine!«, erklärte ihre Schwester nun und stand auf.

»Ich gehe schlafen, bevor ich noch umfalle!«

Florian warf sie einen schelmischen Blick aus halbgeschlossenen Augen zu. »Und du, du starker Ingenieur aus Nürnberg, geh ja sanft mit meinem kleinen Schwesterchen um!«

Irgendwas ratterte in Rosas Hinterkopf, aber sie konnte es nicht einordnen. War auch egal, denn langsam, aber sicher ging ihr Thereses süffisante Art gehörig auf die Nerven. Beleidigt starrte sie die Ältere an, wollte bereits fragen, was denn nur los war mit ihr. Doch da Florian bloß gutmütig grinsend »Gute Nacht!« rief, hob auch sie mit einem schiefen Lächeln die Hand, als Therese sich an der Tür nochmals umdrehte. »Schlaf gut!«

Bestimmt besser so. Sie würde nicht gleich am ersten Abend die Nerven verlieren. Und zum Glück konnte sie gerade noch die Bemerkung »Und merk dir, was du in der ersten Nacht hier geträumt hast, das geht dann in Erfüllung!« unterdrücken.

Denn bei diesem Spruch, Marke »Kindergarten«, hätte Therese mit vollem Recht ihre Augen verdrehen können.

»Komm, lass uns ins Bett gehen.«

Ines wisperte Christian die Worte so zärtlich ins Ohr, dass er vor Erleichterung laut aufseufzte. »Ja, Liebling«, flüsterte er zurück, drückte seine Freundin, die neben ihm auf dem Sofa saß und die letzten beiden Stunden nur stumm auf den Fernseher gestarrt hatte, fest an sich.

Ganz offensichtlich hatte sie ihm verziehen. Obwohl er es vorhin auf der Mauer, trotz wahrhaft kitschig schönem Sonnenuntergang, so was von vermasselt hatte. Einen Heiratsantrag hatte er ihr machen wollen, so richtig romantisch.

Denn ihm war doch klar geworden, dass Rosa unerreichbar war für ihn. Und dass er dankbar sein sollte, dass Ines, diese wunderbare Frau, die fantastisch zu ihm passte, schon so lange sein Zögern ertragen hatte. Doch dummerweise war er entgegen seines Plans nicht auf die Knie gefallen und hatte »Willst du mich heiraten?« gefragt.

Diese Frage, der, obwohl schon milliardenfach gestellt, jedes Mal ein Hauch von Magie anhing. Nein, er war einfach ein schrecklicher Trottel und hatte diese Worte nicht und nicht über die Lippen bekommen! So als ob seine Zunge einfach nicht tun wollte, was er ihr befahl. Stattdessen hatte er in seiner Not von einem gemeinsamen Urlaub gefaselt, den sie in nächster Zeit unbedingt mal machen sollten. Vielleicht ans Meer, in die Südsee ... So richtig wusste er gar nicht mehr, welchen Stuss er dahergeredet hatte. Dafür konnte er sich noch zu gut an das Gesicht von Ines erinnern. Vor Schreck geradezu eingefroren. »Gib mir noch ein bisschen Zeit«, flüsterte er, während er seine Hände über ihr Dekolleté wandern ließ.

»Mach ich, Herr Doktor«, sagte sie mit einer etwas zu bemüht heiteren Stimme.

»Aber du kannst mich zumindest schon mal ins Schlafzimmer tragen.«

Er nickte. »Zum Üben?«

»Vielleicht ...«

Mit verführerischem Blick streckte sie ihm die Arme entgegen, umschlang seine Schultern, während er unter ihren Rücken und unter ihre Knie fasste und sie hochhob. Gespielt erschöpft tat er, als ob seine Beine einknicken würden. »Puh, bist du aber schwer!«

»He!«, gab sie ihm lachend einen Klaps auf den Kopf, trieb ihn an, Richtung Schlafzimmer zu gehen. »Ein bisschen charmanter vielleicht!«

Ihre Blicke trafen sich, und als er sie so strahlen sah, wurde ihm auf einmal ganz warm ums Herz. Sie war wohl wirklich die Richtige für ihn. Daran musste er glauben und nicht mehr an Rosa denken. Mist, keine gute Idee. Denn gerade jetzt erschien plötzlich ihr lachendes Gesicht mit den großen Rehaugen und den braunen Locken vor ihm. Wie ein Gespenst, das man verjagen sollte. Hätte er eine Hand freigehabt, hätte er es weggewischt. »Warum bist du stehen geblieben?«, hörte er Ines' Stimme wie durch einen Nebel an seinem Ohr.

»Oh, ich geh ja schon, Madame!«, sagte er rasch.

Dann setzte er, weil er sah, dass Ines ihn anschaute, ein Lächeln auf, und lief weiter. Dabei drückte er seine Freundin noch ein wenig enger an sich. Ehrlich dankbar dafür, dass sie es mit ihm aushielt.

»Und was machen wir zwei mit dem restlichen Abend?«

So oder so ähnlich hätte es sich Rosa gedacht, würde Florian sie, sobald Therese durch die Tür verschwunden war, ansprechen. Mit seiner gewohnt sexy Stimme und diesem Blick, der ihr mehr als tausend Worte sagte, dass er einfach nicht genug von ihr kriegen konnte. Und der bei ihr unweigerlich ein leichtes Beben, das vom Haaransatz bis zu ihren Zehenspitzen ging, nach sich zog. So weit in ihrer Fantasie. Die sie wohl nur als äußerst blühend bezeichnen konnte. Denn kein einziges Wort sagte ihr Freund, stattdessen starrte er bloß mit finsterem Blick die Tür an. Die Stirn dermaßen zerfurcht, als ob er eine endlose Zahlenreihe frei aufsagen musste. Und daran kläglich scheiterte. Es war fast ein wenig amüsant, anzusehen, wenn die Stimmung in der Küche nicht so seltsam gedrückt gewesen wäre. »Findest du sie … na ja, ein bisschen eigenwillig?«

So als ob sie ihn aus einer Art Trance aufgeweckt hätte, schreckte er hoch. »Wen meinst du?«

»Na, Therese natürlich!«

Fast hätte sie laut aufgelacht, so dermaßen verwirrt guckte er drein. Ein paar Sekunden später hatte er sich offensichtlich wieder gefasst, fuhr sich mit einem tiefen Seufzer durchs Haar. »Tja … eigenwillig ist sie auf jeden Fall«, meinte er schließlich mit einem schiefen Grinsen.

»Du brauchst nicht mehr zu sagen. Ich bin dir einfach total dankbar, dass du so freundlich zu ihr warst, auch wenn das bestimmt nicht immer einfach war.«

Augenscheinlich verlegen malte er mit seinen Fingern Kreise auf den Holztisch. Rosa wurde ganz warm ums Herz. Klar, er ärgerte sich offenbar mehr über die vorlaute Therese, als er vorhin gezeigt hatte. Kein Wunder – bei aller Liebe, sie sah es doch selbst, dass ihre Schwester manchmal diese Art hatte, andere total von oben herab zu behandeln. So als ob eine Filmdiva sich herabließ, notgedrungen einen Abend mit lästigen Fans zu verbringen, denen sie immer wieder aufs Brot schmieren musste, wie doof sie sie eigentlich fand. Und Florian würde wohl gerne seine Meinung dazu sagen, wollte ihr aber nicht wehtun. Weil er wusste, dass sie ihre Schwester liebte. Und sie hinter der arroganten Fassade das Mädchen sah, das vom Leben vielleicht doch nur ein viel zu kleines Stück Liebe abgekriegt hatte. Oh, wie philosophisch sie plötzlich wurde. Das lag wohl an dem Veltliner, den sie nicht gewöhnt war. Jetzt glaubte sie sich sogar daran zu erinnern, dass Florian ihr zweimal nachgegossen hatte. Nun ja, man konnte es auch klarer sehen: Macken hat ein jeder, und über die Schwächen des anderen hinwegzusehen, hat wohl auch noch nie geschadet. »Glaub mir, wenn Therese sich erst mal ein bisschen entspannt hat, dann ist sie richtig nett.«

Zum Glück lächelte er jetzt, so dass seine türkisblauen Augen wieder strahlten. »Kann ich mir vorstellen, recht witzig ist sie ja.«

»Stimmt! Totlachen kann man sich mit ihr!«

Ihren trockenen Humor hatte sie immer schon insgeheim bewundert. Genau wie dieses Strahlen, das von ihr ausging, egal wo sie auftauchte. »Sie ist schon was ganz Besonderes«, sagte Rosa mehr zu sich selbst.

Dann strich sie Florian leicht über die Wange. Jetzt erst fiel ihr auf, dass er wieder glatt rasiert war, nachdem er die letzten Tage mit einem leichten Bartschatten rumgelaufen war. Gut fühlte sich das an. Und attraktiv sah dieser Mann ohnehin immer aus. »Du bist auch etwas ganz Besonderes«, flüsterte sie ihm zu.

Und nachdem sie ihm einen hoffentlich verheißungsvollen kleinen Kuss auf den Mund gegeben hatte, fügte sie hinzu: »Kommst du heute zu mir?«

Vorsichtig entwand er sich aus ihrer Umarmung. Dann sah er sie mit einem entschuldigenden Dackelblick an. »Sei mir nicht bös, meine Süße … heute bin ich total kaputt.«

»Kein Problem!«, sagte sie schnell.

Oh, das war jetzt eindeutig zu rasch gewesen. So dass es bestimmt doch gekränkt geklungen hatte. Was ehrlich gesagt auch eher der Wahrheit entsprochen hätte. Nein, sie würde jetzt nicht beleidigt sein. Florian hatte natürlich genauso das Recht wie sie, auch mal alleine zu schlafen. »So viel Gleichberechtigung muss sein!«, schoss es ihr durch den Kopf, worüber sie fast lachen musste.

»Na dann, schlaf gut, mein Schatz!«, sagte sie nun, tatsächlich ohne auch nur ein bisschen eingeschnappt zu sein.

Ihr Freund war einfach ein Traum, keinen Augenblick zweifelte sie daran, dass er total verschossen in sie war. Auch jetzt schaute er sie so innig an, dass sie sich wie auf einer Wolke fühlte.

Zu viel Grüner Veltliner hin oder her. »Schlaf auch gut, Rosalein!«, murmelte Florian.

Dann umarmte er sie eher flüchtig, küsste sie mit halb geschlossenen Augen. Herrje, der arme Mann schlief wohl schon im Stehen ein. Sein Kuss war ja nicht mal in der Nähe ihres Mundes gelandet, sondern irgendwo in ihren Locken. »Ab ins Bett mit dir!«, lachte sie, als er eher zur Tür wankte als ging.

Eigentlich hatte sie noch vorgehabt, ein bisschen die Küche aufzuräumen. Doch keine Chance, das musste bis morgen früh warten. Auf einmal fühlte sie sich auch so müde, dass sie auf der Stelle hätte einschlafen können.

Na, toll. So zerschlagen sie vorhin auch noch gewesen war, jetzt war jede Hoffnung an Einschlafen dahin. Jedes Mal, wenn Maria die Augen schloss, ratterte wieder das Telefongespräch mit John im Geiste vor ihr ab. Dann hörte sie wieder seine raue Stimme, die sie nach wie vor an Sean Connery erinnerte, ganz nah an ihrem Ohr – ja, ja, sie wusste schon, es war bloß seine deutsche Synchronstimme. Fast kam es ihr vor, als ob er direkt neben ihr in der duftigen rot-weiß karierten Bettwäsche liegen würde. Aufgeregt fuhr sich Maria über die von der Nachtcreme ein wenig fettigen Wangen, ließ nochmal jedes Wort, das sie miteinander gesprochen hatten, Revue passieren. »Liebste Maria, ich sterbe vor Sehnsucht!«, hatte er ihr gesagt.

Dabei »sterbe« wie »stöörbe« ausgesprochen. Natürlich, sein englischer Akzent. Und sie hatte sich das gerne angehört, war auch völlig entspannt geblieben, als er sie um mehr Geld gebeten hatte. Sicher, seine Firma. Eine entscheidende Phase, in der er unbedingt fünftausend Euro benötigte. Selbstverständlich eine läppische Summe im Vergleich zu dem Vermögen, das sie bald gemeinsam besitzen würden, hatte er ihr mehrmals versichert. Und ihr vorgeschwärmt von den weiten Reisen, die sie zusammen machen würden. Nach Mauritius, Thailand, dort, wo es immer warm und sonnig war, da würde er niemals mehr ihre Hand loslassen. Fast wäre ihr rausgerutscht, dass sie den Wechsel der Jahreszeiten in Tirol eigentlich sehr gern mochte. Auch wenn sie im Winter manchmal schimpfte wie ein Rohrspatz, wenn Rosa und sie sich beim Schneeschaufeln nicht mehr raussahen. Aber dafür kam auch immer wieder der Frühling, mit dem ersten zarten Grün und diesem wunderbaren Vogelzwitschern, dem sie auch noch mit sechzig versonnen lauschte, wie damals als kleines Mäderl. Nein, das hatte sie ihm nicht gesagt. Es war auch völlig unwichtig gewesen. Viel bedeutender fand sie die Tatsache, dass sie ihn um ein Treffen gebeten hatte. Zuerst hatte er noch abgewiegelt, doch sie war felsenfest geblieben: Kein Treffen, kein weiteres Geld. Basta. Bis er die Idee, sich in München zu verabreden, gar nicht mal mehr so verkehrt gefunden hatte. »Schlaf gut, John«, flüsterte sie mit einem breiten Lächeln im Gesicht in ihr dunkles

Schlafzimmer hinein und kuschelte sich in ihre Decke, die so schön nach der Lavendelseife im Schrank duftete, die ihr die Rosa letztens mal einfach so geschenkt hatte.

Auf einmal fielen ihr doch die Augen zu, so todmüde war sie. Vielleicht auch deshalb, weil sie alles richtig gemacht hatte. Ja, davon war sie überzeugt.

Dort der große Wagen, hier der Orion. Stirnrunzelnd stand Rosa in ihrem zugegeben ziemlich kindischen Kermit-Pyjama am offenen Fenster und betrachtete den klaren Sternenhimmel. Zu dumm aber auch, dass sie so gar nicht einschlafen konnte. Auch ihr Schwips von vorhin war offenbar in der lauen Nachtluft verflogen. Seufzend stützte sie ihr Kinn auf die Hand. Wie viel schöner wäre es jetzt, wenn Florian bei ihr wäre. Ups, mit einer schiefen Grimasse schaute sie an sich herab. Dann wäre der abtörnende weiße Schlafanzug mit den grünen Fröschen drauf natürlich ein totales No-Go, wie die Kathi sagen würde. Der taugte bloß dafür, sich alleine ins Bett zu legen oder einen unliebsamen Verehrer in die Flucht zu schlagen. Und das hatte sie bei Florian wirklich nicht im Sinn, wie ihr gerade jetzt klar wurde. Am liebsten würde sie gleich zu ihm huschen. Klarerweise erst, nachdem sie sich ihr hübsches neues brombeerrotes Seidennachthemd angezogen hatte. Lächelnd erinnerte sie sich, wie wahnsinnig sexy das ihr Freund noch vor zwei Nächten gefunden hatte. Als ihr aber wieder einfiel, dass er ihr heute einen Korb verpasst hatte, erstarb das Lächeln sofort. Ja, da konnte sie sich noch so oft einreden, dass er natürlich nicht dazu verpflichtet war, jede Nacht mit ihr zu schlafen. Und sie am Vorabend ja auch alleine ins Bett gehen wollte. Ein bisschen eingeschnappt war sie dennoch. Auch wenn sie nicht gerade stolz darauf war, so kleinlich zu sein. »Ach, morgen ist wieder alles anders«, beruhigte sie sich selbst.

Ganz bestimmt nicht würde sie den armen Mann mitten in der Nacht überfallen. Sie schloss gerade wieder das Fenster, wollte bereits zurück ins Bett hüpfen, als ihr etwas anderes einfiel. Der Mohnkranz für Therese! Auch wenn ihre Schwester immer sehr auf ihre schlanke Figur achtete, war sie doch auch eine kleine Naschkatze und würde sich vermutlich total darüber freuen, wenn so eine leckere Mehlspeise in der Früh direkt auf sie wartete. Oh – war da ein Geräusch gewesen? Es hatte wie eine Tür geklungen, die leise geschlossen wurde. Rosa horchte konzentriert, hörte aber nichts mehr. Tja, vielleicht war Therese doch noch wach, umso besser. Sehr zufrieden über ihre Idee huschte Rosa bloßfüßig aus ihrer Wohnung, die Treppen hinunter in die Küche. Dann wieder mit einem Teller, darauf zwei große Mohnkranzstücke, rauf in den ersten Stock zum Zimmer »Herzenswärme«. Jetzt war alles ruhig im Haus, auch aus Thereses Zimmer hörte sie keinen einzigen Laut, obwohl sie ihr Ohr ganz nah an die Tür hielt. Schon wollte sie den

Teller auf den Tisch am Flur stellen, als sie auf einmal stutzte. Ein seltsames Gefühl machte sich auf einmal in ihrer Magengrube breit, und ehe sie es verhindern konnte, hatte sie die Türklinke niedergedrückt. Die Tür war unverschlossen, ging mit einem leisen Knarren auf. Mist, was mach ich da!, schoss es Rosa peinlich berührt durch den Kopf, sie kam sich auf einmal völlig bescheuert vor.

Sie wusste ja nicht mal, welchen Verdacht sie nun gehabt hatte. Schon wollte sie wieder rückwärts aus dem Zimmer gehen mitsamt dem Kuchenteller. Doch dann sah sie es. Durch das Nachtlicht vom Flur war es deutlich zu erkennen: Therese lag nicht in dem breiten Bett, das mit seiner akkurat glatt gestrichenen Herzchen-Bettwäsche, so wie es Maria immer machte, überhaupt völlig unberührt wirkte.

6

»Ich glaube, wir sind vollzählig!«

Leise vor sich hin murmelnd ließ Rosa ihren Blick über die kleine Gruppe schweifen, die in Freizeitkleidung und festen Schuhen vor ihr am Hof stand. Herr Sedlak wollte zum Wanderausflug mitkommen und auch die Familie Kittinger aus Kassel, die am Vortag angekommen war. Herr und Frau Kittinger, geschätzte Mitte Vierzig, sahen sie erwartungsvoll an. Ihre sechzehnjährige Tochter Stefanie hatte wegen ihres Asthmas sogar drei Wochen von der Schule frei bekommen, um sich in der Tiroler Bergluft zu erholen. Aber der Teenager, den Rosa eigentlich immer nur mit schmollendem Gesicht umherlaufen gesehen hatte, fehlte. »Die Steffi schminkt sich wahrscheinlich noch«, hörte sie da Frau Kittinger mit leidgeprüftem Gesichtsausdruck murmeln.

»Wofür schminkt sie sich denn bitte schön so lange?«, fragte ihr Mann Robert nach.

Und sprach damit wohl den anderen, die endlich loswollten, aus der Seele. »Für die Murmeltiere vielleicht?«

Ein amüsiertes Raunen ging durch die Gruppe. Auch Therese, die neben Florian stand, verzog ihren Mund zu einem Lächeln. Rosas und ihr Blick trafen sich, und Rosa versuchte, nicht daran zu denken, wie peinlich ihr Auftritt vor zwei Nächten gewesen war. Wie ein Racheengel war sie in Thereses Zimmer gestanden, hatte mit entsetztem Gesicht das leere Bett angestarrt. Und weiß Gott was gedacht. Tja, und als Therese dann aus dem Bad gekommen war und erschrocken ihre blauen Augen aufgerissen hatte, war sie sich so unendlich blöd vorgekommen. Noch immer stellten sich ihr die Nackenhärchen auf, wenn sie daran dachte. Und ihre verlegen genuschelte Erklärung: »Ich hab dir zwei Stücke vom Mohnkranz gebracht«, hatte bei Therese bloß einen Blick à la »Die tickt doch nicht mehr ganz richtig« hervorgerufen.

Kein Wunder, nur eine Wahnsinnige geistert in der Nacht durchs Haus, um Kuchen zu verteilen. Herrje! Doch zum Glück hatte ihre Schwester am nächsten Morgen kein Wort über Rosas deplatzierten Auftritt verloren. Und hatte es hoffentlich auch nicht Florian weitererzählt. Sonst müsste sie wohl vor lauter Scham darüber, dass sie ihrem Freund und ihrer Schwester doch wirklich für den Bruchteil einer Sekunde insgeheim unterstellt hatte, sich in der Nacht heimlich zu treffen, augenblicklich tot umfallen.

»Ich beeile mich doch schon!«

Ihren eigenen Worten zum Trotz schlurfte Steffi Kittinger gemächlich in schwarzen Turnschuhen über den Hof. Das junge und bildhübsche Gesicht mit einer dicken Schicht Make-up bedeckt. Und – Respekt! Den bitterbösen Blick ihrer Mutter parierten die mit massenhaft

Mascara umhüllten Augen mit einer Gleichgültigkeit, von der sich jeder selbstzweiflerische Erwachsene eine gehörige Scheibe abschneiden hätte können. Rosa versuchte, gleichmütig dreinzugucken, konnte sich aber ein Schmunzeln kaum verkneifen. Ja, pubertierende Teenager waren für ihre Eltern bestimmt eine wahnsinnige Herausforderung. Vielleicht vergleichbar mit einem kleinen Besuch im Löwenkäfig, wenn die letzte Mahlzeit der Raubtiere bereits eine Weile her war. Trotzdem fand die Tirolerin die meisten Jugendlichen einfach total süß. Steckte doch unter der zugegebenen nervigen Schicht aus Arroganz und zur Schau gestellter Langweile zumeist ein sehr netter, empfindsamer Mensch. Nur den galt es erst mal, herauszukitzeln. »Dann können wir ja losgehen!«, meinte Rosa jetzt und dachte vergnügt daran, dass sie nach der etwa zweistündigen Wanderung im Almrosenhaus, einer Gaststätte mit grandiosem Ausblick über das ganze Tal, einkehren würden.

Wenn sie nicht alles täuschte, sollte heute Konstantin, der siebzehnjährige Sohn des Familienbetriebs, beim Kellnern mithelfen. Ein hübscher blonder Bursche, mit dem Steffi vielleicht sogar mal etwas zusammen unternehmen könnte.

Im Moment war deren Laune aber weit unter dem Gefrierpunkt festgemacht. »Hier gibt es nur alte Leute!«, stellte sie gerade nicht eben charmant und laut genug fest, so dass es auch wirklich niemandem in der Gruppe, die sich eben in Bewegung setzte, entgehen konnte.

»Wenn hier außer mir einer jenseits der Verwesung ist, soll er bitte die Hand heben.«

»He!«, entrüstete sich Therese.

»Steffi! Was fällt dir eigentlich ein!«

Heike Kittinger warf ihrer Tochter einen Blick zu, der sich irgendwo zwischen bitterböse und totaler Verzweiflung einordnen ließ. Und man sah ihr an, dass sie sich vor lauter Peinlichkeit am liebsten in einen Marienkäfer verwandelt und unter einem Blatt versteckt hätte. Rosa, die das sah und schon befürchtete, dass die eben noch so vergnügte Stimmung der Wandertruppe, die locker quer über die Alm schritt, umschlagen könnte, holte zu der molligen Frau auf. »Ach, als wir jung waren, haben wir doch alle Menschen über zwanzig als alt angesehen!«

Sie zwinkerte Steffi zu, die zwar immer noch ihren Eisprinzessinnenblick aufgesetzt hatte, aber nun zumindest etwas zwischen den Lippen hervorpresste, das sich mit ein wenig Fantasie als »Tschuldigung« identifizieren ließ.

Na also, ging doch. »Jetzt geht's langsam ein bisschen bergauf!«, wandte sich Rosa nun zu den anderen, zeigte dabei auf den Waldweg vor ihnen, der sich in Schlangenlinien nach oben wand.

»Mit dir an meiner Seite, du süße Berggämse, schaffe sogar ich das.«

Florian, der sich eben noch mit Therese, die ganz hinten lief, unterhalten hatte, war nun neben ihr, stupste sie sanft an. Rosa sah ihm in die Augen. Huch, sah der Mann toll aus! Der wolkenlose Himmel, die Berge im Hintergrund und die Sonne, die zwischen den Baumwipfeln durchblitzte, schienen nur dafür gemacht, seine blauen Augen noch mehr strahlen zu lassen. Jedes Mal, wenn sie daran dachte, dass er am nächsten Abend wieder nach Nürnberg zurückfahren würde, fühlte sie sofort einen dicken Knödel im Hals. Nun tat es ihr bereits leid, sein Angebot, länger zu bleiben, doch ein wenig voreilig ausgeschlagen zu haben. Von wegen Therese und sie würden viel Zeit miteinander verbringen! Keine Spur. Im Gegenteil, manchmal hatte Rosa fast den Verdacht, als ob ihre Schwester ihr direkt aus dem Weg gehen würde. Oder war es tatsächlich reiner Zufall, dass jedes Mal, wenn sich Rosa ein wenig Zeit freischaufeln konnte und sich zu Therese setzte, diese ganz plötzlich einen geschäftlichen Anruf tätigen musste. Oder ihr wieder mal flau im Magen war. Gut, ein wenig blass sah sie auch jetzt aus, wie Rosa nach einem kurzen Blick nach hinten feststellte. Nun ja, sie sollte nicht so schwarzsehen. Zumindest war ihre Schwester von der Idee, heute mit einigen Gästen mitzuwandern, recht angetan gewesen, stapfte jetzt zwar mit ernstem Gesicht, aber dennoch unermüdlich den Berg hinauf. Und das, obwohl Rosa in Erinnerung hatte, dass Therese das Wandern früher regelrecht gehasst hatte. Aber nachdem Florian sie vorhin beim Frühstück noch mal gefragt hatte, hatte sie zugestimmt. Und machte zugegeben in ihrem ärmellosen weißen Top und den Jeansshorts eine tolle Figur. Und erst ihre langen, braungebrannten

Beine, die in Rosas neuen Wanderschuhen steckten … Insgesamt wirkte Therese wie aus dem Fremdenverkehrskatalog, der zeigen wollte: »Seht her, nicht zittrige Pensionisten erklimmen bei uns die Berge, sondern wunderschöne Models mit Beinen wie ein Giraffenjunges!«

Bei dem Gedanken daran musste Rosa unwillkürlich schmunzeln. Ihr war es auch egal, dass sie heute ihre uralten Wanderschuhe trug, die ehrlich gesagt schon ein bisschen museumsreif wirkten. Prompt zeigte Florian darauf, schnalzte dabei mit der Zunge. »Na, sind die noch aus den Zeiten von Luis Trenker?«

»Ha, ha, sehr witzig!«

Dennoch musste sie lachen, genoss es, wie er seinen Arm um ihre Schultern legte. Automatisch schmiegte sie sich an ihn ran, wollte gar nicht daran denken, dass sie sich bald eine ganze Weile nicht mehr sehen würden. Plötzlich wurde ihr bewusst, dass er auch eine ganz wunderbare Art hatte, mit Thereses Stimmungsschwankungen umzugehen. Bestimmt eine viel bessere als sie selbst. Sie mochte sich gar nicht ausmalen, wie es ohne ihn zwischen ihrer Schwester und ihr werden würde. Vor allem, wo sich Therese noch gar nicht darüber ausgelassen hatte, wie lange sie in Kirchberg bleiben wollte.

»Ich kann nicht mehr!«

Steffi, die in engen schwarzen Jeans, einem schwarzen langärmeligen Pullover und einer schwarzen Jacke steckte, ließ sich einfach auf den Waldboden fallen.

»Ich hab doch gewusst, dass Wandern saublöd ist!«

»Also, jetzt reicht's aber wirklich!«

Robert Kittingers wutentbranntem Gesichtsausdruck war anzusehen, dass er seine Tochter am liebsten zum Mond schießen würde. »Zieh doch deine Jacke aus!«, sagte Rosa betont fröhlich.

Dann flüsterte sie Steffi etwas ins Ohr. Worauf die sofort aufsprang, sich die Jacke und den Pullover auszog, unter dem – Überraschung! – ein ebenfalls schwarzes T-Shirt zum Vorschein kam, und zügig voranschritt.

Sowohl Steffis Eltern als auch Herr Sedlak schauten Rosa dermaßen ehrfurchtsvoll an, als ob sie eben einen Gelähmten wieder zum Gehen gebracht hätte. Die jedoch zuckte nur, einen geheimnisvollen Blick aufsetzend, mit den Schultern. Und als Florian ihr zuraunte: »Hast du ihr mit dem Almöhi gedroht?«, kicherte sie bloß.

»Sag ich nicht!«

Lachend fing sie den misstrauischen Blick des jungen Mädchens auf. »Das bleibt unser Geheimnis.«

»Es ist alles in Ordnung.«

Christian Heller, der sich eben den Mammografiebefund seiner Patientin durchgelesen hatte, lächelte der älteren Frau aufmunternd zu. »Der Knoten war nur eine Zyste, völlig harmlos.«

»Puh, jetzt bin ich aber erleichtert!«

Klara Beringer atmete geräuschvoll aus. »Und ich hab schon gedacht, jetzt ist alles vorbei … na, die Schoberle Maria wird sich auch freuen, wenn ich ihr das morgen Abend beim Tarockieren erzähle.«

Bemüht, nicht allzu interessiert zu wirken, hob Christian den Kopf. »Ah … die Maria kenn ich doch … die arbeitet ja bei der Rosa Blauensteiner in der Ferienpension.«

»Ja, ja … sie will eh auch demnächst zu Ihnen kommen zur Durchuntersuchung. Hab ihr ja so vorgeschwärmt von Ihrer schönen Ordination, alles neu und so ein hübsches Wartezimmer mit den vielen Orchideen, und die Frau Pichler an der Anmeldung ist ja auch so goldig. Und Sie, ja Sie sind ein wunderbarer Arzt, hoffentlich gehen Sie niemals weg von Kitzbühel …«

»Danke, das ist sehr nett«, unterbrach Christian den Redeschwall, der nicht so wirkte, als ob er von alleine allzu rasch zu einem Ende kommen würde.

Gleichzeitig überlegte er, wie er dem Gespräch die richtige Wendung geben konnte. »Die Maria arbeitet ja bei der Rosa Blauensteiner, nicht wahr?«

»Ja. Eine ganz liebe junge Frau. Die Maria liebt sie wie eine Tochter. Ist ja schon schlimm, dass die Maria keine eigenen Kinder mit ihrem Josef bekommen hat. Und trotzdem waren sie so ein liebes Paar.«

»Mmmmh …«

Christian wiegte den Kopf hin und her, so als ob er sich tief gehende Gedanken um das entgangene Mutterglück der Maria Schoberle machte. Keine Frage, eine traurige Geschichte. Aber im

Moment schaffte er nichts anderes, als fieberhaft zu überlegen, wie er das Gespräch erneut unauffällig in Richtung Rosa lenken konnte. Keine Chance, Klara Beringer war jetzt bei ihren eigenen Enkelkindern angelangt, fünf Stück an der Zahl … Er musste direkt werden. »Und die Rosa ist glücklich mit ihrer neuen Liebe? Ich glaub, Florian heißt er, oder?«

Seine Patientin zuckte mit den Schultern. »Davon erzählt die Maria kaum was.«

Na, toll, ausgerechnet über die relevanten Dinge tratschten die beiden Frauen nicht. »Was haben Sie gerade gesagt, Frau Beringer?«

»Die Maria mag ihn nicht recht. Ihrer Meinung nach passt er nicht zur Rosa, und stimmen tut auch was nicht mit ihm …«

Erschrocken über ihre eigenen Worte schlug sie sich die Hand auf den Mund. »Aber das haben Sie jetzt nicht gehört!«

»Ich weiß gar nicht, worüber Sie reden!«, schmunzelte er.

Auf einmal hatte er fabelhafte Laune.

»Das hast du echt spitze hingekriegt«, raunte Florian Rosa zu, deutete dabei unauffällig auf Steffi, die sich am anderen Ende des Gastgartens vom Almrosenhaus von Konstantin die Namen der Berge ringsum aufzählen ließ und dabei sehr aufmerksam wirkte.

Ihre ganze zur Schau gestellte Langeweile von vorhin war wie Blütenstaub von ihr abgefallen. Stattdessen himmelte sie den jungen Tiroler geradezu an. Und der sah dem hübschen Mädchen mit dem Pferdeschwanz ebenfalls auffällig tief in die Augen. »Klingt echt interessant, auf den Wilden Kaiser würde ich auch gern mal gehen.«

Ganz neue Töne … Rosa verkniff sich ein Schmunzeln, konzentrierte sich lieber auf das große Glas Himbeerlimonade, das vor ihr auf dem Tisch stand. Dann wagte sie einen Blick zu den Kittingers, die ihr schräg gegenüber saßen.

»Man soll nie verlernen, an Wunder zu glauben«, flüsterte Heike Kittinger.

Ihr Mann Robert schnaubte auf. »Wenn der Bursch nur keinen Blödsinn im Kopf hat.«

»Keine Sorge«, beruhigte ihn Rosa.

»Der Konstantin ist wirklich vernünftig. Ich glaub einfach, es ist nett für die Steffi, wenn sie sich hier mit anderen Jugendlichen treffen kann.«

Sie hatte den Satz noch nicht mal zu Ende gesprochen, da erschien der Teenager wieder am Tisch. Und schaffte es nun anstatt seiner permanent angefressenen Miene einen herzerweichenden Hundewelpenblick aufzusetzen. »Der Konstantin trifft sich am Abend mit ein paar Leuten im Kirchberger Café … darf ich da auch hin? Nur für zwei Stunden?«

Wie Zucker im Kaffee schien der strenge Herr Papa auf einmal dahinzuschmelzen. »Meinetwegen. Aber ich bring dich hin und hol dich auch wieder ab.«

»Sicher«, schnurrte seine Tochter wie ein Kätzchen und lächelte, als sie sich neben ihren Vater setzte, freundlich in die Runde.

Rosa zwinkerte ihr zu, nahm zufrieden einen großen Schluck von ihrer Limonade. Bis ihr etwas einfiel und sie abrupt aufstand. Therese war bereits vor einer Weile auf der Toilette verschwunden. Und immer noch nicht zurückgekommen. »Therese? Alles in Ordnung bei dir?«, fragte Rosa, nachdem sie den Waschraum betreten hatte und sah, dass eine der Klotüren versperrt war. »Ja, ja, alles okay! Geh nur, ich komm gleich!«, hörte sie ihre Schwester nuscheln.

Was sich alles andere als »okay« anhörte. Rosa, die tatsächlich am liebsten wieder gegangen wäre, zögerte. Irgendwas stimmte doch nicht mit Therese. Seit sie hier in Kirchberg war, klagte sie immer wieder über Übelkeit. Und als Rosa ihre Schwester ein paar Mal in der Früh ungeschminkt gesehen hatte, war sie ziemlich erschrocken gewesen. So blass hatte sie ausgesehen. Und jetzt kamen eindeutig würgende Geräusche aus der Toilettenkabine. »Therese«, flüsterte Rosa, spürte, wie sich ihre Brust verkrampfte.

»Bist du krank?«

»Blödsinn!«

Schwungvoll öffnete sich die Tür, und Therese trat mit einem übertriebenen Lächeln auf den Lippen heraus. »Aber offenbar vertrag ich das schwere Tiroler Essen nicht mehr … liegt einem ja wie ein Stein im Magen.«

Rosa verschlug es kurz die Sprache. Dann hatte sie sich wieder gefasst. »Du, außer dem Schweinsbraten zur Begrüßung habe ich die letzten Tage aber leichte Sachen gekocht. Spargel, Hühnersuppe ...«

Therese verdrehte die Augen. »Jetzt nimm' doch nicht alles so ernst! Ich hab mir einfach ein bisschen den Magen verdorben, keine Ahnung, womit.«

Und weil Rosa offensichtlich immer noch nicht überzeugt dreinschaute, fügte sie hinzu: »Aber jetzt geht's mir schon wieder viel besser.«

»Du, deine Idee, die Rosa einmal einzuladen, ist wirklich nicht schlecht ... gemeinsam mit ihrem Freund.«

Christian, der mit Ines zum Mittagessen an einem Tisch bei »Angelo«, ihrem Lieblingsitaliener in Kitzbühel, saß, hatte sich sehr bemüht, den Satz so beiläufig wie möglich fallen zu lassen. So, als ob der ihm gerade jetzt eingefallen wäre. Und ihm nicht, was vielmehr der Wahrheit entsprach, bereits den halben Vormittag im Kopf herumgeschwirrt war. Zu gerne wollte er diesen Florian genauer kennenlernen, herausfinden, was mit diesem Typ wirklich los war. »Du bist echt fies!«, schoss es ihm durch den Kopf.

Ja, zugegeben, insgeheim hoffte er geradezu, dass der Mann sich als vollkommener Idiot herausstellte, der einfach nicht gut genug für seine Rosa war. »Was heißt, deine Rosa?«, ließ sich die boshafte innere Stimme erneut vernehmen.

Man wird sich doch wohl noch um seine alte Freundin kümmern dürfen! Mehr war da nicht dahinter.

»Chris?«

Ines, die ein bisschen blass um die Nasenspitze geworden war, zeigte auf den vollen Teller vor ihm. Oh, er hatte gar nicht bemerkt, dass das Essen gekommen war. »Mmmh, lecker … Zander«, murmelte er.

»Du hast dich doch für die Hühnerschnitzerl entschieden«, erklärte seine Freundin mit frostiger Stimme.

Natürlich! Entsetzt blinzelte er. Er musste sich jetzt endlich zusammenreißen, sonst dachte Ines noch, er war völlig durchgedreht. Obwohl – so ein bisschen verrückt kam er sich tatsächlich vor. Doch jetzt hatte er sich wieder im Griff. Lächelnd legte er seine Hand auf die von Ines, sah ihr dabei hoffentlich innig genug in ihre Augen. »Entschuldige, heute war so viel los in der Praxis, dass mir richtiggehend der Kopf rauscht.«

Offensichtlich besänftigt, küsste sie ihn leicht auf die Wange. »Schon gut, im Krankenhaus war auch jede Menge zu tun. Wir sollten jetzt endlich essen.«

Mit den letzten Worten nahm sie ihr Besteck in die Hand, begann ihr Lammsteak mit dem Messer zu bearbeiten. »Guten Appetit!«, murmelte er, ein bisschen enttäuscht, weil sie immer noch nichts zur Einladung von Rosa und Florian gesagt hatte.

Schließlich war es doch ihre Idee gewesen. »Lüg dir nicht in die eigene Tasche!«, beschwor ihn wieder seine innere Stimme, der größte Moralapostel aller Zeiten.

»Das hat sie doch nur mal aus Höflichkeit gesagt. Du willst die Rosa wiedersehen – und ihren Freund scannen, so als ob du ihn durch den Computertomografen schicken würdest.«

Verärgert über sich selbst stopfte er sich ein Stück Huhn in den Mund. Es war, wie immer im Angelo, köstlich gewürzt, knusprig gebraten. Genau so, wie Christian es liebte. Doch jetzt hätte er genauso gut an einem Stück Karton kauen können.

Himmel, war diese Frau schlampig! Obwohl Maria sich nicht wirklich wunderte – schließlich kannte sie Therese noch von früher –, verzog sie, als sie das Bad vom Zimmer »Herzenswärme« betrat, angeekelt das Gesicht. Benutzte Wattepads bedeckten fast die gesamte Ablage unterm Spiegel, leere Shampoo-Packungen sowie gebrauchte Handtücher lagen in der Badewanne und am Fliesenboden. Und der hellbeige Staub, der sich wie nach einem Sandsturm übers Waschbecken zog, war wohl Gesichtspuder. »So fein schaut's immer aus, die Therese, aber hier hinterlässt sie einen wahren Saustall«, schimpfte Maria leise vor sich hin, während sie ihre Mülltüte füllte.

Danach zückte sie ihre Putztücher, kam sich fast ein wenig wie die Fee aus dem Märchen vor, die alles mit einem »Pling« zum Strahlen brachte. Na ja, ganz so einfach ging es nicht, aber nach zwanzig Minuten schaute sie sich zufrieden in dem mittlerweile blitzsauberen Bad um, in dem die hellblauen Fliesen strahlten wie in einer

Fernsehwerbung für Putzmittel. »Gut gemacht, Mariechen!«, lobte sie sich selbst, so wie es früher immer ihr Josef gemacht hatte.

Ein feiner Stich fuhr dabei durch ihren Körper. Immer noch, auch noch nach fünf Jahren, tat es weh, an ihn zu denken. Und diese Einsamkeit war einfach schlimm, schien manchmal wie eine Riesenwelle über sie hinwegzuschwappen. »Nur deswegen ist das doch mit dem John passiert«, murmelte sie, plötzlich ganz atemlos vor Scham, weil ihr wieder mal bewusst wurde, dass sie der Rosa doch tatsächlich Geld gestohlen hatte.

Aber nicht mehr lang, dann würde sie alles wiedergutmachen. Allein wenn sie an ihr bevorstehendes Treffen mit John dachte, begann es, in ihrem Bauch zu kribbeln. »Nur mit der Ruhe«, sprach sie sich innerlich Mut zu, »es wird schon klappen.«

Eben wollte sie das Bad verlassen, als ihr der kleine Mülleimer hinter der Toilette auffiel, den sie vorhin übersehen hatte. »Wirst auch schon alt!«, amüsierte sich die Frau über sich selbst, als sie den Inhalt des Eimers in ihre Mülltüte leerte.

Auf einmal stutzte sie. Was war das denn? Zwischen gebrauchten Slipeinlagen kullerte etwas Langes aus Plastik in den Sack. Sah fast wie ein Kugelschreiber aus. Neugierig geworden, fasste Maria mit ihrer behandschuhten Hand danach … und pfiff gleich darauf total verblüfft durch die Zähne. »Das ist ja ein Ding«, murmelte sie, konnte es gar nicht erwarten, diese Neuigkeit der Rosa zu erzählen.

»Ist eigentlich gar nicht sooo schlimm hier!«, stellte Steffi großzügig fest, während sie nach der mehrstündigen Wanderung erstaunlicherweise recht beschwingt neben Rosa den Waldweg entlanglief.

Es stand geradezu auf ihrer Stirn geschrieben, dass sie die Aussicht auf das Wiedersehen mit Konstantin vom Berggasthaus beflügelte. »Schön, wenn es dir hier gefällt!«

Rosa lächelte ihr zu, dann schaute sie wieder nach hinten zum Ende der Gruppe, wo Therese gerade unaufhörlich auf Florian einredete. Der Arme, er war schon ganz blass um die Nase. Und eigentlich hätte sie sich jetzt gerne mit ihm unterhalten. Ihr Freund schien ihren Blick zu spüren, denn er schaute auf – und grinste sie breit an. Was sofort wieder diese unwiderstehlichen Grübchen in seine Wangen zauberte. Wie auf Kommando schlug ihr Herz ein wenig schneller. Umso mehr, da Florian nun zu ihr nach vorne kam und die etwas empört dreinguckende Therese Herrn Sedlak überließ. Der ältere Herr schien zum Glück nicht zu merken, wie abfällig die hübsche Blondine ihren Mund verzog. Rasch guckte Rosa weg, um alles konnte sie sich nun mal nicht kümmern. Schon gar nicht, wenn Florian ihr wie eben »Ich vermisse dich jetzt schon« ins Ohr flüsterte.

Huch, ihr Puls hämmerte wie verrückt, und fast wäre sie über eine Wurzel gestolpert. Doch Florian, ihr absoluter Held, hielt sie mit seinen starken Armen an den Schultern fest. »He, fall mir nicht hin, meine Bergprinzessin«, lachte er.

»Geht schon, danke«, sagte sie rasch, setzte sich neben ihm wieder in Bewegung.

Unauffällig ließ sie ihren Blick schweifen. Nein, Steffi war nun ein ganzes Stück hinter ihnen, ließ mit gleichmütigem Gesicht einen Vortrag ihres Vaters über männliche Jugendliche, die doch alle irgendwie gleich waren und vor denen sich junge Mädchen in Acht nehmen sollten, über sich ergehen. Offenbar an den richtigen Stellen nickte Steffi, denn sowohl Mama als auch Papa Kittinger schauten jetzt äußerst zufrieden drein. Rosa unterdrückte ein Schmunzeln. Ob sie auch mal so besorgt sein würde, wenn sie Kinder hatte? Wer weiß, jetzt bräuchte ich erst mal den richtigen Mann dafür, dachte sie, dann musterte sie Florian von der Seite.

Zum Glück konnte er ihre Gedanken nicht lesen. Sonst würde er vor lauter Angst, dass sie ihn sofort festnageln würde, schreiend Reißaus nehmen. »Du, ich wollte dich etwas fragen«, setzte sie an, in der Hoffnung, sich nicht allzu lächerlich zu machen.

»Ja?«

Interessiert schaute er sie von der Seite an. »Es geht um die Therese.«

Sofort fror sein eben noch so herzliches Lächeln ein. Und wenn sie sich nicht täuschte, waren die Schweißperlen auf seiner Stirn vorhin auch noch nicht da gewesen. Augenscheinlich kam er mit ihrer Schwester doch nicht ganz so gut aus, wie er es vorgab. Herrje, sie fing es aber auch zu blöd an! Sie wollte doch nicht nur wegen der Therese, dass er länger blieb! Auch wenn er ein gutes Händchen zu haben schien, um mit der launischen Frau umzugehen. Ehrlich gesagt um einiges besser, als es Rosa schaffte. Die doch bei jedem Versuch, Therese näher zu kommen, wie an einer Gummiwand abprallte. Es war schon seltsam, am ersten Tag hatte Rosa tatsächlich noch das Gefühl gehabt, als ob ihre Halbschwester sich ehrlich freuen würde, sie zu sehen. Doch je länger sie zusammensteckten, desto schnippischer wurde sie von ihr abgefertigt. Egal. In einer ruhigen Stunde würde sie mit ihr klären, wie lange sie noch bleiben wollte. Denn es musste ja ihr genauso aufgefallen sein, dass sie, wenn sie zusammen wohnten, nicht allzu gut funktionierten. »Was ist mit der Therese?«, fragte Florian nun, nachdem er sich einige Male geräuspert hatte.

Rosa machte eine wegwerfende Handbewegung. »Ach, um sie geht es eigentlich gar nicht.«

Ihre Wangen begannen heiß zu werden, als sie weitersprach. »Es ist jetzt bestimmt ohnehin unmöglich wegen deines Jobs. Aber ich wollte dich fragen, ob du nicht doch noch länger bleiben könntest?«

»Rosi!«

Sie hatte gehofft, dass er nicht allzu ablehnend reagieren würde, hoffentlich auch nicht beleidigt, weil sie ihm vor Kurzem noch bei seinem Vorschlag, den Urlaub zu verlängern, einen Korb gegeben hatte. Aber mit diesem Freudenausbruch hätte sie nun wirklich nicht gerechnet: Mit strahlendem Gesicht umfasste er ihre Taille, hob sie hoch und drehte sich mit ihr im Kreis rum. »He«, sagte sie fast ein wenig betreten, strich sich ihr olivgrünes T-Shirt, das ihr bis zum BH raufgerutscht war, hastig wieder nach unten.

Dann musste auch sie lachen. »Heißt das, du bleibst hier?«

»Aber sicher doch!«

Mit einem Augenzwinkern setzte er nach: »Ehrlich gesagt habe ich gehofft, dass du mich danach fragst.«

Gerührt nahm sie seine Hand. Es schien zu passen, dass der Weg gerade jetzt raus auf die grüne Alm führte, die in das warme Licht der Nachmittagssonne getaucht war. Bimmel, bimmel, konnte man die Kuhglocken läuten hören. Und wenn Rosa nicht alles täuschte, schien ihr Herz vor lauter Glück auch fast zu läuten.

»Du, ich muss mit dir sprechen.«

Kaum waren die Wanderer auf dem Hof eingebogen, stand Maria vor Rosa, versuchte, sie unauffällig zur Seite zu ziehen.

Die junge Frau runzelte zwar erstaunt die Stirn, lief aber ein paar Schritte hinter Maria her, bis sie allein im Gemüsegarten standen. »Was ist denn los?«

Statt einer Antwort hielt ihr Maria eine kleine durchsichtige Plastiktüte hin, in der ein Schwangerschaftstest steckte. Verwirrt nahm Rosa ihn in die Hand, erkannte gleich darauf die beiden Fenster mit den blauen Strichen. Positiv. Das konnte doch nicht wahr sein … oder war sie nicht mehr am Laufenden, was heutzutage als gebärfähiges Alter galt? Schließlich machte die Medizin doch immer weitere Fortschritte, und war nicht bereits vor einigen Jahren eine Italienerin durch die Medien gegeistert, die mit fast siebzig Mutter geworden war? »Äh … ich wusste gar nicht, dass du …«

War das Kind von diesem John? Oder von wem sonst? Sie musste wohl sehr belämmert dreingeguckt haben, wie sie da völlig ratlos zwischen Tomatenstauden und Bohnenranken stand, denn Maria begann auf einmal dermaßen zu lachen, dass ihr die Tränen über die Wangen rannen. »Kinderl! Was glaubst du denn? *Ich* bin doch nicht schwanger! Falls du es schon vergessen hast … im September werde ich 61.«

»Ach, so … natürlich.«

Über sich selbst belustigt schlug sich Rosa mit der Hand gegen die Stirn. Irgendwie war sie in letzter Zeit gewaltig neben der Spur. Doch plötzlich wurde sie wieder ernst. »Von wem ist denn dann dieser Test?«

»Hab ich beim Saubermachen in Thereses Bad gefunden.«

Maria zuckte mit den Achseln. Und Rosa fiel es wie Schuppen von den Augen. Natürlich! Jetzt konnte sie die dauernde Übelkeit und das blasse Gesicht ihrer Schwester einordnen. Und die Stimmungsschwankungen. Vor lauter Überraschung begann sich alles um sie herum zu drehen. »Warum hat sie denn nichts gesagt?«, sagte sie schließlich mehr zu sich selbst als zu Maria.

Doch die hielt sich nicht zurück. »Irgendwas stimmt nicht mit dieser Frau«, presste sie zwischen den Zähnen hervor.

»Ich hab schon, seit sie hier ist, so ein komisches Gefühl.«

Rosa warf ihr einen entrüsteten Blick zu. »Jetzt sei doch nicht so gemein!«

Beim Gedanken an ihre Schwester, der es vermutlich total unangenehm war, zuzugeben, von irgendeinem Liebhaber, mit dem sie vielleicht gar keinen Kontakt mehr hatte, schwanger zu sein, verkrampfte sich ihr die Brust.

»Jetzt braucht sie uns doch umso mehr.«

»Ich weiß nicht, ob sie dir guttut.«

Maria ließ einfach nicht locker, doch Rosa warf ihr einen warnenden Blick zu. »Ich finde den Gedanken eigentlich sehr schön, Tante zu werden … ich werde gleich mal mit Therese reden.«

So, jetzt rasch weg von hier, bevor Maria noch etwas sagte, das sie runterziehen würde. Sie war bereits an dem kleinen Zaun, als die doch noch nach ihr rief. »Rosa!«

»Ja?«

Fast zornig drehte sie sich um. Und musste dann doch schmunzeln, als Maria eine kleine Bohnenranke aus ihren Haaren zog. Fast entschuldigend zwinkerte ihr die Ältere zu. »Lass das Gemüse im Garten, mein Kind!«

»Ja, mach ich«, stimmte ihr Rosa versöhnt zu, bevor sie endgültig davonflitzte.

»Bist du völlig verrückt geworden?«

Als Rosa sich auf dem Weg zu Thereses Zimmer machte, hörte sie bereits auf der Treppe von oben Florians laute, wütende Stimme, dann eine Tür knallen. Huch, so kannte sie ihn ja gar nicht. Schneller werdend nahm sie die letzten zwei Stufen auf einmal und landete oben am Treppenabsatz direkt in den Armen ihres Freundes, der sie aus blutunterlaufenen Augen, die jetzt gar nicht mehr strahlten, geradezu entsetzt anstarrte. »Was ist denn los?«, durchbrach Rosa die Stille mit belegter Stimme.

Wie ein Gespenst schaute der Mann sie an, oder eher durch sie hindurch. Doch gleich darauf hatte er sich augenscheinlich wieder gefangen. »Sorry, hab gerade einen Riesenärger im Job.«

»Oh.«

Erschrocken sah sie ihn an, hatte auf einmal das eigentümliche Gefühl, eben belogen worden zu sein. Natürlich totaler Schwachsinn, stellte sie selbst im Geiste klar. Bloß leid tat ihr Florian, und natürlich war sie enttäuscht, weil er nun bestimmt doch nicht bleiben konnte. Ach, du Schreck, da kam ihr ein Gedanke. »Ist es wegen mir?«

Offensichtlich verwundert verzog er den Mund. »Wegen dir?«

»Na ja, ist dein Chef sauer, weil du länger Urlaub machen willst?«

Fast belustigt wirkte er nun, als er eine Augenbraue in die Höhe zog. »Nein, Rosa, mach dir keine Gedanken, das ist es nicht.«

Okay, das hatte nun ein bisschen von oben herab geklungen und nicht wirklich so, als ob er ihr sein Herz ausschütten wollte. Doch das enttäuschte Gefühl, das sich in ihr breitzumachen drohte, versuchte sie ganz rasch abzuschütteln. »Na dann«, sagte sie so leichthin wie möglich, »ich muss mal kurz zu Therese. Weißt du, ob sie in ihrem Zimmer ist?«

»Keine Ahnung«, entgegnete Florian schulterzuckend, ging ohne sie nochmals anzusehen, an ihr vorbei die Treppe runter.

Obwohl Rosa einige Male klopfte, sagte ihre Schwester nichts. Dabei hörte sie doch, wie sie sich in ihrem Zimmer mehrmals hintereinander kräftig schnäuzte. Ein mulmiges Gefühl beschlich Rosa, offenbar ging es Therese wirklich hundsmiserabel. Auf einmal fühlte sie sich richtig schlecht, so kritisch, wie sie Therese in letzter Zeit immer gesehen hatte. Eben wollte sie etwas Beruhigendes sagen, doch in dem Moment wurde von innen die Tür aufgerissen. »Wag es ja nicht!«, plärrte Therese ihrer Schwester mit vom Weinen total verschwollenem Gesicht entgegen. Erschrocken wich Rosa zurück, während sich ihr schlechtes Gewissen augenblicklich in Luft auflöste. Therese tickte wohl nicht richtig! »Dann kann ich ja wieder gehen«, erklärte sie schon im Umdrehen.

»Nein, sorry, bitte bleib«, schluchzte die andere plötzlich an ihrer Schulter.

»Ich dachte nur, es ist wieder dieses Gör, diese Steffi, die klopft immer überall an.«

»He«, flüsterte Rosa, strich ihr dabei beruhigend über den Rücken, gleichzeitig bugsierte sie die andere ins Zimmer hinein.

»Es wird alles gut. Tja, ich hab's herausgefunden.«

Schlagartig hörte Therese zu weinen auf, sprang zurück, so als ob ihre Schwester ein giftiges Tier wäre. »Was hast du herausgefunden?«

Mit kühlem Blick fixierte sie Rosa, die sich nicht wundern würde, wenn Thereses blaue Puppenaugen plötzlich Blitze schießen würden. Langsam, aber sicher reichte es ihr. »Ich weiß, dass du schwanger bist«, sagte sie deshalb knapp.

Und fügte hinzu, ohne dass sie es wirklich wollte, ihre Lippen allein formten die Worte: »Und ich wäre dir sehr dankbar, wenn du in absehbarer Zeit wieder von hier abreisen könntest.«

7

»Also, Sie haben gsagt, der Rosmarin passt besonders gut zu …«

Unsicher fasste sich Hubert Sedlak, der neben ihr die verschiedenen Kräuterbeete in Augenschein nahm, an die Nase, sah dabei nicht mehr wie der fünfundsechzigjährige Mann aus, der er nun mal war. Eher wie ein kleiner Schulbub, der von seiner Lehrerin abgeprüft wurde, aber nicht wirklich viel wusste, weil er am Vortag lieber Fußball gespielt als gelernt hatte. So ein kleiner Lauser aber auch, musste Maria unwillkürlich belustigt denken.

Und jetzt punktete er einzig und allein mit seinem charmanten Lächeln. So zumindest kam es ihr fast vor, die gar nicht anders konnte, als seinen treuherzigen Blick zu erwidern. Ihr Puls rauschte ihr dabei so laut in den Ohren, als ob sie unter Wasser tauchen würde. Verlegen räusperte sie sich. »Rosmarin passt fabelhaft zu Erdäpfeln, Lamm, Huhn … ach, und zu vielem anderen mehr!«

Beide lachten. Hubert Sedlak ein tiefes, kehliges Lachen. Während sie selbst das Gefühl hatte, hoch zu kichern wie ein junges Mädchen. Also wirklich. Und ihr Herz vollbrachte dabei Sprünge, die sie dem betagten Organ nun wirklich nicht mehr zugetraut hätte. »Ja, äh, das ist Majoran. Für Faschiertes, Suppe …«, stammelte sie, als sie endlich wieder ihre Sprache gefunden hatte.

Offenbar hatte Hubert schon eine Weile auf die Pflänzchen gezeigt. »Sie können gerne davon kosten.«

Er nickte und tat, was sie ihm gesagt hatte. Fast. Denn nachdem er ein Blatt abgezupft hatte, hielt er es zuerst ihr an den Mund. Erschrocken sah sie ihn eine Sekunde lang an, biss aber, da er seine Finger nicht bewegte, schließlich doch zaghaft ein Stück ab. Dabei berührten ihre Lippen seinen Daumen. Oh, auf einmal wogte eine Hitzewelle durch ihren Körper, noch mehr, als sich Hubert mit einem winzigen Lächeln den Rest des Blattes selbst in den Mund schob. »Sehr sinnlich«, murmelte er.

Hä? Drehte sie jetzt völlig durch? Hubert hatte natürlich »sehr stimmig« gesagt!

Und klarerweise den Majoran gemeint und nicht ihre Lippen. Und sie stand da, starrte den Mann an, als ob sie nur darauf warten würde, dass er sie – wie Romeo seine Julia oder wer auch immer – küssen würde. »Ich hab zu tun!«, herrschte sie ihn an, so mürrisch, dass er zusammenzuckte.

Aber das war immer noch besser, als sich ihm gleich noch an den Hals zu werfen. Denn dummerweise schoss gerade das durch ihren Kopf. Fehlte gerade noch. Mitten am Tag! Im Kräutergarten! Wo jeder sie sehen konnte! »Aber

Maria«, hörte sie ihn noch rufen, als sie durch die hintere Küchentür stapfte.

Sie drehte sich aber nicht um, sondern hoffte sehnlichst, dass dieses vibrierende Gefühl in ihrem Körper, so als ob sie kräftig durchgerüttelt werden würde, endlich nachließ.

»Aha. So rasch willst du mich also wieder loswerden.«

Therese sank mit zusammengepressten Lippen auf ihr Bett, und eigentlich hätte Rosa erwartet, dass sie vor Zorn nur so funkeln würde. Stattdessen saß sie wie ein Häufchen Elend vor ihr, meinte mit leicht zitternder Stimme: »Wahrscheinlich bin ich nicht der ideale Gast.«

Vielleicht um nicht wieder loszuheulen, zog sie eine schiefe Grimasse, und fast hätte Rosa gelacht, wenn sie sich nicht selbst so mies gefühlt hätte. »Darum geht's doch gar nicht«, sagte sie leise. »Aber ich habe einfach nicht das Gefühl, dass du dich bei mir besonders wohlfühlst.«

Unglücklich seufzte sie auf. »Zwischen uns beiden klappt es eben nicht so besonders, wenn wir zusammenwohnen. Vielleicht sind wir es auch einfach zu schnell angegangen.«

Sie schluckte, spürte, wie ihr die Tränen hochstiegen. So weh tat es auf einmal, sich einzugestehen, dass Therese und sie sich offensichtlich nicht auf derselben Wellenlänge befanden. Auch wenn sie sich bemühten. Da spürte sie Thereses Arm auf ihrer Schulter. Sanft drückte ihre Schwester sie an sich. »Ich weiß, dass ich manchmal ein ganz schönes Ungeheuer bin, aber ich häng einfach an dir. Vielleicht kann ich ja noch ein bisschen hierbleiben, bis es mir mit der Übelkeit besser geht.«

In Rosas Kopf wirbelten die verschiedensten Gefühle durcheinander. Rührung, Freude, Überraschung, schlechtes Gewissen … und nicht zu vergessen: das leise Stimmchen im Hinterkopf, das Thereses liebevollen Worten nicht so recht glauben wollte. Sie hätte es am liebsten wie einen unartigen Hund auf seinen Platz im Körbchen verwiesen. Bevor sie etwas sagen konnte, sprach Therese weiter: »Oder willst du lieber alleine sein mit dem Florian? Jetzt, wo er doch länger hier bleibt …«

Völlig verdattert schob Rosa sie ein Stück weg von sich. »Woher weißt du das denn?«

Ihr Freund und ihre Schwester hatten doch auf der Wanderung gar nicht mehr miteinander gesprochen, oder etwa doch? Abgesehen davon, konnten sich die beiden natürlich miteinander unterhalten, wann immer sie wollten. »Ich hab ihn vorhin telefonieren gehört, da konnte ich es mir irgendwie zusammenreimen«, platzte Therese in ihre Gedanken.

Bestürzt riss Rosa die Augen auf. Also hatte Florian doch wegen seines Urlaubs Streit mit seinem Chef gehabt, hatte es bloß nicht zugeben wollen. Ein warmes Gefühl schoss durch ihre Brust. Total rührend, wie er sie beruhigt hatte, um ihr kein schlechtes Gewissen zu machen. Andererseits hätte sie es auch schön gefunden, wenn er seine Sorgen ehrlich mit ihr geteilt hätte. »Nein, darum geht es wirklich nicht«, versicherte sie ihrer Schwester.

Ihr Zorn war nun völlig verraucht. »Und vergiss bitte, was ich gesagt habe!«

Mit einem versöhnlichen Lächeln fügte sie hinzu: »Bleib einfach noch ein Zeiterl hier!«

»Danke. So ein bisschen gute Bergluft würde ich schon noch gerne schnuppern«, sagte Therese mit einem breiten Grinsen im Gesicht.

»Tut bestimmt auch dem Baby gut«, sagte Rosa und erwiderte das Grinsen.

Sie strich ihrer Schwester über den noch völlig flachen Bauch. »Ich will doch, dass mein Neffe oder meine Nichte schon mal die Tante Rosa kennenlernt!«

Liebevoll lächelnd winkte sie Richtung Bauch. »Hallo Baby!«

Sofort kam sie sich dusselig vor, aber Therese kicherte vergnügt, guckte sie an, als ob sie beide eine total verschworene Einheit wären. Einfach nur schön, gestand sich Rosa ein, bevor sie aufstand und zur Tür ging. »Wir sehen uns dann später beim Abendessen.«

»Klar«, kam es vom Bett zurück.

»Und – was ich noch sagen wollte …«

Rosa drehte sich mit einem erwartungsvollen Blick um. »Ja?«

»Ich könnte mich doch auch nützlich machen in der Ferienpension. Mich vielleicht um die Buchhaltung kümmern, das tust du doch nicht so gern.«

»Hast recht!«, lachte ihre Schwester, die ehrlich gesagt lieber zehn Apfelstrudel hintereinander zauberte, als sich um Rechnungen zu kümmern.

Deshalb war sie ja so dankbar, dass Kathi ihr öfters über die Schulter schaute. Obwohl die mit ihrem Friseurladen wirklich genug zu tun hatte. Im Grunde hatte sie immer das unangenehme Gefühl, ihre Freundin auszunutzen. »He, ich war doch in Mathe ziemlich gut in der Modeschule, und Rechnungswesen hatten wir da auch«, bekräftigte Therese ihr Angebot.

Rosa warf ihrer Schwester, die nun wie ein junges Mädchen auf der Decke kauerte, einen zärtlichen Blick zu. »Ist echt nett von dir, da sage ich bestimmt nicht Nein.«

Erst als sie draußen auf dem Hof stand, Benno irre vor Freude an ihr hochsprang, merkte sie, dass ihre Füße immer noch in den Wanderschuhen steckten. »Na, das fängt aber früh an mit der Verkalkung«, lachte sie.

Und dem Hund rief sie entgegen: »Ist ja gut! Wir waren doch den ganzen Tag zusammen unterwegs!«

Erst da bemerkte sie, dass Benno nicht nur aus Wiedersehensfreude an ihr hochsprang, sondern es auf die Dose mit den Hundekeksen am Küchenfensterbrett abgesehen hatte. »Und ich hab geglaubt, du hast Sehnsucht nach mir!«, schmunzelte sie.

»Du kleiner Schlawiner!«

Trotzdem öffnete sie natürlich die Dose und hielt dem Hund ein paar wie kleine Knochen geformte Kekse hin. Ups, ihren Kopf hätte sie dabei nicht so weit hinunterbeugen sollen. Sofort leckte ihr Benno mit seiner Zunge über die Wangen. »Iiiih!«, kreischte sie angesichts des feuchten Schmatzes auf, wischte sich lachend mit dem Ärmel übers Gesicht.

Auf der Bank neben der Küchentür zog sie sich – endlich! – Schuhe und Socken aus. Ach, tat das gut! Mit einem tiefen Seufzer ließ sie ihre Füße kreisen, bewegte die Zehen auf und ab. »Na, machen wir heute Zehenballett?«, hörte sie da hinter sich die amüsierte Stimme von Steffi, die gerade in dunklen Jeans, aber immerhin im weißen T-Shirt aus dem Haus kam.

»So ungefähr«, lachte Rosa und pfiff, nachdem sie das Mädchen eingehend gemustert hatte, anerkennend durch die Zähne.

Das Pfeifen hatte ihr vor ewigen Zeiten mal Christian beigebracht, wie es ihr justament jetzt durch den Kopf schoss. »Gut schaust du aus!«

»Danke«, erwiderte Steffi verlegen, die anstatt des dicken Make-ups von vorhin jetzt mit Kajalstift und Wimperntusche bloß leicht die Augen betont hatte.

Sehr zu ihrem Vorteil, denn nun sah man, dass das Mädchen einen geradezu makellosen Teint besaß – mit winzigen, niedlichen Sommersprossen, aber keinem einzigen Pickel. Umso erstaunlicher war es ja gewesen, dass sie diese absolut beneidenswerte Teenagerhaut bis jetzt dermaßen zugekleistert hatte. Offensichtlich stand Rosa diese Frage auf der Stirn geschrieben, denn Steffi sagte schulterzuckend: »Konstantin hat vorhin gemeint, er fände es schade, dass man meine Sommersprossen kaum sehen kann.«

Aha, daher wehte also der Wind. »Aber deswegen bin ich natürlich nicht so gut wie ungeschminkt«, beeilte sich Steffi zu sagen. »Mir ist bloß zu heiß heute.«

»Sicher«, antwortete Rosa mit ernstem Gesicht.

Jetzt bloß nicht grinsen. »Und ihr trefft euch dann unten in Kirchberg im Café?«, wechselte sie rasch das Thema.

»Ja, im ›Kaiser‹. Der Konstantin holt mich mit dem Moped ab.«

Jetzt war sie dahin, die coole Fassade. Steffi strahlte wie ein Weihnachtsbaum, an jedem Ast eine brennende Kerze. »Meine Eltern haben es erlaubt!«

»Na, dann viel Spaß euch beiden!«, sagte die Ältere.

Dann fiel ihr noch was ein. »Du hast es bestimmt nicht böse gemeint, aber die Therese findet es gar nicht lustig, wenn du dauernd an ihre Tür klopfst.«

Tja, vielleicht ein bisschen blöd, das gerade jetzt zu erwähnen. Aber dann war es zumindest aus der Welt. »Hä? Was meinst du denn?«, fragte Steffi mit einem dermaßen ehrlich verblüfften Gesichtsausdruck, dass Rosa keine Sekunde lang zögerte, ihr zu glauben.

»Dann hast du gar nicht ...«, setzte sie verwirrt an, gleichzeitig kam sie sich völlig behämmert vor.

»Nein, wirklich nicht!«, schüttelte das Mädchen nun entrüstet den Kopf.

»Ich bin doch nicht mehr im Kindergarten!«

Die andere nickte. »Allerdings! Sorry, da muss sie was verwechselt haben.«

Dann fügte sie hinzu: »Du bist wirklich besonders hübsch heute! Aber das weißt du ja sowieso.«

»Danke«, stammelte Steffi leicht errötend.

In dem Moment bog ein brummendes Moped auf den Hof, hielt an. Dann stieg ein großer, schlanker Typ mit einer lockeren Bewegung ab, während Steffis Augen wie gebannt auf ihn gerichtet waren. Und als er auch noch seinen Helm absetzte und sich James-Dean-mäßig durch die kurzen, blonden Locken fuhr, glaubte Rosa fast, dass das Mädel gleich wie Schokoladeneis in der Sonne dahinschmelzen würde. Sehr lässig, der Bursche, alle Achtung! Jetzt noch ein trendiger Musiktitel, dann sind wir mitten in einem coolen Werbeclip gelandet, musste die Pensionswirtin amüsiert denken.

Na ja, Steffi schien auch ganz ohne Musik zu tanzen, als sie auf Konstantin zulief. Nachdem auch sie dem Burschen kurz zugewinkt hatte, lief Rosa barfuß, mit den Wanderschuhen in der Hand, ins Haus. Den beiden Teenagern gönnte sie eine Begrüßung ganz ohne lästige Zuschauer.

»Na, bei euch ist ja was los!«

Beeindruckt schüttelte Kathi, als sie im Hinterzimmer des Friseurladens Rosa gegenübersaß, den Kopf mit den kupferroten Haaren, zu denen neuerdings auch noch dunklere Strähnchen in einem satten Nougatton gekommen waren. »Und das in den paar Tagen, an denen wir uns nicht gesehen haben.«

Ihre Freundin zuckte mit den Schultern. »Ich kann es ja auch kaum glauben.«

Dann kam noch ein tiefer Seufzer, bevor sie vorsichtig an ihrem heißen Kaffee nippte. Übrigens aus ihrer absoluten Lieblingstasse bei Kathi: Kirschrot mit einem putzigen Rehkitz drauf. Automatisch griff sie immer danach, wenn sie hier zu Besuch war. Und so durcheinander man auch sein mochte, irgendwie schmeckte der Kaffee daraus am besten, wie auch jetzt. Dermaßen gestärkt fasste Rosa zusammen: »Die Therese bekommt ein Kind, ich hab einen festen Freund, der recht anhänglich ist, abgesehen davon, dass die Therese jetzt auch schon hier wohnt, zumindest noch die nächsten Wochen – alles ein bisschen plötzlich …«

»Na ja, dass dein Liebster seinen Urlaub verlängert hat, finde ich gar nicht mal so übel.«

Vielsagend zwinkerte Kathi ihrer Freundin zu. Die lächelte zwar, fühlte sich aber trotzdem nicht so richtig wohl in ihrer Haut. Als sie Florian vor zwei Tagen besorgt auf seinen Streit mit seinem Boss angesprochen hatte, war der völlig entspannt geblieben. »Vielleicht will ich ja gar nicht mehr dort arbeiten«, hatte er mit seinem Grübchenlächeln erklärt, »sondern mir einen netten Job in Tirol suchen.«

Vor lauter Überraschung hatte es ihr glatt die Rede verschlagen, so wirklich hatte sie auch nicht gewusst, ob sie dieses eindeutige Angebot toll finden sollte oder nicht. Und auch jetzt kämpften widersprüchliche Gefühle in ihr: Einerseits freute sie sich natürlich über Florians Zuneigung. Tja, aber andererseits fühlte sie sich auch völlig überrumpelt. »Ich habe fast das Gefühl, dass er gar nicht mehr nach Nürnberg zurück will«, sagte sie jetzt.

»Hä?«

Kathi schaute sie fragend an. »Klingst jetzt nicht wirklich glücklich darüber.«

»Es geht mir einfach zu schnell. Und dann noch die Therese, irgendwie habe ich das Gefühl, ich kann mich gar nicht so richtig auf unsere Beziehung konzentrieren.«

Missbilligend kniff Kathi die Augen zusammen. »Deine Schwester schafft's doch immer wieder, die gesamte Aufmerksamkeit auf sich zu ziehen.«

Halbherzig holte ihre Freundin Luft, um Therese zu verteidigen, ließ es dann aber bleiben. Wem wollte sie hier was vormachen? Sie selbst hatte doch ebenfalls ihre Probleme mit der launischen Blondine. Auch wenn die sich, was man auch anerkennen musste, nun wirklich bemühte. Das wollte Rosa dann auch nicht unerwähnt lassen: »Seit gestern kümmert sie sich bei mir um die Buchhaltung.«

Und fügte, als sie Kathis entsetztes Gesicht bemerkte, rasch hinzu: »Du hast ja selbst genug mit deinem Laden zu tun, da kann ich dich doch nicht immer um Hilfe bitten ... oder bist du jetzt beleidigt?«

»Blödsinn!«

Kathi machte eine wegwerfende Handbewegung. »Aber ich bin mir nur nicht sicher, ob es das Richtige für die Therese ist und vor allem, ob man ihr vertrauen kann.«

Die letzten Worte waren sehr leise gekommen, so als ob Kathi bereits mit Widerstand gerechnet hätte. »He! Was glaubst du denn von der Resi!«, kam auch prompt Rosas Proteststurm. Es ging schließlich um ihre Schwester.

»Sie mag ja schwierig sein, aber ehrlich ist sie auf jeden Fall!«

»Ist ja schon gut, vielleicht hab ich übertrieben, sorry«, wiegelte Kathi ab und wirkte dann ehrlich erleichtert, als die Glocke an der Ladentür bimmelte.

»Frau Stellberger, kommen Sie auch einmal nach vorn?«, ertönte gleich darauf eine ungeduldig klingende Stimme.

Kathi verzog das Gesicht. »Bei der Frau Beringer muss es immer ganz schnell gehen«, flüsterte sie.

Offenbar nicht leise genug, denn prompt tönte es zurück: »Ja, bei fünf Enkerln hat man genug zu tun, ich kann aber auch wieder gehen!«

»Nein, nein!«, rief da Rosa, eilte schon nach vorn in den Friseursalon.

»Grüß Gott! Ich hab die Kathi schon lang genug aufgehalten!«

»Ah, das Fräulein Blauensteiner«, rief da Klara Beringer entzückt auf, schien es nun gar nicht mehr so eilig zu haben.

»Erst vor Kurzem habe ich mich mit jemandem über Sie unterhalten!«

Rosa schaute sie gleichzeitig fragend und belustigt an. »Bin ich denn so interessant?«

Kurze Pause, die die ältere Frau offensichtlich sehr genoss. Dann erst rückte sie mit ihrem Trumpf heraus: »Tja, für den Herrn Doktor Heller wohl schon, der konnte mich gar nicht genug über Sie ausfragen.«

»Mund zu!«, raunte Kathi, die neben Rosa getreten war, ihrer Freundin zu.

Huch, erst jetzt bemerkte die, dass sie tatsächlich wie ein Fisch mit offenem Maul dastand. »Na dann, schönen Tag noch zusammen!«, rief Rosa ein bisschen zu aufgedreht, drückte Kathi ein Küsschen auf die Wange, dann war sie zur Tür draußen.

Christian hat sich nach mir erkundigt, Christian hat sich nach mir erkundigt. In Endlosschleife lief der Satz in ihrem Kopf. Und sie war selbst erstaunt, dass sie sich einfach nur darüber freute.

Die Freude hielt bis zur nächsten Ecke, an der sie sich am liebsten augenblicklich in Luft aufgelöst hätte. Oh ja, jetzt folgte die Strafe dafür, dass sie sich ein paar Sekunden lang so gefühlt hatte, als ob sie auf Zuckerwatte schweben würde. »Grüß dich, Rosa!«

Ines Werner schaute sie, obwohl sie kaum größer war als sie, irgendwie von oben herab an. Zumindest kam es Rosa so vor. Oder war es bloß ihr schlechtes Gewissen, das sich sofort eingestellt hatte, als sie fast mit Christians Lebensgefährtin zusammengeprallt wäre. Wenn die gewusst hätte, dass sie eben ganz intensiv an ihren Jugendfreund gedacht hatte … Na ja, zum Glück war Ines, soweit sie informiert war, Kinderärztin und keine Hellseherin. Also sollte sie sich wieder ein wenig beruhigen. »Hallo Ines!«, versuchte sie fröhlich zu klingen.

»Schön, dass wir uns auch mal wieder über den Weg laufen!«

Okay, das war ein bisschen zu dick aufgetragen und dazu noch eine glatte Lüge, die Rosa vor lauter Aufregung über die Lippen gekommen war. Ihr apartes Gegenüber sah das wohl ähnlich, denn anders ließ sich der spöttische Gesichtsausdruck von Ines nur schwer deuten. Und noch eine ganz andere Frage spukte Rosa im Kopf herum: Wie, bitte schön, schaffte es diese Frau bloß, sogar in Jeans und T-Shirt mondän zu wirken, während sie selbst, wenn sie an sich herabsah, nichts Elegantes, bloß einen peinlichen Kaffeefleck auf ihrem Oberteil erblickte? »Na ja, Kitzbühel ist eben nicht unbedingt eine Weltstadt«, antwortete Ines nach einer schier unendlich lang wirkenden Pause.

Dann schnalzte sie mit der Zunge. »Und, hat es dir der Christian schon gesagt?«

»Äh … nein«, stotterte Rosa rum, während die Gedanken in ihrem Kopf Achterbahn fuhren.

Rauf und runter und noch mal im Kreis. Hatte sich Christian vielleicht von Ines getrennt und warf ihr die deshalb so eisige Blicke zu? Weil, ja weil Chris ihr gebeichtet hatte, dass sie, Rosa, die Einzige für ihn war. Ohne darauf Rücksicht zu nehmen, ob die genauso fühlte, länger wollte er nicht mit diesem Irrtum leben – oder so ähnlich. Sie schnappte aufgeregt nach Luft. Sich darüber bewusst, dass die arme Ines eigentlich die Letzte war, von der sie das erfahren wollte. Sie tat ihr eigentlich auch leid, gleichzeitig stiegen in ihrer Fantasie ungefähr zehntausend rosafarbene Luftballons in den Himmel. Peng! Irgendjemand hatte in alle Luftballons gleichzeitig reingestochen, sie spürte es fast, wie die Gummifetzen auf sie niederprasselten. »Was hast du nochmal gesagt?«

Ines setzte einen gütigen Gesichtsausdruck auf, den sie wohl immer bei ihren kleinen Patienten anwendete. Dort wohl mit Erfolg. Bei Rosa rief das gönnerhafte Lächeln eher den Wunsch hervor, der anderen sachte den Hals umzudrehen. »Chris und ich hatten die Idee, dich und deinen Freund in den nächsten Tagen zu uns zum Essen einzuladen – also wenn es euch passt, würden wir uns sehr freuen.«

Aber sicher, das nahm Rosa ihr sofort ab. Dennoch spielte sie dieses alberne Spiel, das wohl »Wir machen alle auf gute Freunde« hieß, mit.

»Eine sehr nette Idee, wirklich«, sagte sie lächelnd. »Florian und ich kommen sehr gerne. Es passt ja auch gut, weil er ohnehin noch länger hierbleibt.«

»Das ist ja wunderbar!«, erwiderte Ines in einem Tonfall, als ob sie eben ihr eigenes Todesurteil unterschrieben hätte.

»Wir telefonieren noch wegen dem genauen Termin!«

»Auf jeden Fall!«, nickte Rosa emsig, so als ob ihr Kopf mit einer Sprungfeder am Körper befestigt gewesen wäre.

»Mach's gut!«

Fast so, als ob sie auf der Flucht wäre, sprintete sie zu ihrem Golf. Mist, gerade jetzt schaffte sie es kaum, das Schloss aufzukriegen. Was vielleicht auch an den blödsinnigen Tränen liegen mochte, die ihr den Blick vernebelten.

»Nach Wien würde ich wirklich gerne mal wieder fahren.«

Maria, die neben Hubert Sedlak auf der Bank vor der Ferienpension saß, was sich in den letzten Tagen rein zufällig öfters ergeben hatte, schaute verträumt drein. Mindestens zwanzig Jahre war es her, dass sie mit ihrem Josef in der Hauptstadt gewesen war. Gemeinsam waren sie durch die Innenstadt gebummelt, auf den Turm des Stephansdoms gestiegen. Herrje, so viele Stufen! Sie waren aus dem Lachen kaum rausgekommen, als sie sich spaßeshalber gegenseitig von hinten angeschoben hatten. Irgendwann war es geschafft gewesen, und eng umschlungen hatten sie über die Dächer der Stadt geschaut. »Also, wenn Sie mich besuchen würden«, unterbrach Hubert ihre wehmütigen Gedanken, »dann würde ich für Sie den perfekten Fremdenführer geben!«

Es wirkte fast zufällig, wie er seine schwielige Hand auf ihre legte. »Zum Heurigen in Grinzing, Schloss Schönbrunn und natürlich eine Fahrt mit dem Riesenrad!«

»Das haben wir damals nicht mehr geschafft«, sagte Maria mehr zu sich selbst.

Und zuckte erschrocken zusammen, als sie merkte, dass sie laut gedacht hatte. »Tschuldigung. Ich war mal vor vielen Jahren mit meinem verstorbenen Mann in Wien, und an dem Tag, an dem wir mit dem Riesenrad fahren wollten, hat es wie verrückt geschüttet, und dann am nächsten Tag ist die Zeit verflogen, und wir haben schon zum Zug müssen.«

Ärgerlich über sich selbst schüttelte Maria den Kopf mit den kleinen hellbraun gefärbten Löckchen. Das hatte Kathi am Vortag gemacht – was von Hubert Sedlak sofort mit lautstark verkündeter Bewunderung registriert worden war.

»Himmel! Was langweile ich Sie da mit meiner Lebensgeschichte.«

»Das langweilt mich überhaupt nicht. Im Gegenteil!«

Er lachte laut auf. Oh, wie sehr sie dieses brummige Lachen liebgewonnen hatte! Ein wenig würde es ihr wahrscheinlich sogar fehlen, wenn dieser Feriengast nächste Woche im Zug nach Wien sitzen würde. Er zwinkerte ihr zu. »Außerdem haben wir ja alle unsere Vorgeschichte.«

Auch wenn er jetzt immer noch lächelte, sah sie, dass das Lächeln nicht mehr bis zu seinen graublauen Augen reichte. Regelrecht verdüstert hatte sich sein Blick. »Denkst an die Irmi, gell?«, fragte sie leise, dachte dabei gar nicht dran, dass sie beide bis jetzt noch »per Sie« gewesen waren.

Nun war sie es, die seine Hand drückte. Der Witwer nickte, schaute dabei jedoch zu Boden. »Ja, Maria, ich denke oft an die Irmi. Sie war eine so liebe Frau und ist viel zu früh gestorben … wie dein Josef.«

Plötzlich schaute er sie an. »Und ich bin mir sicher, die Irmi hätte sich für mich gefreut, dass ich mich noch mal verliebt habe.«

Ihr Herz schlug ihr jetzt bestimmt bis zum Hals. So jung, so wahnsinnig jung fühlte sie sich auf einmal! Und wahnsinnig glücklich. Nur zu dumm, dass es ihr regelrecht die Sprache verschlagen hatte.

»Maria! Da bist du ja!«

Auf einmal stand Therese vor ihnen und warf ihr einen vorwurfsvollen Blick zu. Aber hallo, dafür dass Rosas Halbschwester bloß zu Besuch war, spielte die sich ganz schön als Chefin auf!

»Der Kühlschrank ist halb leer! Es fehlen Emmentaler und Milch … und vom Beinschinken ist auch kaum noch was übrig!«

Unwirsch verdrehte sie die Augen. »Wird ja ein tolles Frühstück morgen!«

»Nicht den guten Ton vergessen, junge Frau!«, mischte sich Hubert empört ein.

Maria, die selbst nicht wusste, ob sie über Thereses Auftritt lachen oder sich aufregen sollte, tätschelte ihrem tapferen Ritter beruhigend die Hand. Normalerweise hätte sie ihr ebenfalls ordentlich die Meinung gesagt. Doch im Moment schwebte sie auf einer dermaßen süßen Wolke der Glückseligkeit, die sie sich von diesem blonden Biest einfach nicht zerstören lassen wollte. »Ist schon gut, Resi! Ich wollte ohnehin gerade einkaufen gehen!«, sagte sie mit fröhlicher Stimme.

Und registrierte erfreut, dass die andere bei »Resi« zusammenzuckte, so als ob ihr jemand eine schallende Ohrfeige verpasst hätte. Was im Übrigen vielleicht gar keine so schlechte Idee gewesen wäre. Auf jeden Fall musste sie bald mit Rosa über deren schreckliche Schwester sprechen. So ging es auf keinen Fall weiter. Aber jetzt stand sie bloß mit einem breiten Lächeln auf. Und als Therese sich ein paar Schritte entfernt hatte, drehte sie sich noch mal zu Hubert um. »Ich komm auf jeden Fall bald zu dir nach Wien!«

»Schön«, sagte er mit einem offenkundig seligen Grinsen, das ihr durch ihren geblümten Hauskittel direkt ins Herz strahlte.

Dann sprang er auf, fast so lebhaft wie ein junger Bursch. »Und ich komm mit zum Einkaufen!«

Verwundert darüber, dass plötzlich dunkelgraue Wolken die Sonne verdüsterten, betrachtete Rosa den nicht mehr ganz so strahlend blauen

Himmel. Eben als sie zu »ihrer« Bank am Berg hochgestiegen war, hatte noch herrlicher Sonnenschein geherrscht. Allerdings wusste sie auch nicht mehr, wie lange sie schon hier saß. Jedes Mal passierte es ihr, dass sie bei dem Blick über die Almen runter aufs Dorf die Zeit vergaß. Bimmel, bimmel. Sie seufzte leise auf. Das Geläut der Kuhglocken hatte auf sie die gleiche beruhigende Wirkung wie für andere Leute ein Tag im Wellnesscenter. Obwohl so eine entspannende Massage bestimmt nicht übel wäre – am liebsten von … nein! Entsetzt über sich selbst blinzelte sie. Dermaßen hektisch, als ob ihre Augenlider vibrierende Kolibriflügel wären. Und trotzdem schaffte sie es nicht völlig, das Bild, wie Christian über ihren nackten Rücken streichelte, aus dem Kopf zu bekommen. Peinlich berührt fingerte sie an ihrem blauen Halstuch rum, nahm es ab, weil ihr auf einmal sehr heiß geworden war. Völlig hirnrissig! Wenn sie beim Gedanken an kleine Streicheleinheiten schon sinnlich entzückt sein musste, dann doch bitte mit Florian! Und nicht mit ihrem Jugendfreund, der sich wie ihr großer Bruder fühlte. Klar, deshalb machte er sich Sorgen um sie, erkundigte sich bei allen möglichen Leuten nach ihr. Und sie hatte in Anfällen geistiger Umnachtung schon gedacht, er würde Ines verlassen und sich vor ihr auf die Knie werfen. Lächerlich. Umso mehr, als sie doch mit Florian absolut glücklich war. Oder etwa nicht?
»Wenn du ehrlich bist, findest du es ein bisschen übertrieben, dass er noch mal zwei Wochen

länger in Kirchberg bleibt«, rief ihr ein gar nicht mal so leises Stimmchen in Erinnerung.

Ja, wirklich, so fabelhaft ihr Freund auch war, im Moment machte er einfach zu viel Druck. So als ob er es keinen Tag ohne sie aushalten würde. Na ja, die Nächte offenbar schon. Denn von seiner anfänglichen brennenden Begierde, die sie ja regelrecht umgehauen hatte, war nicht mehr viel übrig geblieben. »Jetzt übertreibst du aber!«, murmelte sie halblaut.

Natürlich begehrte er sie noch, und mit ihm zu schlafen war nach wie vor sehr leidenschaftlich. Allerdings kam es immer öfter vor, dass er zu müde dazu war, oder er hatte zu viel gegessen oder hatte Kopfschmerzen. Insgeheim musste Rosa ja darüber fast schon schmunzeln: Sagte man doch den Frauen öfters nach, dass die gerne Ausflüchte benutzten, um dem Sex auszuweichen. Ausflüchte? Nein, das war jetzt zu drastisch ausgedrückt. Nach gerade mal ein paar Wochen Beziehung sollte nun wirklich nicht die Luft draußen sein. »Ist sie ja auch gar nicht«, beruhigte sie sich selbst.

Hin und wieder zog es Florian einfach vor, allein in seinem Zimmer zu übernachten. Was ihr im Grunde genommen auch gar nicht mal so unrecht war: Denn in der Ferienpension herrschte schon jetzt im Mai Hochbetrieb, und jede Menge Buchungen für den Sommer, die bearbeitet werden mussten, segelten ebenfalls herein. Es war also kein Wunder, dass sie spätabends, erschöpft von dem langen Tag, meist wie ein Stück

Holz ins Bett plumpste. Ein Donnergrollen ganz in der Nähe ließ sie zusammenzucken. Und so schwarz, wie der Himmel auf einmal geworden war, wirkte er richtig bedrohlich. Höchste Zeit, um wieder zurück zur Pension zu gehen, bevor es zu regnen anfing und die Felsen, die den oberen Teil des Weges bildeten, ganz glitschig wurden. Sie atmete tief durch, einmal, zweimal. Ja, sie würde es schaffen, endlich mit ihrer kindischen Schwärmerei für Christian abzuschließen. Sofort. Hier und jetzt. Ohne Wenn und Aber.

»Ich sehe ihn als großen Bruder«, sagte sie sich laut vor, als sie von der alten Holzbank aufstand. Und gleich noch mal, während sie sich runterbückte, um ihr Halstuch, das auf den Boden gerutscht war, aufzuheben.

»Wen siehst du als großen Bruder?«, hörte sie da eine männliche Stimme hinter sich.

Vor Schreck zuckte sie zusammen, fuhr herum. Herrje, diese Augen! Würde es ihr bitte einmal gelingen, davon nicht völlig schwindelig zu werden? »Oh, hallo Chris!«, sagte sie so leichthin wie möglich.

Mit einem Grinsen, das bestimmt durchgeknallt wirken musste. Aber da musste sie jetzt durch. Und Angriff war immer noch die beste Verteidigung. »Was machst du denn hier?«, fragte sie so arrogant wie möglich.

Ha, gelungen! Ihr Jugendfreund wirkte plötzlich ziemlich zerknirscht, und schon waren sie meilenweit entfernt von ihrem mehr als peinlichen Ausspruch von eben – sehr gut. »Ich habe dich angerufen, aber du bist ja nicht rangegangen!«, erklärte er mit trotzig vorgestrecktem Kinn.

Unwillkürlich musste sie schmunzeln. Dermaßen zum Anbeißen sah der Mann aus, wenn er schmollte. »Das liegt vielleicht daran, dass mein Handy in der Pension liegt«, erklärte sie augenzwinkernd. »Was ist denn so wichtig?«

»Na ja, die Ines und ich würden dich und deinen Freund gerne übermorgen Abend zum Essen einladen. Passt es da für euch?«

Erstaunt zog sie eine Augenbraue in die Höhe. Deswegen war er fast eine halbe Stunde lang den Berg hochgeklettert? Wegen des genauen Termins zum Abendessen? Aber bitte, vielleicht war es Ines ja wichtig, exakt planen zu können – offenbar ein kleiner Kontrollfreak.

»Ich muss noch den Florian fragen, aber eigentlich spricht nichts dagegen.«

»Schön«, sagte Chris, während er ihr seine Hand reichte.

Natürlich nur, um ihr bei einem ziemlich steilen Felsen behilflich zu sein. Mist! Denn trotzdem fühlte es sich bei ihr so an, als ob ihre Hand in seiner Funken schlagen würde. »Geht schon, danke«, sagte sie eilig und zog sie zurück.

Wieder Donnergrollen. Diesmal heftiger und hoffentlich laut genug, um ihr wie verrückt trommelndes Herz zu übertönen. »Wir müssen uns beeilen, sonst werden die Felsen hier pitschnass, und wir brechen uns noch ein Bein«, rief sie, hüpfte dabei leichtfüßig die Felsen runter.

Wie zur Bestätigung des Gesagten tropfte es schon leicht auf ihre Köpfe. »He, aber du brauchst ja nicht gleich so zu rennen!«

Keuchend hatte er sie eingeholt, hielt sie am Oberarm fest. In Alarmbereitschaft drehte sie sich zu ihm um. Hilfe, wenn sie nicht achtgab, ertrank sie noch in diesen Augen. »Was ist?«

»Sag, bist du wirklich glücklich ... ich meine mit Florian?«

So, so, da fühlte sich wohl wieder wer für sie verantwortlich. Wie auf Kommando rasselte ihr das Herz in den Keller. »Und wie, ob du es glaubst oder nicht, bei uns könnte es wirklich etwas Ernstes werden«, sagte sie äußerst bestimmt.

Ups, wo war das denn jetzt hergekommen? Als Nächstes würde sie noch anbieten, mit Ines gemeinsam ihr Brautkleid auszusuchen. Zumindest hatte sie erreicht, dass Christian sie losließ, nunmehr schweigend neben ihr den Berg hinunterstapfte.

Erst kurz vor dem Hof der Ferienpension hielt er an, obwohl der Regen stärker geworden war, sie beide wie frisch gebadete Mäuse dastanden. »Wen hast du vorhin gemeint mit ›Du siehst nur einen Bruder in ihm‹?«

Ganz nah standen sie beisammen, vorsichtig schnippte er einen Regentropfen von ihrer Nasenspitze. Dann umfasste seine Hand ihr Kinn, zog ihr Gesicht an seins heran. Näher, noch näher. Herrje, ihr Atem setzte aus – für ein, zwei Sekunden –, dann schnappte sie nach Luft und ... obwohl sie eigentlich davonlaufen wollte, schloss sie die Augen und ließ es zu, dass er seine Lippen auf ihren Mund legte. Oooh, was für ein Kuss. Blitze schossen jetzt nicht nur am Himmel, sondern auch mitten durch sie hindurch. »Was machst du da?«

Wieder und wieder fuhr ihr diese Frage durch den Kopf, in einem immer schrilleren Ton. Endlich riss sie sich von Chris los und hetzte, wie vom Teufel gejagt, davon. »Rosa!«, rief er ihr nach.

Und noch mal »Rosa!«

Doch sie drehte sich kein einziges Mal um.

8

Endlich hatte er sie eingeholt, hielt sie, die ihm fast wieder entschlüpft wäre, an der Schulter fest. »He, bleib doch hier ... bei mir«, flüsterte er mit rauer Stimme in ihr Haar.

Sanft drehte er sie zu sich rum, zog sie dann fester an sich ran, obwohl sie ihm mit ihren großen Augen einen ärgerlichen Blick zuwarf. Nein, der war nicht echt, dafür kannte er sie viel zu gut, diese Traumfrau. Als seine Hände ihren schlanken Rücken hinunterwanderten, stockte ihm vor lauter Erregung fast der Atem. Was hatte sie aber auch für einen Wahnsinnskörper, ihr Lächeln, ihr Blick, er war eindeutig verzaubert, wie von einer Hexe, und wollte doch nie wieder aus diesem Zauber aufwachen. »Du bist doch die Einzige, die ich liebe«, raunte er ihr zu, versuchte seinen Mund auf ihre Lippen zu drücken.

Doch sie stieß ihn ziemlich rüde zurück. »Und deswegen vögelst du meine Schwester!«

Mit eisigem Blick starrte Therese Florian an, der völlig verdattert zurückblinzelte. »Aber ... das Ganze war doch auch deine Idee. Vor allem deine Idee«, stammelte er, während er sich auf sein Bett fallen ließ.

»Und ich tu das doch nur für uns.«

»Och, du Ärmster, ich fang gleich an zu heulen, weil du mit der süßen Rosa schlafen musst.«

Erst jetzt merkte sie, dass die Zimmertür noch einen Spalt offen stand, gab ihr mit dem Fuß einen kräftigen Tritt, so dass sie laut krachend ins Schloss fiel. Das fehlte noch, dass irgendeine neugierige Nase, wie die Maria oder diese Steffi, etwas von ihrem Gespräch mitbekam. Mit einem wütenden Seufzer setzte sie sich neben ihren Freund, zuckte kurz zusammen, als es draußen einige Male hintereinander donnerte. »Ja, am Anfang fand ich den Plan auch genial. Du wirst Rosas Freund, hilfst ihr bei den Bankgeschäften, räumst mit ein bisschen Grips eine schöne Summe von ihren Konten ab, und wie ich die kleine Rosa kenne, wäre ihr, wenn es ihr überhaupt auffallen würde, eine Anzeige viel zu unangenehm. Aber da sind wir dann ohnehin längst wieder in München.«

»Und jetzt?«, warf er ein, während er einen Arm um sie legte.

»Weiß nicht, ich finde immer noch, dass mir mehr Geld von der Erbschaft zusteht«, murmelte sie.

Dann sah sie ihm ernst in die Augen. »Ich hätte mir aber niemals gedacht, dass ich so eifersüchtig sein würde.«

Mit einem neckischen Grinsen zog er sie am Ohrläppchen. »Bist du das wirklich?«

»Lass den Scheiß!«, fuhr sie ihn an, schleuderte wütend seine Hand weg.

»Vielleicht liegt es ja an der Schwangerschaft, da wird doch jede Frau sensibler.«

Mit einem schiefen Grinsen fügte sie hinzu: »Sogar ich.«

»Ja, sogar du. Weil du ja unbedingt schwanger werden musstest, heimlich«, meinte er kopfschüttelnd.

»Als Rückversicherung, damit du dich nicht doch noch für meine Schwester entscheidest!«

Sie hatte es ganz sachlich gesagt, so als ob sie über ein gemeinsames Geschäft sprechen würden. Umso überraschter war sie, als Florian sie mit einem geradezu entflammten Blick ansah. »Deine kleine Schwester mag ja ganz niedlich sein«, flüsterte er ihr zu, während er den Knopf ihrer Hose öffnete, hastig den Zippverschluss hinunterzog.

»Aber eines sollte dir klar sein: Ich werde immer nur dich lieben. Kapiert, du blöde Kuh?«

Unwillkürlich musste sie lachen. »Du Idiot!«

Trotzdem, auch, wenn sie die Harte spielte: Wie Honig kamen ihr seine Worte vor, herrlich süßer Honig, von dem sie gar nicht genug kriegen konnte. Sie wollte es ja selbst nicht glauben, aber offenbar liebte sie ihn wirklich. Ihn, den vielleicht im Moment noch nicht so erfolgreichen Straßenmusiker, der nur für Rosa den Maschinenbauingenieur gab, ihn, den Vater ihres Kindes. Beim Gedanken daran spürte sie auf einmal, wie ihr Tränen in die Augen schossen. Von draußen hörte sie den immer stärker werdenden Regen, ganz nah an ihrem Ohr stöhnte Florian, riss sie damit regelrecht mit in eine Art Trance. Natürlich, es war völlig verrückt, jetzt am Tag mit ihm Sex zu haben. Auch wenn Rosa seit Stunden weg war, konnte sie jeden Moment auftauchen. Oder jemand anderer suchte nach ihnen. Im Bruchteil einer Sekunde wäre ihr fabelhafter Plan geplatzt, und sie beide würden um keinen Cent reicher werden. Aber trotzdem, gerade jetzt musste sie ihn spüren. Ihr gesamter Körper musste fühlen, dass niemand, absolut niemand, sie trennen konnte. Kurz sah sie in seine meerblauen Augen, als er sich mit einer einzigen Handbewegung das Hemd vom Leib riss. Ja, kein Zweifel, ihm ging es ganz genauso wie ihr.

Waren das ihre Beine, die da wie ganz von alleine liefen? Ins Haus hinein, die Treppe hoch. Sie musste unbedingt mit Florian sprechen, ihm von ihrem seltsamen Gefühlswirrwarr erzählen. Nein, natürlich nicht von dem Kuss mit Chris. Das würde ihn doch nur kränken und vielleicht alles zwischen ihnen kaputt machen. Himmel, war sie feige! Aber Christian hatte sie bestimmt nur aus einer Laune heraus geküsst. Das Gewitter, der Regen, die Blitze, alles um sie herum schien so elektrisch aufgeladen gewesen zu sein. Selbst sie beide, da durfte sie diesen Kuss nicht überbewerten. Tja, vielleicht bekam er einfach so kurz vor der Hochzeit mit Ines kalte Füße, wollte seinen Wert am Markt prüfen. Warum er es ausgerechnet bei ihr tun musste, verstand sie allerdings nicht. »Weil du ihn seit eh und je anhimmelst!«, gab sie sich selbst die Antwort. »Und er weiß das.«

Ja, klar. Bei keiner anderen konnte er sein Ego besser aufpolieren als bei der dummen kleinen Rosa. Dass er dabei ihr Herz zerbröselte, war ihm doch egal! Erleichtert sah sie durchs Fenster, wie Chris in sein Auto stieg und mit quietschenden Reifen davonfuhr. Auch wenn sie eigentlich weiter bis zu Florians Zimmer gehen wollte, konnte sie nicht anders, als wie gebannt dem Wagen nachzustarren. Auf ihren Lippen fühlte sie immer noch Christians Berührung, fast wie eingebrannt. Es war zum Verrücktwerden! »Das muss endlich aufhören!«, murmelte sie halblaut, während sie entschlossen die Treppe hochstieg.

Sie musste jetzt zu ihrem Freund. Sich an ihn schmiegen und hoffentlich spüren, dass er der Richtige für sie war. Ja, und vielleicht musste sie nicht mal ein einziges Wort von Chris erzählen, weil alles in ihr sagen würde, es ist vorbei. Endlich vorbei. Noch ein wenig rascher lief sie, gleich war sie bei Florians Tür. Da sein Auto im Hof stand und sie ihn weder in der großen Wohnküche noch im Frühstücksraum gesehen hatte, musste er eigentlich auf seinem Zimmer sein. »Rosa!«

Als sie sich umdrehte, sah sie Maria auf der Treppe stehen, das tragbare Telefon in der Hand. »Grit Jakobs aus Nürnberg ist dran, sie und ihr Mann würden gerne nächste Woche schon für ein paar Tage kommen. Ich hab ihr bereits gesagt, dass wir voll sind.«

Mit gedämpfter Stimme und mit einer Hand das Telefon abdeckend fügte sie hinzu: »Aber sie möchte unbedingt noch mal mit dir sprechen.«

»Alles klar, ich komme«, sagte Rosa mit einem kleinen Seufzer, nahm das Telefon in die Hand.

»Hallo Frau Jakobs, schön, dass Sie anrufen!«, sagte sie bemüht fröhlich in den Apparat, während sie die Treppe hinunterging.

»Ich werde gleich mal nachsehen, was ich für Sie tun kann.«

Vor der letzten Treppenbiegung schaute sie mit einem seltsam unbehaglichen Gefühl nach oben. Zu gerne hätte sie jetzt mit Florian gesprochen. Aber das musste nun warten.

»Ich denke, das kriegen wir hin für nächste Woche. Ja, das Zimmer Traumland.«

Leise lachte sie, nachdem sie das Buch mit den Reservierungen auf ihrem Schreibtisch durchgeblättert hatte, ins Telefon. »Ich werde einfach meinen Freund dort aus- und in meine Wohnung einquartieren.«

»Ihren Freund?«

Grit Jakobs klang dermaßen entzückt, dass Rosas Herz einen klitzekleinen Freudensprung wagte. »Ja, wer hätte das gedacht!«, sagte sie.

»Jetzt müssen Sie die Nürnberger Männer doch nicht mehr bemühen, weil ich nämlich schon einen Nürnberger an der Angel habe!«

»Einen Nürnberger? Davon will ich nächste Woche unbedingt mehr hören!«

Abrupt würde Grit Jakobs ernst. »Ich bin wirklich froh, dass bei Ihnen noch etwas frei ist.«

Nach einer kurzen Pause fügte sie hinzu: »Mein Mann macht mich nämlich sonst noch völlig wahnsinnig … seit Kurzem ist er in Rente – und nur noch unzufrieden mit seinem Leben.«

»Wir werden ihn auf jeden Fall ablenken!«, sagte Rosa tröstend, bevor sie sich verabschiedete.

Nachdem sie aufgelegt hatte, schaute sie noch eine Weile gedankenverloren aus dem Fenster. Es regnete immer noch, aber lange nicht mehr so heftig. Und mit einer gehörigen Portion Fantasie konnte man hinter dem Gaisberg sogar ein Stück hellen Himmel sehen. Viel wichtiger aber war, dass sie den nächsten Schritt in ihrer Beziehung gemacht hatte. Ja, vielleicht hätte sie Florian fragen sollen, ob er auch gerne in ihre Wohnung ziehen wollte. Aber er war doch der, der sich gar nicht mehr von ihr und Kirchberg trennen konnte. Abgesehen davon war sie immer noch Pensionswirtin, die Fremdenzimmer vermietete und nicht ihre Freunde und Familie andauernd gratis darin wohnen lassen konnte. Es reichte ohnehin, dass Therese noch wochenlang ein Zimmer blockierte. Na ja, bis zum Sommer musste sie wirklich ausziehen, denn sonst würde es noch so weit kommen, dass Rosa ihre Gäste im Streichelzoo einquartieren musste.

»Hallo, Liebling!«

Sie hatte kaum aufgelegt, da stand Florian hinter ihr, legte seine Arme um ihre Schultern.

Unwillkürlich trat sie einen Schritt vor, weg von ihm. »He! Ich wollte dich eben suchen!«, sagte sie im Umdrehen, über sich selbst verärgert.

Sie hätte seinen Armen nun wirklich nicht dermaßen panisch zu entschlüpfen brauchen. Mit seinen tiefblauen Augen musterte er sie ernst, hoffentlich war er nicht sauer auf sie. »Alles okay mit dir? Du bist ja ganz nass.«

»Ja!«, antwortete sie, nachdem sie einige Male geschluckt hatte.

»Mich hat der Regen erwischt, wie ich von meinem Bankerl zurückgekommen bin.«

»Dein Bankerl … so was sollte jeder haben«, schmunzelte ihr Freund gutmütig.

Vor lauter schlechtem Gewissen verkrampfte sich ihr Herz. Himmel, da saß er, ihr absoluter Traummann, der sie so gut verstand. Ein anderer hätte sich vielleicht an den Kopf gefasst, dass sie auf den Berg raufflüchtete, wenn es in ihrem Inneren drunter und drüber ging. Und er sah sie bloß an, fasste sanft nach ihrer Hand. »Und du hast einen anderen geküsst!«, kreischte es in ihrem Kopf.

Wie gemein war das denn gewesen! Und wenn sie sich auch tausendmal einredete, dass dieser dumme Kuss, der immer noch auf ihren Lippen brannte, so als ob sie zu heißen Kaffee getrunken hätte, nur der irrwitzigen Situation im strömenden Regen geschuldet gewesen war. Gemischt mit ein wenig Sentimentalität, vielleicht auch, um sich endgültig von Christian als Objekt ihrer Begierde zu verabschieden. Wie blöd das schon klang, »Objekt der Begierde«. Aber gut, wenn sie diesen einen Kuss, das einzige Mal, dass Chris und sie sich so nahe gekommen waren, als Endpunkt sah, ja, dann konnte sie vielleicht damit leben. »Du machst es dir ganz schön einfach, du Betrügerin!«, meldete sich diese lästige Stimme, der Moralapostel vom Dienst, erneut zu Wort.

»He, du scheinst kilometerweit weg zu sein«, raunte Florian ihr zu.

Sie atmete tief durch, dann wuschelte sie ihm mit einem höchstwahrscheinlich ziemlich bemühten Lächeln durchs Haar. »Auch ein bisserl feucht …«

Sie sah seinen Adamsapfel hüpfen, als er kurz schluckte. Dann lächelte Florian wieder, ehrlich gesagt sehr verführerisch. »Ich hab mich geduscht, wollte ja frisch sein für dich!«

Spielerisch schnupperte sie an seinem Hals. »Mmmh, total frisch!«

Ja, sie konnte das frische, minzige Duschgel riechen, das er immer verwendete. Und das auch sie sehr gerne mochte. Gleichzeitig war da noch ein anderer Duft, eher wie ein Hauch … etwas Süßeres, fast wie ein Damenparfum, aber keines, das sie selbst benutzte. Kurz stockte sie, offenbar waren durch ihre eigene Erregung ihre Sinne dermaßen überreizt, dass sie schon alles zu riechen glaubte, was nur irgendwie in der Luft lag. »Du, ich muss mit dir reden«, sagte sie, wich so gerade noch dem Kuss aus, den Florian eben im Begriff war, ihr zu geben.

»Ja?« Mit einer hochgezogenen Augenbraue sah er sie an.

»Langsam, aber sicher brauche ich alle Ferienzimmer.«

»Und was heißt das?«

Oh, jetzt wirkte er ja regelrecht erschrocken.

»Nicht, was du glaubst!«, versuchte sie ihn zu beruhigen.

»Ich will ganz bestimmt nicht, dass du nach Nürnberg zurückfährst, sondern zu mir in meine Wohnung ziehst!«

Eine Sekunde lang schaute er nicht ganz so begeistert drein, wie sie es sich eigentlich erwartet hatte. Eher so, als ob er sich eben an einem harten Stück Brot einen Zahn ausgebissen hätte. Doch gleich darauf grinste er breit. »He, das klingt toll! Heißt das, dass du mich doch ein wenig magst?«

Oh, war der Mann süß. Ein warmes Gefühl durchströmte ihre Brust, als sie sich lachend in seine Arme warf.

»Kann ich dir helfen?«

Ganz zaghaft klang Steffis Stimme, als sie hinter Rosa trat, die eben die schmutzige Streu aus dem Kaninchengehege geschaufelt hatte und nun einen großen Sack frische Sägespäne herbeischleppte. Lächelnd drehte sich die Tirolerin zu dem Mädchen um. »Ja, gerne! Zu zweit geht's doch immer besser.«

Dann fiel ihr etwas ein. »Oder solltest du das wegen deinem Asthma lieber sein lassen?«

Entschieden schüttelte Steffi den Kopf. »Nein, darauf bin ich nicht allergisch – nur gegen Pferde.«

»Na, dann bin ich ja beruhigt«, grinste Rosa und hob ein braunes Kaninchen vorsichtig in die Höhe. Wenn sie sich nicht täuschte, war es sogar Murmel. »Schaut nicht wie ein Pony aus, oder?«

»Nein, nicht wirklich!«, stimmte ihr der Teenager lachend zu, nur um gleich wieder ernst dreinzuschauen.

Rosa warf ihr, nachdem sie Murmel wieder abgesetzt hatte, einen kurzen Blick zu. Im Grunde sah Steffi mit ihrer leicht gebräunten Haut und dem kecken dunklen Pferdeschwanz wie das blühende Leben aus. Und dass das Mädchen seine schwarzen Klamotten gegen hellblaue Jeans und eine enge pinkfarbene Bluse getauscht hatte, stand ihm ebenfalls fabelhaft. Gut, für schwarze Messen um Mitternacht vor einer Gruft war dieses Outfit natürlich nicht passend, aber da konnte man sich ja immer noch umziehen … hi, hi. Nein, im Ernst, Rosa hatte Steffi in den letzten Tagen geradezu aufblühen gesehen. Hauptsächlich wohl der Verdienst von Konstantin, der praktisch in jeder freien Minute vorbeikam. Nur mal so, wie er Rosa gegenüber stets betonte, die sich richtiggehend zusammenreißen musste, um bei seinen glänzenden Augen, die beim Anblick von Steffi wie Tausend-Watt-Glühbirnen aufleuchteten, keinen mittelschweren Lachanfall zu bekommen. Umso seltsamer, dass Steffi nun dermaßen geknickt wirkte. Und fast hätte sie darauf schwören können, dass sie ihr das Herz ausschütten wollte. »Kommt Konstantin nachher vorbei?«, fragte sie beiläufig, als sie gemeinsam den Sack Sägespäne ausleerten.

Ein kurzes Leuchten zog über Steffis Gesicht. »Ja, wir fahren zusammen ins Kaiser.«

»Schön.«

Alles klar, an der Liebesfront schien alles so weit in Ordnung zu sein. Aber was war es dann? »Und deine Eltern, die mögen den Konstantin auch?«

Steffi zuckte mit den Schultern. »Na ja, mein Papa wird wohl nie einen Jungen, den ich mag, richtig nett finden, aber für seine Verhältnisse macht er sich ganz gut.«

Rosa zerbröselte die Streu mit den Fingern, während sie scharf nachdachte. Okay, um rauszukriegen, was Steffi bedrückte, musste sie wohl direkter werden. Auch auf die Gefahr hin, dass das Mädchen sich doch wieder von ihr zurückzog. »Hast du schon Angst vor eurer Abreise? Weil du dann den Konstantin nicht mehr siehst?«

Ein kurzer Seufzer von Steffi. »Ja, ein bisschen schon, aber meine Eltern haben ihn sogar nach Kassel eingeladen. Im Juli kommt er uns besuchen.«

Die Ältere schmunzelte. »Wirklich liebe Eltern hast du.«

»Ja, die beiden sind gar nicht mal so übel.«

Nun lachte Rosa leise in sich hinein. Diesen Satz, der für einen Teenager ja eine regelrechte Liebeserklärung darstellte, hätte sie am liebsten auf eine CD gebrannt, um diese den Kittingers feierlich zu überreichen. Für Momente, in denen sie ihren Sprössling vielleicht mal wieder … nun ja, nicht ganz so entzückend finden würden. Verschwörerisch zwinkerte sie dem Mädchen zu. »Und sonst alles okay bei dir?«

Prompt färbten sich Steffis Wangen purpurrot. »Bei mir schon, aber …«

»Jetzt sag schon, was los ist, ich spür doch die ganze Zeit, dass du mir was erzählen willst.«

Statt einer Antwort fiel ihr Steffi leise aufschluchzend in die Arme und begann etwas zu stammeln, worauf sich Rosa zuerst gar keinen Reim machen konnte. »Jetzt nochmal von vorne, du wirst sehen, es ist gar nicht so schlimm.«

Betont ruhig hatte sie gesprochen, obwohl sie sich nun wirklich Sorgen um das Mädel machte. Himmel, was konnte bloß passiert sein, dass es dermaßen außer sich war. »Also …«, versuchte Steffi, nachdem sie sich einige Male ins Taschentuch geschnäuzt hatte, es noch einmal.

»Vorhin bin ich an Florians Zimmer vorbeigegangen.«

»Sicher, musst du ja, wenn du zur Treppe willst«, murmelte Rosa, nickte dabei dem Mädchen aufmunternd zu.

»Ja, und die Tür stand offen. Und ich habe Stimmen gehört, seine und die von …«

Wieder füllten sich ihre Augen mit Tränen. »Therese! Es hat sich so vertraut angehört, aber er ist doch dein Freund.«

Ein kleiner Stich durchfuhr Rosa, wie von einer dünnen, aber nichtsdestoweniger scharfen Klinge gesetzt. Gleich darauf gewann ihre Vernunft wieder die Oberhand. »Ach, Steffi! Das ist lieb von dir, dass du dir deswegen Sorgen machst, aber Florian und meine Schwester verstehen sich einfach gut, da ist nichts …«

Kurz hielt sie inne. Glaubte sie das wirklich? Einen Moment lang schnürte sich ihr die Kehle zu. Nein, beruhigte sie sich selbst. Das dachte sie nun wirklich nicht von Florian, dass er sie bis über beide Ohren verliebt besuchte, nur um dann im nächsten Moment von Therese hin und weg zu sein. Und ihre Schwester hatte doch immer genügend Männer an der Angel, da brauchte sie doch ihr nicht den Freund auszuspannen. »Bist du böse auf mich, weil ich so einen Blödsinn daherrede?«, flüsterte Steffi unglücklich.

»Nein, meine Süße«, beruhigte Rosa sie, wischte ihr dabei sanft eine Träne von der Wange.

»Das war doch kein Blödsinn! Aber jeder kann sich mal irren. Und manche Situationen wirken auf den ersten Blick vielleicht total komisch …«

Sie versuchte, aufmunternd zu lächeln, obwohl sie sich doch nicht ganz so unbeschwert fühlte, wie sie vorgab zu sein. »Aber jetzt wisch dir schnell die verschmierte Wimperntusche weg, sonst glaubt der Konstantin noch, ich hau dich!«

Zum Glück brachte der letzte Satz Steffi zum Lachen. Dann war sie auch schon zur offenen Stalltür draußen, während Rosa ihr noch eine ganze Weile nachdenklich nachschaute.

»Wie schmeckt euch der Zander?«

Ines sah zuerst Florian, dann Rosa, die ihr beide auf der eleganten Terrasse gegenübersaßen, abwartend an. »Total lecker, auch der Blattspinat!«, versicherte Rosa mit halbvollem Mund.

Mist! Warum war sie nicht von alleine drauf gekommen, das wirklich exzellente Essen von Christians Lebensgefährtin zu loben! Offenbar hatte sie ihre guten Manieren zu Hause vergessen. Gut, die einzige Entschuldigung war die, dass sie nicht ganz bei der Sache war. Ihr Kuss mit Christian, Steffis Geschichte im Kaninchengehege und nun diese seltsame Konstellation zu viert. Wo sie alle so taten, als ob sie sich wunderbar miteinander verstehen würden, quasi zwei bestens befreundete Pärchen. Endlich nickte auch Florian, der auch nicht wirklich entspannt wirkte. »Einfach toll«, bekräftigte er Rosas Lob.

»Ich kann gar nicht sagen, was mir besser schmeckt: der Garnelencocktail als Vorspeise oder dieser traumhafte Zander.«

Sein Charme kam offensichtlich bei Ines an, denn nachdem sie bei Rosas Lob nur huldvoll genickt hatte, strahlte sie jetzt übers ganze Gesicht. Noch immer grinsend stieß sie den neben ihr sitzenden Chris leicht in die Seite. »Siehst du, der Fisch war gar keine so schlechte Idee!«

»Mmmh, genau richtig«, murmelte der mit einem etwas gezwungen wirkenden Lächeln.

Wäre Rosas Stimmung nicht so seltsam gedrückt gewesen, dann hätte sie laut aufgelacht. Was war das für ein absurdes Treffen hier? Ines wirkte unter ihrer perfekten Gastgeber-Miene wie ein wunderschönes Raubtier, das jeden Moment seine Fangzähne in Rosas Nacken schlagen wollte. Da brauchte sich die Pensionswirtin gar nichts vorzumachen. Tja, ihre Schwärmerei für Chris in den letzten Jahren war Ines wohl nicht verborgen geblieben. Und Christian sah auch nicht wirklich glücklich aus, wirkte fast ein wenig blass um die Nase rum. Daran konnte auch das warme Licht der Abendsonne, das ihn umstrahlte, kaum etwas ändern. Fast leid tat er ihr, wie er so betroffen aus der Wäsche schaute. Und am liebsten hätte sie ihm in einem unbeobachteten Moment zugeraunt, dass er sich wegen des Kusses keine Sorgen zu machen brauchte. Ja, sie würde ihm sagen, dass sie das kleine Geplänkel im Regen nun wirklich nicht ernst genommen hatte. Also, echt – davon sollte er sich keine grauen Haare wachsen lassen. »Eine tolle Aussicht habt ihr hier«, erklärte Florian jetzt und zeigte auf den tatsächlich grandiosen Ausblick aufs Kitzbüheler Horn.

Rosa schaute ihn kurz von der Seite an. Zu gerne hätte sie in den letzten beiden Tagen mit ihm über Steffis Beobachtung geredet und hatte es dann doch immer wieder verschoben. Um das Gespräch schlussendlich ad acta zu legen. Es war alles ganz harmlos gewesen, davon war sie überzeugt. Und vor allem davon, dass man als verliebter Teenager, wie Steffi einer war, in Situationen Liebe und Leidenschaft erblickte, wo bloß normale Sympathie herrschte. Trotzdem tat es ihr jetzt doch ein wenig leid, dass sie nicht mit Florian gesprochen hatte. Vielleicht wäre ihre Stimmung hier dann um einiges besser gewesen. Denn so ein bisschen würde es sie ja doch interessieren, was Therese bei ihm im Zimmer gemacht hatte. »Das kann vielerlei Gründe gehabt haben«, beruhigte sie sich selbst in Gedanken.

»Vielleicht …«

Nur dumm, dass ihr eigentlich gar nichts einfiel. Oder doch … vielleicht hatte Florian die modebewusste Therese bei einem Kleidungsstück um Rat gebeten. Ja, das musste es gewesen sein. Nun sah sie es auch richtiggehend vor sich, wie er ihr mit unsicherer Miene ein Hemd oder ein T-Shirt hingehalten hatte. Erleichtert atmete sie auf, nur um in der nächsten Sekunde erschrocken zusammenzuzucken. »Wie bitte?«

»Was sagst du, Liebling? Ist doch ein Traum hier, nicht wahr?«

»Ja, echt schön«, beeilte sie sich zu sagen, bevor sie ihr noch fast volles Glas mit dem Aperol Spritz in wenigen großen Zügen leerte.

Ups, der Alkohol stieg ihr sofort in den Kopf. Wenn sie nicht achtgab, konnte Florian sie nachher noch nach Hause tragen. Aber mit ein bisschen Watte im Kopf ließ sich dieser komische Abend vielleicht einfach besser überstehen. Jetzt lachte ihr Freund sie liebevoll an, nahm gleichzeitig ihre Hand. »Na, na, mein Schatz, so kenne ich dich ja gar nicht.«

»Ich dich auch nicht«, murmelte jetzt auch Christian zwischen zusammengepressten Lippen.

Wütend starrte Rosa ihn an. Was fiel dem denn ein, einen Kommentar dazu abzugeben? Im Übrigen mischte sich der gute Herr ohnehin viel zu sehr in ihr Leben ein! Und benutzte sie auch noch als Spielzeug, um sein Ego aufzupolieren! Am liebsten hätte sie ihm genau das gerade auf den Kopf zugesagt! Sie setzte sich bereits auf – nur um sich dann rasch ein großes Glas Mineralwasser einzugießen. Nein, sie würde hier keinen Eklat veranstalten, dafür war sie eindeutig nicht betrunken genug – und hatte es auch nicht vor zu werden. »Du kannst gerne noch ein Glas Aperol Spritz haben«, meldete sich nun Ines mit zuckersüßer Stimme zu Wort, als Rosa zügig vom Wasser trank.

Eindeutig besser! »Danke«, lachte sie. »Aber ich hab fürs Erste genug!«

Dann wandte sie sich wieder dem vorigen Thema zu: »Wirklich wunderschön habt ihr es hier, die hübsche Wohnung mit der riesigen Terrasse – grandios!«

»Danke.«

Ines kuschelte sich, inzwischen hatten sie alle ihre Teller leer gegessen, an Christian ran. »Wohlfühlen tun wir uns hier ja, aber ob's für immer vom Platz her reicht?«

Florian, der nun seinen Arm um Rosas Schulter gelegt hatte, zog eine Augenbraue in die Höhe. »Ist denn schon was Kleines unterwegs?«

»Nein, nein!«

Das Lachen von Ines klang fast ein wenig schrill. »Aber an die Zukunft denkt man ja schon manchmal, nicht wahr?«

Sie warf ihrem Lebensgefährten einen dermaßen intensiven Blick zu, dass Rosa sich auf einmal total störend vorkam. Unruhig rutschte sie auf ihrem Sessel hin und her, überlegte dabei, ob Florian und sie nicht einfach gehen konnten. Dummerweise fiel ihr ausgerechnet jetzt die Nachspeise ein: Tiramisu, nach einem Geheimrezept von Ines' Oma, das sie auf keinen Fall versäumen durften, wie ihnen die Gastgeberin bereits zu Beginn des Abends stolz verkündet hatte ... Christian, der unter Ines' Blick ein wenig unruhig gewirkt hatte, lächelte nun in die Runde. Zumindest hielt Rosa das seltsame Zucken um seinen Mund für eine Art Lächeln. »Na ja, Ines und ich wollen ...«

Na? Brachte er es jetzt nicht raus? Es war ja kaum zum Mitansehen, wie sich der Mann quälte! Als Rosa daran dachte, dass sie seinen Mund noch vor ein paar Tagen auf ihren Lippen gespürt hatte, und er jetzt gleich verkünden würde, dass Ines und er heiraten wollten, drehte sich ihr fast der Magen um. Kein Wunder, dass ihm diese Situation nun ziemlich peinlich war und er sich deswegen wand wie ein Fisch an der Angel. Empörung stieg in ihr hoch, und vielleicht war es ja auch der Aperol, der sie immer noch leicht benebelte. Wie auch immer, sie konnte sich einfach nicht länger zurückhalten: »Dann verrate uns doch endlich euren Hochzeitstermin!«

»Den gibt es noch nicht!«, sagte da Ines rasch. »Aber natürlich wollen wir heiraten, nicht wahr, Schatz?«

Wie Rosa es vorkam, sah die Kinderärztin ihren Liebsten, der offenbar die Sprache verloren hatte, beinahe flehentlich an. Und prompt tat ihr die Frau, mit der sie – außer der Zuneigung für Christian – rein gar nichts gemeinsam hatte, leid. So sollte es nun wirklich nicht sein, dass Christian die Arme an der Nase rumführte. »Ich würde mich freuen, wenn wir demnächst auf eine Hochzeit eingeladen werden«, erklärte Rosa betont munter, sah dabei Christian fest in die Augen.

Der reagierte endlich. »Ja, Ines und ich wollen natürlich heiraten …«

Nachdem er sich ein paar Mal über die Augen gewischt hatte, legte er seine Hand auf die von Ines, lächelte sie an – es sollte wohl zärtlich wirken, dachte Rosa, wirkte aber eher wie das Grinsen von Herman Munster. »Und bestimmt werden wir auch einen idealen Hochzeitstermin finden.«

»Auf jeden Fall!«

Während Ines das sagte, strahlte sie geradezu von innen heraus, während Christian stocksteif dasaß. Rosa schluckte, konnte es gar nicht so recht fassen, dass jetzt der Moment da war, wo das Schicksal endgültig entschieden hatte: Christian gehörte zu Ines. Sie wusste, sie sollte jetzt dem glücklichen Pärchen alles Gute wünschen, mit ihnen auf die Verlobung anstoßen. Stattdessen saß sie nur da, fühlte sich so, als ob sie in einem eisigen Gebirgsbach treiben würde. Und Florians Arm, der immer noch auf ihrer Schulter lag, fühlte sich auf einmal so schwer und lästig an wie ein Stück Holz, das sie unter Wasser drückte. Fast hätte sie ihn abgeschüttelt, konnte sich im letzten Moment aber zurückhalten. Nein, das hätte jetzt zu gemein gewirkt. »He, er ist dein Freund, und er liebt dich, und du liebst ihn!«, sagte sie sich im Stillen ihr seltsames Mantra vor.

Langsam, aber sicher hatte sie tatsächlich das Gefühl, den Verstand zu verlieren … Und gerade jetzt musste Florian sie geradezu demonstrativ an sich drücken. »Alles Gute auch von mir«, sagte er in Richtung von Ines und Christian.

Dann schaute er seiner Freundin tief in die Augen, der plötzlich in schlimmer Vorahnung ein eiskalter Schauer den Rücken hinunterjagte. Er würde doch nicht … »Meine liebe Rosa«, begann er jedoch mit feierlicher Stimme. »Ich weiß, dass wir noch nicht lange zusammen sind, aber im Grunde habe ich das Gefühl, als ob wir uns beide bereits ewig kennen würden …«

»Bitte nicht!«, formte sie hilflos mit den Lippen, inzwischen kam sie sich wie in einem regelrechten Albtraum vor.

Doch Florian ließ sich nicht beirren. Aber anstatt zu sprechen, begann er zu singen: »Ich kenne nichts, ich kenne nichts, was so schön ist wie du. Ich kenne nichts, ich kenne nichts, was so schön ist wie du …«

Wow, klang das gut, fast wie bei Xavier Naidoo! Dabei sang Florian ganz ohne Musikbegleitung. Mit weit aufgerissenen Augen guckte Rosa den Mann an, der ihr da ein dermaßen tolles Liebesständchen darbrachte, während ihr abwechselnd heiß und kalt wurde. So was gab's doch normalerweise nur in romantischen Filmen oder im Musical. »Wahnsinn«, hörte sie jemand flüstern.

Das war Ines, die sich unverkennbar ergriffen eine Träne von der Wange wischte. Rosa fehlten schlicht die Worte. Echt süß – und auch ein bisschen komisch, dass Florian ihr nie erzählt hatte, dass er verdammt gut singen konnte. So bescheiden der Mann, der nun sein Lied beendet hatte, dafür mit leicht zitternder Stimme das Wort an sie richtete. »Ich weiß, dass du für mich die eine bist, mit der ich mein restliches Leben verbringen möchte. Deshalb frage ich dich jetzt, ob du mich heiraten willst.«

Bevor Rosa etwas sagen konnte, kreischte Ines, die nun offensichtlich vor Glück endgültig durchdrehte: »Eine Doppelhochzeit!« und hielt sich gicksend eine Hand vor den Mund.

Florian sah sie leicht irritiert an, um gleich darauf seinen Blick wieder auf Rosa ruhen zu lassen. Verlegen schluckte die einige Male, rückte dann noch ihre zerknüllte Serviette am Tisch zurecht, bis ihr klar wurde, dass sie nun endlich etwas sagen musste. »Das ist jetzt wirklich sehr überraschend, und dein Song war einfach nur der Hammer …«

Sie stockte, sah, dass alle sie anstarrten, von Christians Blick fühlte sie sich geradezu durchbohrt. Hastig schaute sie auf den Tisch, atmete tief durch, dann nahm sie Florians Hand in ihre. »… aber auch wahnsinnig lieb, und ich bin sehr gerührt …«

Ein letztes Mal holte sie Luft, um ihm eine Antwort zu geben.

»Ich hoffe, dass ich alles richtig mache …«

Maria Schoberle hörte selbst, wie sehr ihre Stimme beim Telefonieren bebte. Wirklich unwohl fühlte sie sich. Wo war bloß ihr Optimismus der letzten Tage hin? Diese beflügelnde Stimmung, dass sie zwar einen Blödsinn, ja einen Riesenblödsinn gemacht hatte, den aber selbst wiedergutmachen wollte. »Er hat sich einfach so in Luft aufgelöst«, gab sie sich im Geiste selbst die Antwort.

»Alles wird klappen«, sagte der Mann am anderen Ende der Leitung mit beruhigender Stimme.

»Dieses Treffen ist wirklich wichtig, um an die Betrüger ranzukommen.«

Und mit einem Lächeln in der Stimme, das sie tatsächlich hören konnte, fügte er hinzu: »Und es kann Ihnen nichts passieren, wir sind immer in der Nähe.«

Leise seufzte sie auf. »Na gut, dann werde ich nächste Woche nach München fahren und mich mit John treffen.«

Gleich darauf korrigierte sie sich selbst: »Ich weiß natürlich, dass es in Wahrheit keinen John gibt.«

»Richtig«, stimmte ihr Kommissar Leopold Meister zu. »Es gibt keinen John, der Sie liebt. Auch wenn es hart klingt, müssen Sie sich das immer wieder vor Augen halten.«

»Ich weiß«, antwortete Maria leise, verabschiedete sich noch kurz, bevor sie auflegte.

Es gab keinen John, der sie liebte. Und wenn Hubert erfuhr, was für eine dumme Kuh sie gewesen war, sich auf einen Internetbetrüger einzulassen, vielleicht mochte er sie ja auch nicht mehr. Ein dicker Brocken saß auf einmal auf ihrer Brust, als ihr bewusst wurde, wie gern sie den Hubert eigentlich hatte.

9

Liebe Frau Blauensteiner,
ich weiß, es ist sehr kurzfristig, und bestimmt ist Ihr Haus voll, aber trotzdem versuche ich mit dieser E-Mail mein Glück: Nele und ich würden so gerne nächste Woche für am besten gleich zwei Wochen zu Ihnen kommen. Ja, Sie haben richtig gelesen, nur meine Kleine und ich. Ohne Klaus, der in meinem Leben keine Rolle mehr spielt. Gut, natürlich wird er immer Neles Papa bleiben. Und eventuell werde ich ihn eines Tages auch nicht mehr erwürgen wollen, weil er sich in der Rolle des betrügerischen Ehemanns, der seiner Frau das Blaue vom Himmel herunter verspricht und dann doch immer noch heimlich mit seiner Geliebten ins Bett springt, offenbar recht wohlfühlt. Vielleicht sollte er seine Restaurantrechnungen nicht einfach so in seiner Hosentasche liegen lassen oder weniger Telefongespräche zu Hause im Flüsterton führen oder am Freitagabend keine Überstunden machen, wenn ich zur gleichen Zeit seine Arbeitskollegin im Supermarkt treffe, die mir sagt, dass sie die Letzte im Büro war … Es ist so verletzend, dass ich den Arsch den ganzen Tag anschreien könnte. Oh, oh, was schreibe ich da! Tut mir wirklich leid, dass ich Sie mit meinem privaten Albtraum belästige, aber

Sie waren immer so herzlich und lieb zu uns, haben mir so viel Mut zugesprochen. Und es war auch gut, dass ich Klaus noch mal eine Chance gegeben habe. Bestimmt hätte es mir sonst immer leidgetan, vor allem für meine Tochter. Sie sehen, ich kann gar nicht anders, als Ihnen mein Herz auszuschütten. Und ich weiß, dass Nele, die völlig durch den Wind ist, weil Klaus ausgezogen ist, sich bei Ihnen in Tirol erholen wird. Es wäre wirklich toll, wenn irgendwo noch ein Kämmerchen für uns frei wäre. Ganz liebe und auch ziemlich traurige Grüße von Ihrer Doris Reichart aus Köln

Rosa, die mit immer dunklerer Miene die E-Mail gelesen hatte, verbarg nun stöhnend ihr Gesicht in den Händen. Die arme Frau Reichart, wie gedemütigt sie sich fühlen musste. Innerlich ballte Rosa die Fäuste vor Wut. Warum war dieser Klaus bloß dermaßen gemein zu seiner Frau, die ihm so großzügig verziehen hatte? Er hätte vor lauter Dankbarkeit jeden Tag ihre Füße küssen müssen! Aber nein, munter betrog er sie weiter. »Geht's dir gut? Du stöhnst ja wie eine Eisenbahnlok!«

Rosa drehte sich auf ihrem Schreibtischstuhl erschrocken um, sah, dass Therese ins Büro gekommen war, ohne dass sie es gehört hatte. Offensichtlich nahm das Schicksal der Kölnerin sie wirklich mit. »Mich macht es einfach wahnsinnig, wie manche Menschen andere hintergehen und sie damit total verletzen!«

Sofort, nachdem sie das gesagt hatte, fühlte Rosa sich unwohl. Was spielte sie sich denn hier als Moralapostel auf! Gerade sie, wo sie auf den Kuss zwischen Christian und ihr wahrhaftig nicht stolz zu sein brauchte! Völlig daneben war das gewesen! In ihrem Magen rumorte es, als sie daran dachte, dass Florian und Ines es vielleicht mal erfahren könnten … schluck … dann würde sie selbst doch glatt den ersten Preis gewinnen im Verletzen anderer Menschen. Herzlichen Glückwunsch aber auch! Bei Rosas Gefühlsausbruch war Therese zusammengezuckt, und ihre Schwester hatte ein leichtes Flackern in deren Augen zu sehen geglaubt. Oder spielte ihr eigenes schlechtes Gewissen ihr einen Streich? Therese hatte doch wohl kaum den kurzen Kuss im Regen gesehen? Wo Christian und sie noch ein ganzes Stück vom Hof entfernt gewesen waren. Therese sah sie immer noch wie gebannt an, nun ja, man konnte es wohl viel eher als irritiert bezeichnen, weil sie selbst so einen kryptischen Stuss von sich gab. Verlegen räusperte sie sich und erzählte kurz von dem Kölner Ehepaar, dem sie es so sehr gewünscht hätte, wieder zusammenzukommen. Bekümmert verzog sie das Gesicht. »Ich wundere mich ja selbst, warum mich das so traurig macht, schließlich kenne ich die Familie gar nicht so gut. Aber es sind echt sympathische Menschen, und die kleine Tochter ist dermaßen süß!«

»Na ja, eigentlich wollte ich mit dir sprechen …«

Therese, immer noch sehr schlank, aber bereits mit einem winzigen Bäuchlein, das man jedoch mehr erahnen als wirklich erkennen konnte, zuckte mit den Schultern. Ein wenig ungerührt, wie Rosa fand. Andererseits konnte sie nun wirklich nicht verlangen, dass ihre Schwester allzu große Anteilnahme für Menschen zeigte, denen sie noch kein einziges Mal begegnet war. Und sie selbst hatte es ja wohl auch nicht so einfach. Wenn Rosa da an den Vater von Thereses Baby dachte, von dem nie gesprochen wurde. Auch kein Mann war jemals zu Besuch gekommen … tja, offenbar würde das Kleine wirklich ohne leiblichen Papa aufwachsen. Huch, jetzt war sie schon wieder mit ihren Gedanken abgeschweift, langsam wurde es echt peinlich. Seit Florian ihr vor zwei Tagen den Heiratsantrag gemacht hatte, hatte sie doch tatsächlich das Gefühl, völlig neben der Spur zu laufen. Jetzt nickte sie mit einem gezwungenen Lächeln, das heiter wirken sollte, ihrer Schwester zu. »Tschuldige, dass ich dich damit bombardiere, du wolltest mir doch etwas sagen, oder?«

Die andere nickte ebenfalls, jedoch ohne die Spur eines Lächelns. Jetzt erst bemerkte Rosa, dass sie das Kassenbuch in der Hand hielt. Unmerklich fröstelte es die Pensionswirtin, so als ob gleich etwas Schlimmes passieren würde. Und sie sollte recht behalten. Therese stöhnte leise auf, dann sagte sie: »Tja, nachdem ich mir die Buchhaltung vorgenommen habe, gibt es leider keine guten Nachrichten. Es ist nämlich so …«

Sie stockte, offenbar fiel ihr das Reden schwer. »Jetzt sag schon! Was ist denn los?«

Alarmiert war Rosa aufgesprungen, sah Therese durchdringend an. Die stöhnte leise auf. »Du kannst es mir glauben, ich bin alle Zahlen wieder und wieder durchgegangen, aber es fehlen trotzdem fünftausend Euro!«

»Fünftausend Euro«, wiederholte die Jüngere. Sie konnte es nicht fassen, wollte es auch nicht, und trotzdem, auch wenn sie es weit von sich wegschob. Die Erkenntnis traf sie wie ein Fausthieb mitten ins Gesicht. Ihre Schwester strich ihr mitfühlend über den Oberarm. »Ich weiß, was du denkst – Maria, wer einmal geklaut hat …«

Verblüfft riss die andere die Augen auf. Sie konnte sich beim besten Willen nicht daran erinnern, jemals zu Therese ein Sterbenswörtchen von Marias Diebstahl gesagt zu haben. Wie zu niemandem anderen auch. Nicht mal gegenüber Kathi, der sie wirklich vertraute, hatte sie etwas erwähnt. Aber das war jetzt eigentlich auch völlig egal. »Geht's dir gut?«

Therese warf ihr einen offensichtlich besorgten Blick zu. Erst jetzt merkte sie, dass sie wohl eine Weile einfach so dagestanden und bloß wie ein Fisch den Mund lautlos geöffnet und geschlossen hatte. »Ja«, brachte sie gerade so heraus.

»Alles bestens, ich muss nur kurz was erledigen …«

Ohne eine weitere Erklärung stürmte sie zur Tür hinaus.

Sie musste unbedingt Maria finden und mit ihr sprechen. Mit einem immer mulmigeren Gefühl fiel ihr ein, dass sie sie an diesem Morgen noch gar nicht gesehen hatte. Aber das Frühstück für die Pensionsgäste war vorbereitet gewesen, also musste alles in Ordnung sein. Zumindest versuchte sie, sich das einzureden. Denn viel mehr Sorgen als um ihr Geld machte sie sich um Maria. Es musste was Schlimmes passiert sein, dass sie noch mal in die Kasse gegriffen hatte. Entsetzt schnappte sie nach Luft. Vielleicht wurde Maria ja von John bedroht … Keuchend vor Aufregung hetzte sie die Treppe hinunter, bog in den Flur, der zur Küche führte. »Da bist du ja!«

Mit ausgebreiteten Armen kam ihr Florian entgegen. »Ich suche dich schon die ganze Zeit!«

Rosa runzelte unwillig die Stirn. Ausgerechnet jetzt musste ihr Verlobter – wie komisch für sie das klang – ihr über den Weg laufen. Fast hatte sie schon vergessen, dass sie seinen so plötzlichen Heiratsantrag bei Ines und Christian mit »Ja« beantwortet hatte. Wenn auch mit dem Zusatz, dass sie nun wirklich nichts überstürzen sollten. Mit einem leichten Druck auf der Brust fiel ihr auch wieder ein, wie verstört Christian sie danach angesehen hatte, seine Hand dabei so fest um sein Bierglas verschlossen, dass es sie nicht gewundert hätte, wenn es in tausend Teile zersplittert wäre. So, als ob sie ihm etwas total Böses angetan hätte. Der spinnt doch, war ihr dazu bloß eingefallen.

Oder muss ich ihn, den »großen Bruder« jetzt auch noch um Erlaubnis fragen, wenn ich heirate? Das alles schoss ihr durch den Kopf, während Florian auf sie zutrat und sie in den Arm nahm. »Du hast mir gefehlt …«

Nervös lachte sie auf. »Wir haben uns gerade mal eine Stunde nicht gesehen!«

So liebenswert und anhänglich Florian auch war, sie musste ihre Angestellte finden. »Weißt du, wo Maria ist?«

»Keine Ahnung.«

Er zuckte mit den Schultern, sah sie, wie sie fand, wachsam an. »Ist es was Wichtiges?«

Er weiß es, schoss es ihr durch den Kopf.

Gleich darauf wunderte sie sich selbst über diesen Gedanken. Blödsinn, sie hatte ihm nichts gesagt und Maria bestimmt auch nicht. Und so sollte es auch bleiben. »Ich muss was mit ihr besprechen«, erklärte sie so leichthin wie möglich.

»Unser Haus wird noch mal voller.«

Sogar ein etwas schiefes Lächeln schaffte sie, bevor sie an ihm vorbeilief.

»Einen schönen guten Morgen!«

»Ihnen auch!«

Rosa war kaum zur Tür draußen, nachdem sie erfolglos in der Küche nach Maria gesucht hatte, als sie Grit Jakobs sah. Die attraktive Endfünfzigerin, die mit ihrer sportlichen Figur und dem frechen hellblond gefärbten Kurzhaarschnitt weit jünger aussah, als sie war, winkte ihr zu. In kurzen Hosen und Trägertop saß die Nürnbergerin auf der Bank neben der Küche und streckte ihr schmales Gesicht in die Sonne. »Ich fühl mich hier wie neugeboren!«, murmelte sie, deutete Rosa mit der Hand, sich zu ihr zu setzen.

Und fügte, nachdem sie ihre Sonnenbrille die Stirn hochgeschoben hatte, mit einer kleinen Grimasse hinzu: »Und mein Mann erst …«

Seufzend wiegte sie den Kopf hin und her. »Er ist ja nicht auszuhalten, seit er in Rente ist, erklärt er mir den ganzen Tag, wie ich den Haushalt organisieren soll! Letzte Woche hat er eine Excel-Tabelle für unsere Einkäufe entworfen, nicht zu fassen!«

»Mmmh …«

Rosa nickte mit einem höflichen Lächeln, obwohl sie wie auf Nesseln saß. Aber Grit Jakobs hatte ganz offensichtlich das dringende Bedürfnis, sich auszusprechen. »Kommt mir vor wie in diesem Film mit Loriot«, sprach sie weiter. »Pappa ante Portas hat der geheißen.«

Sie rollte mit den Augen. »Im Fernsehen fand ich das ja noch total lustig, Tränen hab ich gelacht! Der Mann, der im Ruhestand seiner Frau das Leben zur Hölle … na ja, zumindest zur Vorhölle macht, aber in Wirklichkeit …«

Unwillkürlich musste Rosa schmunzeln, konnte sich Bernd Jakobs tatsächlich recht gut in seiner Rolle als den drollig nervigen Herrn Lohse vorstellen. »Das braucht wahrscheinlich ein bisschen, bis Sie sich beide an seine Rente gewöhnt haben.«

Grit Jakobs lachte hell auf. »Wir *beide*! Sie sagen es! Aber hier geht's ihm gut, mit dem Hubert Sedlak sitzt er gerade über einer Landkarte und heckt die nächste Wanderung aus. Bin ja gespannt, auf welchen Berg wir demnächst stapfen werden.«

Aha, mit dem Hubert, wiederholte Rosa in Gedanken.

Der Mann, der eigentlich sonst immer um die Maria umherscharwenzelte. Was der gar nicht mal so schlecht zu gefallen schien, echt süß … Beim Gedanken an die beiden, die sich, auch wenn Maria das niemals eingestehen würde, regelrecht gefunden zu haben schienen, huschte ein kleines Lächeln über Rosas Lippen. Gleich darauf wurde sie wieder ernst. Herrje, deshalb war sie doch aus dem Haus gelaufen, um Maria zu suchen! Auf keinen Fall konnte sie länger neben Grit Jakobs sitzen und über deren Mann und Loriot plaudern. Doch gerade als sie mit einem entschuldigenden Lächeln aufstehen wollte, hielt Frau Jakobs sie am Arm zurück. »Übrigens, was ich Ihnen sagen wollte: Ihr Verlobter ist ja ein richtig Fescher und sehr sympathisch!«

»Danke …«, stammelte Rosa, merkte, wie ihre Wangen heiß wurden.

Verlobter, da brauchte es wohl noch eine ganze Zeit, bis sie sich an den neuen Status ihrer Beziehung gewöhnt hatte. »Aber wissen Sie, was komisch ist …«

Nun schaute Grit ihr direkt in die Augen. »Mir kommt Ihr Florian total bekannt vor, so als ob ich ihm schon einige Male über den Weg gelaufen wäre, nur komm ich nicht drauf, wo.«

»Na ja, er ist doch auch aus Nürnberg. Vielleicht hatten Sie mal beruflich mit ihm zu tun, er ist Maschinenbauingenieur ...«

Sehr bestimmt schüttelte die andere den Kopf. »Nein, glaub ich nicht, das muss irgendwo anders gewesen sein ...«

Offensichtlich über ihre Gedächtnislücke verärgert, klopfte sie mit der Hand auf die Holzbank. »Ich komm nicht drauf!«

Rosa zwinkerte ihr zu. »Es fällt Ihnen bestimmt noch ein, und den Florian werde ich auch fragen – aber jetzt muss ich wirklich weiter.«

Bevor Grit sie noch mal in ein Gespräch verwickeln konnte, sprang sie auf. »Bis später, jetzt muss ich unbedingt die Maria finden!«

Rasch bog sie um die Ecke und konnte so auch nicht mehr sehen, wie die Nürnbergerin sich auf einmal erleichtert gegen die Stirn schlug. »Genau, das war's!«

In der nächsten Sekunde nahm ihr Gesicht einen mehr als ratlosen Ausdruck an, denn so richtig passte das alles nicht zusammen.

Okay, im Kaninchenstall war Maria auch nicht. Keuchend ließ sich Rosa auf einen Strohballen nieder, betrachtete nachdenklich die Tierchen, die zu viert begeistert an einem Riesenstück Gurke knabberten. Nochmals ging die Ferienpensionswirtin im Gedanken durch, wo sie überall nach Maria gesucht hatte. Im Obstgarten, bei den Kräutertöpfen, im Haus, hier im Stall – wie vom Erdboden verschwunden schien die Frau zu sein.

Immer mehr machte sich in ihrer Brust ein mulmiges Gefühl breit. Hoffentlich war ihrer mütterlichen Freundin nichts passiert … Nein, wies sie sich gleich darauf selbst zurecht.

Das konnte gar nicht sein! Bestimmt würde sie sich jetzt nicht verrückt machen! Unbeabsichtigt ballte sie eine Faust. Irgendetwas sagte ihr, dass Marias Verschwinden mit diesem John zusammenhängen musste, mit diesem gemeinen Betrüger, dem sie nur zu gern mal von Angesicht zu Angesicht die Meinung gegeigt hätte … Einer einsamen Frau einfach so das Geld aus der Tasche zu ziehen! Konstruktiv denken, sagte sie sich selbst vor. Wo konnte Maria sonst noch sein? Vielleicht war sie ja nach Hause gegangen, weil es ihr nicht gut ging. »Oder weil sie fünftausend Euro gestohlen hat und damit nicht unbedingt erwischt werden möchte«, erklärte eine unbarmherzige Stimme in ihrem Hinterkopf.

Ja, das war vielleicht die Lösung, musste sie zugeben.

Aber so richtig glauben wollte sie es nicht. »Da bist du ja!«

Erschrocken zuckte Rosa zusammen, wäre um ein Haar vom Strohballen gekippt. Im letzten Moment konnte sie sich noch mit ihrer rechten Hand vom Boden abfangen. »Hast du mich jetzt aber erschreckt, Steffi!«, lachte sie, als sie das junge Mädchen im kurzen weißen Kleid hinter einem Holzbalken auftauchen sah.

Rosa lächelte ihr aufmunternd zu, versuchte ihre Enttäuschung darüber, dass seit dem seltsamen Gespräch, in dem Steffi ihr von deren Beobachtungen in Florians Zimmer berichtet hatte, ihr vorher so inniges Verhältnis ein wenig abgekühlt war, runterzuschlucken. Oder bildete sie sich das auch bloß ein? Nein, wenn sie ehrlich war, musste sie sich eingestehen, dass es nicht zu übersehen war: Steffi, die jetzt einen Rucksack von ihrem Rücken hievte und auf den Boden fallen ließ, ging ihr seit Neuestem irgendwie aus dem Weg. Umso mehr freute sich Rosa darüber, dass das Mädchen sie nun sogar suchte. »Geht ihr schwimmen?«, fragte sie, zeigte auf das blaue Badetuch mit den gelben Sternchen, das aus Steffis Rucksack rauslugte.

Das Mädchen nickte. »Ja, der Konstantin holt mich gleich ab, dann fahren wir an den Badesee.«

»Viel Spaß!«

Rosa schaute durch die offene Stalltür zum blitzblauen Himmel hinauf. »Ein Traumwetter habt ihr ja.«

»Jaa …«, antwortete Steffi gedehnt, schaute Rosa ernst an.

»Sonst ist alles gut bei dir?«

Das Mädchen nickte. »Ich hab was für dich, von der Maria.«

Aus ihrer Hosentasche holte sie einen leicht zerknitterten Briefumschlag, hielt ihn Rosa hin. Die nahm ihn mit völlig verdatterter Miene, gleichzeitig schlug ihr das Herz bis zum Hals. Ehe sie was sagen konnte, schlang Steffi ihr die Arme um den Hals. »Du, ich mag dich richtig gern!«

»Ich dich auch …«, stammelte Rosa gerührt.

Im nächsten Moment hörte man Motorengeräusch, das sich dem Hof näherte, und schon war Steffi zur Tür draußen. Noch immer ein wenig neben der Spur, winkte Rosa ihr und Konstantin, hinter dem sie sich aufs Moped schwang, nach. Erst nach einer Weile fiel ihr wieder ein, dass sie immer noch Marias Brief in der Hand hielt.

Mit zittrigen Fingern öffnete sie den zugeklebten Umschlag, musste erst ein paar Mal blinzeln, bis sie sich auf die unverkennbar in Marias akkurater Handschrift geschriebenen Zeilen konzentrieren konnte:

Liebe Rosa, es tut mir leid, aber ich musste heute früher gehen. Du weißt, normalerweise ist es bestimmt nicht meine Art, zu verschwinden, ohne es mit dir abzusprechen. Aber das, was ich zu erledigen habe, ist wirklich sehr wichtig – und ich bin im Moment einfach zu aufgeregt, um darüber zu sprechen. Außerdem soll ich das auch gar nicht. Mach dir jedoch bitte keine Sorgen um mich, morgen werde ich dir alles erzählen! Deine Maria

Noch einmal las Rosa den Text, konnte sich aber absolut keinen Reim drauf machen. Wenn sie es nicht besser gewusst hätte, könnte sie direkt auf die Idee verfallen, Maria hätte flugs den Beruf gewechselt und wäre zur Geheimagentin geworden, eben mal rasch die Pistole ziehen, anstatt

Betten zu überziehen. »Blödsinn«, gab sie sich selbst halblaut die Antwort.

Als weiblichen James Bond konnte sie sich Maria nun wirklich nicht vorstellen. Zumindest klang sie nicht wie eine Diebin, die sich ängstlich aus dem Staub machte, was schon mal einigermaßen beruhigend war. Im Gegenteil, sie wirkte eher so, als ob sie eine wichtige Mission zu erfüllen hätte, was auch immer das sein sollte … Mit einem tiefen Seufzer schüttelte Rosa den Kopf. Es blieb ihr nichts anderes übrig, als einfach abzuwarten, was ihr die Angestellte am nächsten Morgen erzählen würde. Und solange war sie auch der Meinung, dass die ihr Geld nicht gestohlen hatte. Therese musste sich bei der Buchhaltung geirrt haben, so einfach war das. Zumindest ein bisschen zuversichtlicher angesichts dieser Erkenntnis, verließ sie den Stall, lief in ihrem kurzen Sommerjeanskleid über den Hof zurück zum Haus. Puh, war es heiß geworden. Ein, zwei Stündchen am Badeteich wären gar nicht mal so übel. Sie musste unbedingt den Florian fragen, ob er mit ihr zum Schwimmen fahren wollte. Die restlichen Buchungen würde sie einfach später erledigen. Und, ach ja, mit Therese musste sie auch noch reden. Beim Gedanken daran, dass ihre Schwester alles andere als begeistert sein würde, wenn sie ihr Zimmer »Herzenswärme« aufgeben musste, spürte sie einen unangenehmen Druck in der Magengegend. Gleich darauf schüttelte sie dieses Gefühl ab. Natürlich würde die es verstehen, dass sie räumlich zusammenrücken mussten, wenn das Zimmer vermietet werden sollte. Durch die Ferienpension verdiente Rosa schließlich ihren Lebensunterhalt. Und im Grunde auch den von Therese, die bis jetzt noch nicht mal den geringsten Mucks gemacht hatte, dass sie gerne für ihr Zimmer bezahlen würde. Rosa konnte sich auch nicht daran erinnern, dass Therese ein einziges Mal von ihrem eigenen Geld etwas für alle zu essen gekauft hätte. Während sie sich ganz selbstverständlich aus dem Kühlschrank in der großen Küche bediente. »Dafür hilft sie ja jetzt bei der Buchhaltung«, verteidigte Rosa sie im Stillen vor sich selbst, einigermaßen verdutzt darüber, woher jetzt diese gehässigen Gedanken gegenüber ihrer Schwester gekommen waren.

»Wir wohnen zu lange unterm selben Dach«, gab sie sich ernüchtert die Antwort.

Das war's. Und dadurch, dass Therese ihr Zimmer räumen und in ihr Gästezimmer ziehen musste, würde die vielleicht selbst drauf kommen, dass es Zeit wäre, bald wieder abzureisen. Tja, theoretisch hätte Rosa es ja toll gefunden, wenn sie wie ein Herz und eine Seele zusammengelebt hätten. Aber dafür waren sie einfach zu verschieden. Ja, es traf niemanden irgendeine Schuld, und sie beide liebten sich über alles, doch um zusammenzuwohnen, harmonierten sie einfach nicht genügend. Aber schließlich war München nicht aus der Welt, in knapp zwei Stunden war man bei der anderen, und natürlich würde sie Therese und das Baby immer herzlich bei sich begrüßen. Plötzlich kristallisierte sich in ihrem Kopf auch ein Zeitplan heraus: In einer Woche kamen Doris Reichart und die kleine Nele. Dann konnte Therese noch ein paar Tage im Gästezimmer wohnen, um danach wieder nach München zurückzukehren. Schließlich musste die Übelkeit dann auch langsam verschwunden sein.

Maria, die auf dem Beifahrersitz des großen Mercedes saß, hielt ihre Handtasche, in der die Geldbörse mit den fünftausend Euro lag, fest umklammert. »Wann sind wir denn in München?«, fragte sie den bulligen Mann neben sich am Steuer, hörte selbst, wie krächzend ihre Stimme dabei klang, wie ein heiserer Rabe kam sie sich schon vor.

Heiser und aufgeregt. Wieder und wieder musste sie daran denken, dass sie sich nicht mal von der Rosa verabschiedet hatte, die sich womöglich sonst was dachte. Nur diesen Brief hatte sie ihr über die Steffi geschickt. Anders wäre es jedoch einfach nicht gegangen. Wer weiß, vielleicht hätte sie dann doch noch im letzten Moment der Mut verlassen. Der Fahrer, Leopold Meister, leitender Kriminalkommissar im Bereich Internetdelikte, warf ihr einen kurzen Blick zu. »Noch zwanzig Minuten.«

»Aha.«

»Werden Sie das hinkriegen?«

Er sah sie prüfend von der Seite an. »Ich weiß, es ist alles andere als einfach, aber wenn dieses Treffen stattfindet, einer der Leute erscheint und

Sie es durchstehen, haben wir eine gute Chance, die ganze Bande zu schnappen!«

Entschlossen nickte sie. Hatte vorhin noch ihr Puls gerast, war sie auf einmal ganz ruhig geworden. Und ob sie das hinkriegen würde! »Es wäre mir ein Vergnügen, diesem John das Handwerk zu legen«, musste sie wieder denken, amüsiert über sich selbst, dass sie den Betrüger immer noch »John« nannte, obwohl der natürlich ganz anders hieß. Aber mit dem Namen John verband sie einfach am besten diese Schmeicheleien und die schönen, falschen Worte, wegen derer sie sogar ihre Rosa bestohlen hatte. Noch immer schwappte alleine beim Gedanken daran eine riesige Welle über sie hinweg. »Hör auf, dich dauernd damit zu quälen«, hatte ihr so lieb vor ein paar Tagen der Hubert streng gesagt, wie sie ihm alles – wirklich restlos alles – von ihrer unglückseligen Internetverliebtheit erzählt hatte.

»Du machst jetzt das Beste daraus, und ich bin sehr stolz auf dich!«

Dann war sein Händedruck noch fester geworden, ja, am liebsten wäre er auch nach München mitgekommen, aber da war Kommissar Meister strikt dagegen gewesen. »Keine Sorge, wir bringen Ihre Liebste wieder heil zurück!«, hatte er dem Hubert mit einem zuversichtlichen Lächeln gesagt.

Jetzt lächelte auch sie. »Ich schaff das, da mache ich mir gar keine Sorgen.«

»Mutige Frau!«, murmelte Kommissar Meister anerkennend.

Und dann: »Gleich sind wir da.«

»Ja!«, kam es von Maria wie aus der Pistole geschossen, fast kam sie sich wie in einem Krimi vor.

Nur dass sie nicht, wenn es sie zu sehr gruselte, den Fernseher einfach abschalten konnte.
»Das Geld haben Sie dabei, nicht wahr?«

»Ja«, antwortete sie, nahm sich vor, gut auf die gekennzeichneten Banknoten aus der Polizeikasse achtzugeben.

Dann stöhnte sie leise auf. Wäre echt gut, wenn das bald erledigt wäre. Dann hätte sie bestimmt auch wieder mehr Zeit, um auf die Rosa zu schauen. Denn über ihre Verlobung mit dem Florian war sie ehrlich gesagt alles andere als glücklich. Kaum zu schweigen von Therese, der sie so gar nicht über den Weg traute.

Fast erleichtert darüber, dass sie nun endlich einen Entschluss gefasst hatte, was den Aufenthalt ihrer Schwester in Tirol anging, schlenderte Rosa auf der Suche nach Therese über den Hof. Benno kam ihr entgegen, rieb winselnd seinen schweren dunklen Kopf an ihrem nackten Knie. »Ist schon gut, mein Bub! Weilst so brav bist, darfst du auch gleich mit zum Badesee!«

Aufmerksam, so als ob er sie verstehen würde, schaute der Hund sie an. Nein, nicht wirklich. Rosa grinste, denn sofort versuchte Benno, sie zum Küchenfenster zu lotsen. Ja, genau, dort, wo am Fensterbrett seine Keksdose stand. »Bei dir dreht sich doch alles nur ums Fressen, du kleiner

Schlingel!«, lachte sie – nicht aber ohne wieder mal weich geworden zu sein.

»Ein Kekserl darfst haben, dafür geht's dann aber ins Wasser!«

Benno vertilgte den Hundekeks in einer Geschwindigkeit, als ob er schon tagelang nichts mehr zu fressen bekommen hätte, was nun wirklich nicht der Realität entsprach. Aber Benno konnte einfach nicht genug bekommen. Schon war der Keks verschwunden, und Benno hatte wieder sein Bettelgesicht aufgesetzt. »Das arme Hundchen hat Hunger!«

Mit mitleidigem Blick näherte sich Grit Jakobs Rosa und ihrem Hovawart, griff wie selbstverständlich nach der Hundekeksdose. Rosa zog eine Augenbraue in die Höhe. Aha, ihr Benno hatte zumindest eine Komplizin. »Ist schon gut, Frau Jakobs!«, meinte Rosa und nahm der anderen sanft die Dose ab.

»Wenn wir dem Benno so viel zu fressen geben, wie er will, kann er sich bald die Alm runterkugeln!«

Grit Jakobs prustete los. »Das würde bestimmt lustig ausschauen, besonders, wenn der Arme in einem Kuhfladen landet.«

Die Nase rümpfend lachte Rosa mit. »Iiiih! Das möchte ich mir gar nicht vorstellen!«

Dann schaute sie sich um. »Haben Sie zufällig die Therese gesehen?«

»Nein, mein Mann und ich liegen auf der Wiese hinterm Haus, wie gesagt, ist ja ein Wunder, wie entspannt mein Bernd hier ist. Aber ich muss mir jetzt was Kaltes zu trinken aus dem Zimmer holen, ist ja eine Hitze heute!«

Schmunzelnd fügte sie hinzu: »Und Sie sind scheinbar heute den ganzen Vormittag auf der Suche nach irgendjemand …«

»Stimmt«, gab Rosa zu. »Das ist heute wohl mein Los, aber die Therese werde ich schon finden. Ich geb nur noch schnell dem Benno frisches Wasser in seine Schüssel, und nachher gehen wir zum See schwimmen.«

Schon nahm sie den Napf und drehte den Wasserhahn auf. Grit Jakobs, die schon die Türklinke in der Hand hielt, drehte sich noch mal um. »Übrigens, jetzt weiß ich es wieder, woher ich Ihren Verlobten kenne. Gleich nachdem Sie weg waren, ist es mir eingefallen.«

Neugierig geworden hob Rosa den Kopf. »Ja?«

Die andere lachte vergnügt. »Sie werden es nicht glauben, aber ich hab ihn ein paar Mal in der Nürnberger Innenstadt gesehen, in der Fußgängerzone.«

»Sind Sie sich so oft beim Einkaufen über den Weg gelaufen?«

»Na ja, Bernd und ich waren tatsächlich shoppen – aber Ihr Florian hat Gitarre gespielt und gesungen, gar nicht mal schlecht … ehrlich gesagt richtig gut!«

»Gesungen und Gitarre gespielt?«

Verwirrt kniff Rosa die Augen zusammen. Bestimmt hatten sich die Feriengäste geirrt. Andererseits, bei seinem Heiratsantrag hatte Florian ebenfalls erstaunlich gut gesungen, so gut, als ob er es nicht zum ersten Mal getan hatte. Dass er es konnte, war also nicht von der Hand zu weisen. »Wahrscheinlich hat er irgendeine Wette verloren, musikalisch ist er ja«, sinnierte sie laut weiter.

Grit Jakobs sah sie zweifelnd an. »Na ja, vielleicht, aber es war bestimmt öfter als einmal.«

Rosa strich sich nachdenklich eine Locke aus der Stirn. »Ganz schön geheimnisvoll, ich werde es rauskriegen …«

»Es gibt sicher eine gute Erklärung dafür«, stimmte ihr Grit Jakobs höflich zu, allerdings mit einem Lächeln, das ihre Augen nicht erreichte.

Rosa stutzte kurz. Gleich darauf hatte sie sich wieder gefangen. »Bis später!«

Die Nürnbergerin zwinkerte ihr zu, nun richtig herzlich. »Viel Spaß beim Baden!«

»Und warum hat es gleich eine Verlobung sein müssen?«

Mit schmollend aufgeworfenen Lippen saß Therese Florian auf ihrem Bett gegenüber, bekleidet nur mit einem schwarzen Slip.

»Jetzt geht das schon wieder los.« Er stöhnte auf, wollte Therese in seine Arme ziehen. Erfolglos. Auch sein Versuch, ihr über die nackte Brust zu streichen, wurde mit einem wütenden und gar nicht mal leichten Klaps auf seine Finger bestraft.

»Aua!«

Seinen Schmerzensschrei ignorierend, redete sie weiter. »Wir wollten ihr doch einfach nur ein bisschen Geld aus der Tasche ziehen. Und jetzt bist du ihr Verlobter!«

Ihre Stimme war schrill geworden, wie sie verärgert bemerkte. Ja gut, sie war nicht ganz so cool, wie sie immer gedacht hatte. Fast kam sie sich so spießig wie Rosa vor, dieses kleine Biest mit den unschuldigen Rehaugen! Kurz musste Therese blinzeln. Die Welt war wohl völlig verrückt geworden, denn langsam kam *sie* sich schon wie die Betrogene vor.

»Es war ein spontaner Einfall von mir, dort bei diesem bekloppten Abendessen bei ihrem Jugendfreund.«

Begütigend legte er Therese seine Hand an die Wange. »Es ist einfach vertrauensstiftend, weißt du, umso schneller werde ich an ihr Geld rankommen und umso rascher können wir von hier verschwinden.«

»Na gut …«

Ein wenig versöhnt drückte sie ihre Wange in seine Handfläche. »Klingt vielleicht gar nicht mal so blöd.«

Dann blitzten ihre blauen Augen auf. »Aber die ersten fünftausend habe ich ergattert!«

»Braves Mädchen!«

Seine Stimme klang rau. Und nun ließ sie es erregt zu, dass er sie in seine Arme schloss, seine Lippen auf ihren Mund presste. Schon spürte sie seine Zunge suchend zwischen den Zähnen … da klopfte es auf einmal an der Zimmertür.

Erschrocken fuhren sie auseinander, und fast hätte sie gesagt: »Das kann nur wieder die Steffi sein«, bis ihr nach dem Bruchteil einer Sekunde einfiel, dass sie ja selbst diese Geschichte erfunden hatte. »Ja?«, rief sie bemüht locker, dabei stockte ihr vor Schreck fast der Atem.

Mit der Hand deutete sie Florian, er sollte ihm Badezimmer verschwinden.

»Therese? Störe ich dich?«

»Na ja, mir geht's nicht so gut, ich habe gerade geschlafen.«

Leicht verwirrt zog Rosa die Stirn kraus. Hatte sie nicht eben Stimmen aus dem Zimmer ihrer Schwester gehört? »Bist du allein?«

In dem Moment wurde der Schlüssel umgedreht, und Therese öffnete im Schlafmantel mit verstrubbeltem Haar und missbilligendem Blick die Tür. »Sicher, oder was glaubst du?«

Erkennbar gereizt rollte sie mit den Augen. Wieder mal. Doch Rosa verkniff sich eine süffisante Bemerkung. Stattdessen setzte sie sogar ein versöhnliches Lächeln auf. »Darf ich kurz zu dir reinkommen?«

War Therese gerade erschrocken zusammengezuckt? Lachend drängte Rosa ihre Schwester in ihr Zimmer hinein. »So schlimm wird's schon nicht aussehen.«

Nun ja, sie bemühte sich wirklich, nicht zu gucken, aber ehrlich gesagt wirkte der Raum so, als ob die Schränke und Regale allesamt vergiftet wären und es nur auf den Stühlen, auf dem Tisch und Boden gefahrlos möglich wäre, Kleidungsstücke zu deponieren – von Zeitschriften, Schminkzeug und anderem ganz zu schweigen. Rosa atmete tief durch, sie war ganz schön kleinlich drauf heute, außerdem ging sie das nun wirklich nichts an. Tja, Therese war eben ein liebenswerter Schlampi und würde sich wohl in absehbarer Zeit nicht ändern. »Du, ich brauche nächste Woche dein Zimmer wirklich dringend für die Gäste aus Köln, ich hab dir doch vorhin von der E-Mail erzählt.«

Ihre Schwester, die auf einmal sehr erschrocken dreinschaute, schürzte die Lippen. »Ach so, die betrogene Ehefrau – wie tragisch …«

Angesichts des spöttischen Tons war es jetzt an Rosa, die Augen zu verdrehen. He, das tat ja sogar richtig gut! »Hab's nicht so gemeint«, maulte Therese sofort.

»Und wo soll ich dann hin?«

Mit zusammengekniffenen Augen fügte sie hinzu: »Oder willst du mir jetzt durch die Blume sagen, dass ich verschwinden soll?«

Rosa schluckte kurz, hielt aber Thereses Blick stand. Wenn sie jetzt nicht offen mit ihr sprach, würde sie das nie schaffen. »Du, ein paar Tage kannst du gerne in meinem Gästezimmer wohnen, aber dann wäre es wahrscheinlich wirklich gut, wenn du wieder nach Hause fährst.«

»So ist das also …«

Therese schaute drein, als ob ihr Rosa links und rechts eine Ohrfeige runtergehauen hätte. »Also doch ein Rausschmiss!«

»He!«

Langsam reichte es ihrer Schwester, die selbst fast ein wenig verblüfft war, dass sie nicht klein beigeben wollte, so wie sie es sonst immer gemacht hatte. »Es ist überhaupt nicht böse gemeint, aber es funktioniert einfach nicht auf Dauer, wenn wir zusammenwohnen. Das ist dir doch bestimmt auch schon aufgefallen.«

Abwartend schaute sie die Ältere an. Die verzog bloß abschätzig den Mund. »Ich will mich ganz bestimmt nicht aufdrängen, das hab ich all die Jahre nicht getan.«

»Ja, stimmt, solange ich dir jeden Monat dein Geld überwiesen habe, warst du tatsächlich wie verschollen.«

Das sagte Rosa natürlich nicht laut, aber durch den Kopf ging ihr dieser Satz. Nein, sie wollte keinen Streit, und gut auskommen wollte sie mit Therese auch. »He, du kannst mich doch oft mit deinem Baby besuchen kommen. Und wenn dir Kirchberg so gut gefällt, finden wir für dich sicher eine hübsche Wohnung oder ein kleines Haus.«

Fast hätte sie noch gesagt, dass sie Therese dann auch noch ein wenig finanziell unterstützen würde, biss sich aber noch im letzten Moment auf die Lippen. Darüber konnten sie sprechen, wenn ihre Schwester tatsächlich nach Tirol ziehen wollte. »Mach dir um mich keine Sorgen«, sagte die jetzt ziemlich theatralisch. Nur um im nächsten Augenblick ein stolzes Lächeln aufzusetzen. »Alles gut, ich muss ohnehin bald wieder nach München zurück, sonst versauere ich hier noch in dem Kaff.«

»Dann ist es ja gut«, antwortete Rosa so neutral wie möglich, auch wenn sie sich über das »Kaff« ein bisschen ärgerte.

Und plötzlich hatte sie das starke Gefühl, als ob sie beide hier nicht alleine wären. Wenn sie sich dabei nicht so blöd vorgekommen wäre, hätte sie um ein Haar einen Blick unters Bett gemacht. War es ein Geräusch oder ein Atmen? Genau konnte sie es nicht sagen.

Verwundert guckte sie sich im Raum um. Im Schrank würde ja wohl kaum ein Liebhaber stecken, lächerlich, dachte sie und stand auf.

Sie räusperte sich, ihre Kehle fühlte sich auf einmal ganz trocken an. »Kann ich mal kurz in dein Bad und mir ein Glas Wasser nehmen?«

Wie von der Tarantel gestochen, sprang Therese vom Bett auf. »Nein, auf keinen Fall!«

Etwas ruhiger fügte sie hinzu: »Da drinnen sieht es aus, als ob eine Bombe eingeschlagen hätte – ist mir echt peinlich.«

Lächelnd nahm sie ihre Schwester am Oberarm. »Komm, wir gehen in die Küche und setzen uns noch ein bisschen zusammen.«

Rosa, die zwar verwundert die Augen zusammenkniff, ließ sich aus dem Zimmer ziehen. Insgeheim sogar froh darüber, dass Therese ihr nicht wirklich böse war. Und da sie sich nicht mehr umdrehte, konnte sie auch nicht sehen, wie sich die Klinke der Badezimmertür bewegte.

»Ich bin mir so was von sicher, dass er es war!«

Grit Jakobs sah ihren Mann erwartungsvoll an. Gemeinsam lagen sie jetzt wieder auf einer Picknickdecke auf der Wiese hinter der Frühstückspension, und obwohl es nicht schwer ersichtlich war, dass Bernd am liebsten weiter in seinem historischen Roman geschmökert hätte, kam er nicht dazu. Weil Grit wie ein Wasserfall, seiner Meinung nach im Ausmaß der Niagara-Fälle, auf ihn einredete. Verkehrte Welt, musste er leicht amüsiert denken. Zu Hause regte sie sich immer auf, dass er sich nichts zum Anfangen wusste und dauernd um sie herumwuselte. Und hier, wenn er mal seine innere Ruhe gefunden hatte, ließ sie ihn nicht zufrieden. »Vielleicht«, gab er endlich eine Antwort, die Grit offensichtlich nicht befriedigte.

So als ob er nicht ganz helle wäre, schüttelte sie resigniert den Kopf. »Wir haben ihn doch beide gesehen.«

Er lachte, dann zwinkerte er ihr versöhnlich zu. »Kann ja vielleicht sein, dass ich mir die jungen, feschen Sänger in der Fußgängerzone nicht ganz so genau angucke wie du.«

»Sehr witzig!«

Sie stieg nicht auf seinen kleinen Scherz ein, griff aber nun, wie er erleichtert registrierte, zumindest nach der Illustrierten, die neben ihr auf der Decke lag. »Und ich könnte darauf wetten«, murmelte sie noch, doch das bekam Bernd nur mehr ganz am Rande mit.

Schließlich musste er in einer bedeutenden Schlacht des Dreißigjährigen Krieges um sein Leben kämpfen.

»Ich leg mich lieber wieder hin.«

Verwundert sah Rosa ihre Schwester an. Eben erst hatten sie sich zusammen vor dem geöffneten Fenster an den Küchentisch gesetzt, und Rosa hatte sprudelnde Himbeerlimonade in die Gläser gefüllt. Und geredet hatten sie erst ein paar Sätze, in denen Therese ihr recht deutlich zu verstehen gegeben hatte, dass sie sich wirklich schon sehr auf München freute.

»Bist du mir böse?«, fragte sie geradeaus.

Nach einem kurzen Zögern schüttelte die andere den Kopf. »Nein, ich fühle mich nur kreislaufmäßig nicht so besonders – die Schwangerschaft und das warme Wetter …«

»Du Arme …«

Mitleidig wollte Rosa der Älteren über den Arm streichen, doch Therese zog ihn so geschwind zurück, dass sie sie nur für den Bruchteil einer Sekunde berühren konnte. Rosa schluckte. Also doch sauer. Sie überlegte gerade, ob sie noch etwas dazu sagen sollte, da hörte sie die alte Küchentür knarren. »Da bist du ja!«, begrüßte sie Florian, der im Türrahmen stand.

»Ich hab dich schon gesucht. Was hältst du von einer Runde Schwimmen im See?«

Bevor er etwas sagen konnte, meldete sich Therese in vorwurfsvollem Ton zu Wort. »Mich hast du nicht gefragt, dabei würde ich auch gern baden gehen.«

Die Jüngere blinzelte ungläubig. Ihre Schwester führte sich ja wie ein pubertierender Teenager auf – eben hatte sie noch erklärt, dass es ihr nicht gut ging, sie sich lieber hinlegen wollte, und jetzt spielte sie die ausgeschlossene Dritte! »Na, dann komm doch mit, wenn es dir wieder besser geht!«, sagte Rosa gespielt fröhlich.

Vielleicht hatte sie ja vorhin etwas falsch verstanden ... auf jeden Fall hatte sie keine Lust, sich mit Therese zu streiten. Die jetzt auch Florian so seltsam ansah. »Und hast du Lust, mit deiner Verlobten und deiner zukünftigen Schwägerin schwimmen zu gehen?«

Geradezu spöttisch klangen ihre Worte. Kein Wunder, dass Florian irritiert die Stirn runzelte. Doch im nächsten Moment gab er sich einen Ruck und lächelte breit. »Klar, gehen wir schwimmen, meine zwei Hübschen!«

Kurz darauf hatten sie dann auch ihre Fahrräder am See abgestellt, liefen laut prustend nebeneinander ins – uh! – doch recht kühle Nass. In einigen Metern Entfernung entdeckte Rosa auch Steffi, die mit Konstantin eng umschlungen im brusttiefen Wasser stand. Kurz nickte sie den beiden zu, schritt dann in ihrem blau-weiß gestreiften Bikini tapfer weiter in den See hinein. Fast beneidete sie Steffi, die mit ihrem Freund einfach verliebt kuscheln konnte. Ehrlich gesagt wäre sie auch lieber nur mit dem Florian hergeradelt. Aber jetzt wollte sie ihrer Schwester natürlich nicht das Gefühl geben, zu stören. Gänsehaut hatte sich auf ihrer Haut gebildet, als sie bis zum Bauch im Wasser stand. Schnell ganz eintauchen, dann war es überstanden – und herrlich. Ja, und wie, nach dem ersten kleinen Kälteschock entspannte sich ihr Körper, ließ sich regelrecht umarmen vom angenehm kühlen Wasser. Rosa schloss die Augen, rollte sich ein paar Mal um die eigene Achse, wie ein Seehund. Als sie die Augen wieder öffnete, suchte sie den See blinzelnd nach Florian ab – wo war er denn nur? Sie musste sich völlig umdrehen, um ihn zu finden. Und vor Staunen riss sie kurz den Mund auf, verschluckte sich prompt mit einer Ladung Wasser. Aber es wirkte einfach ein wenig seltsam, wie Florian die vor Vergnügen quiekende Therese durchs Wasser zog, sie immer wieder an den Schultern hochhob. Während Therese lautstark und wohl nicht ernst gemeint meckerte, dass sich das Bändchen, mit dem ihr Bikinioberteil um den Hals befestigt war, lösen könnte. Mit einem befremdeten Gefühl räusperte sich Rosa. Und fragte sich, wer da eigentlich störte.

10

»Sag ihr endlich, dass du sie nicht heiraten kannst … dass das alles nicht wahr ist!«

Seit Tagen pochten diese Worte rhythmisch in seinem Kopf, wie der Refrain eines Ohrwurms, den man nicht mehr aus dem Sinn bekam, so sehr man sich auch anstrengte. Auf keinen Fall konnte es länger so weitergehen, das war schon mal klar. Alle rosigen Zukunftspläne würden dann natürlich zerplatzen wie Seifenblasen. Christian Heller, der an seinem Schreibtisch in der Ordination saß und seit einer ganzen Weile nur die gegenüberliegende Wand mit dem Kunstdruck, der eine blühende Klatschmohnwiese im Sonnenschein zeigte, anstarrte, rieb sich die Stirn. Die roten Mohnblüten verschwammen vor seinen Augen, am liebsten hätte er sich krankgemeldet. Wäre sein Wartezimmer nicht gesteckt voll gewesen. Jetzt klopfte er resolut auf den Schreibtisch. »Es reicht!«, rief er halblaut, erschrak sogleich, dass ihn jemand gehört haben könnte.

Zumindest hatte er einen Entschluss gefasst: Noch heute Abend würde er Ines alles erzählen. Dass er sie zwar gern mochte, aber nicht wirklich liebte. Eine wunderbare Frau, wie sie es war, es jedoch verdient hatte, über alles geliebt zu werden. Und dummerweise wusste er ja, wie es sich anfühlte, wenn man sich nach jemandem geradezu verzehrte … auch wenn das womöglich total kitschig klang – es traf auf seine Gefühle für Rosa zu. Und auch, wenn sie dieses Sehnen nicht erwiderte und er sie natürlich auch nicht von ihrem Glück mit Florian abbringen wollte, würde er deshalb nicht die falsche Frau heiraten. So einfach war das – und auch so grausam, denn damit tat er sich und vor allem Ines schrecklich weh. Energisch stand er auf, um die nächste Patientin hereinzubitten.

Zur gleichen Zeit fiel Doris Reichart Rosa um den Hals. »Bei dir fühlt man sich wirklich ›Willkommen im Glück‹! Der Name ist Programm.«

Mit fröhlichem Gesichtsausdruck schaute sie sich um. »Hach, ist das schön, wieder hier zu sein!«

»Danke!«

Rosa freute sich über die netten Worte der Kölnerin, mit der sie bereits in der letzten E-Mail per Du geworden war, bloß das Gläschen Sekt zum Anstoßen drauf fehlte noch.

Doris grinste sie fröhlich an, dennoch waren die dunklen Augenringe trotz des gepflegten Make-ups nicht zu übersehen. »Und, wie geht's dir?«, fragte Rosa leise.

Die andere zuckte mit den Schultern … eine Bewegung, die so viel Traurigkeit ausstrahlte, dass die Gastgeberin unwillkürlich schlucken musste … oh, und jetzt füllten sich Doris' Augen auch noch mit Tränen. »Es war schrecklich. Ich hab nämlich wirklich geglaubt, Klaus meint es ernst.«

»Ich hätte es euch so sehr gewünscht.«

»Danke.«

Sie drückte ihr den Arm. »Vielleicht hat er es ja versucht, kann aber offensichtlich nicht treu sein.«

Ihre ohnehin schon gedämpfte Stimme wurde noch leiser. »Und als er vor zwei Wochen endgültig ausgezogen ist, ist Nele regelrecht in sich zusammengesunken.«

Rosa warf einen raschen Seitenblick zu dem kleinen Mädchen im rosafarbenen Trägerkleidchen, das zuerst einmal Benno ausgiebig begrüßte. Niedlich wie immer sah es aus, aber auch sehr blass und zerbrechlich. Bemüht munter lächelte Rosa nun in Richtung Doris. »Das werden wir schon wieder hinkriegen!«

Dann winkte sie Nele zu. »Hallo, junges Fräulein! Ich möchte auch begrüßt werden!«

»Jaaaaa!«

In Sekundenschnelle war die Kleine in ihre Arme gestürzt, drückte sich mit erstaunlicher Kraft an die Tirolerin. Mmmh, wie gut sich das anfühlte. »Ich hab dich so vermisst, Rosa!«

Die Große seufzte, antwortete wahrheitsgemäß: »Ich dich auch.«

»Am besten bleib ich für immer hier«, erklärte Nele ernsthaft.

Rosa lächelte gerührt, dann löste sie sich vorsichtig von dem Mädchen, stand auf. Nele hatte in letzter Zeit bestimmt genug geweint, da musste sie jetzt nicht auch noch sentimental werden. Denn wenn die Pensionswirtin nicht aufpasste, kamen ihr wirklich noch die Tränen. »Du, die Kaninchen warten schon auf dich.«

»Jaaa!«, rief die Kleine begeistert aus. »Schneeflocke und Murmel!«

»Und nachher gibt es Apfelstrudel, diesmal von der Maria gebacken!«

Erleichtert dachte sie daran, dass Maria letzte Woche tatsächlich, wie sie es in ihrem Brief versprochen hatte, am nächsten Morgen wieder in die Pension gekommen war. Von sich aus hatte sie nichts erzählt, und Rosa, die von ihr zur Begrüßung herzlich umarmt worden war, hatte sie nicht drängen wollen. Irgendwann würden sie schon darüber reden, da war sie sich ganz sicher. Ihre Angst, dass ihre Angestellte eventuell wirklich die fünftausend Euro genommen hatte, die bis jetzt immer noch nicht wieder aufgetaucht waren, schob sie so gut wie möglich zur Seite.

»Na, du bist ja immer noch da!«

Eben hatte Rosa Doris geholfen, das Gepäck aufs Zimmer »Herzenswärme« zu bringen, und auch Nele war hinter ihnen hergehüpft. Immer wieder erklärend, dass sie gleich noch mal in den Kaninchenstall musste. Nun stand Rosa ein wenig verloren auf dem Hof, obwohl sie eigentlich längst in ihrem Auto auf dem Weg nach Kitzbühel sitzen sollte. Kathi wollte sie zu einem gemeinsamen Nachmittag entführen, weit weg von all dem Ferienpensionsstress, der sich im

Moment tatsächlich enorm gesteigert hatte. »Drei, vier Stündchen nur für uns«, hatte Kathi gestern am Telefon resolut erklärt.

»Kannst dich ja nicht kaputt arbeiten!«

Und mit einem Grinsen in der Stimme hatte sie hinzugefügt: »Außerdem bin ich ein bisschen eifersüchtig auf deinen Verlobten ... mit dem steckst du die ganze Zeit zusammen, und mich hast schon vergessen.«

»Nein, sicher nicht«, hatte Rosa lachend geantwortet und für den heutigen Montag, an dem Kathis Friseurladen geschlossen war, zugesagt.

Bloß die Reicharts hatte sie noch empfangen wollen, aber die waren ja inzwischen gut angekommen. Nun schaute Florian, der eben aus seinem Wagen gestiegen war, sie fragend an. Weil er sich auch nützlich machen wollte, hatte er eben eine größere Summe Bareinnahmen auf die Bank gebracht. »Warten nicht Kathi und ein Shoppingbummel auf dich?«

Rosa nickte. »Ja, und danach ein gemütlicher Kaffee in der Moser-Konditorei.«

Erschrocken schaute sie auf die Uhr. »Ich müsste ja schon seit zehn Minuten weg sein.«

»Na, dann ...«

Florian beugte seinen Kopf zu ihr, um ihr einen Kuss zu geben. Instinktiv wich sie zurück – warum, kapierte sie auch nicht. Schnell stellte sie sich auf die Zehenspitzen und küsste ihn. Ein wenig bemüht leidenschaftlich, wie sie dachte.

»Was ist denn nur los mit mir?«, schoss es ihr durch den Kopf.

Sie verstand sich ja selbst nicht, schon die ganzen letzten Tage hatte sie das seltsame Gefühl gehabt, in irgendeinem Theaterstück gelandet zu sein, in dem die Gefühle zwar hervorragend gespielt, aber nicht echt waren. Totaler Blödsinn, natürlich. Sie liebte Florian und er sie auch … bestimmt war sie einfach nur nervös, weil es immer enger wurde zwischen ihnen.

»Tschüss!«

Eben wollte Rosa in ihren alten grünen Golf steigen, als … sie traute ihren Augen nicht … ein Polizeiwagen auf ihren Hof einbog. Wie im Fernsehen, bloß das Blaulicht fehlte noch. Und so, als ob sich ein Drehbuchautor eine etwas düstere Kulisse gewünscht hätte, zogen jetzt über den eben noch so strahlend blauen Himmel ein paar dicke graue Wolken. »Maria …«, schoss es Rosa sofort durch den Kopf, und fast ebenso rasch schämte sie sich deswegen.

Doch was hatte es zu bedeuten, dass tatsächlich ihre Angestellte aus der Küche trat und auf sie zulief. Fast erwartete sich Rosa schon, dass Maria theatralisch »Das Spiel ist aus, sie haben mich gefasst« oder so was in der Art sagen würde, aber das kam wohl nur in alten Krimis vor. »Rosa, das ist Hauptkommissar Meister«, sagte Maria stattdessen und deutete dabei auf den großen Mann in Zivilkleidung, der auf sie beide zukam. Denn Florian war überraschenderweise in Windeseile im Haus verschwunden. Komisch, dachte Rosa für eine Sekunde, dann nahm sie das eigentliche Geschehen wieder gefangen.

»Guten Tag, Frau Blauensteiner!«, begrüßte Meister sie, hielt ihr die Hand hin.

Was Rosa in ihrer Aufregung erst nach einiger Zeit registrierte. Und dann schüttelte sie die quasi als Entschuldigung viel zu fest. »Guten Tag … ist … alles in Ordnung?«

Er nickte. »Ja, jetzt schon, nachdem uns Frau Schoberle so mutig geholfen hat, einen Verbrecherring auffliegen zu lassen. Ich musste sie zwar überreden, herkommen zu dürfen, aber Ehre, wem Ehre gebührt.«

»Du weißt doch noch, die Sache mit John …«

Wie auf Kommando hatten sich Marias Wangen tiefrot gefärbt. »Ich hatte ein so schlechtes Gewissen, weil ich doch damals die zweitausend Euro genommen habe, und dann habe ich daran gedacht, dass diese Leute bestimmt nicht von alleine aufhören werden.«

Rosa guckte verdutzt. »Und da hast du der Polizei geholfen, die Betrüger in eine Falle zu locken?«

Ein bisschen stolz nickte Maria, jetzt huschte sogar ein Lächeln über ihr Gesicht. »Es war fast wie im Film. Als ich die fünftausend Euro übergeben habe, sind plötzlich die Polizisten aus ihrem Versteck in den Biergarten in München gesprungen …«

»Fünftausend Euro?«

Rosa schluckte. »Ja«, erklärte Kommissar Meister. »Die Summe hat die Polizei zur Verfügung gestellt ... markierte Scheine, die wir aber gleich wieder gesichert haben.«

Er grinste von einem Ohr zum anderen. »Der Typ hatte nur ein paar Sekunden lang Freude mit den Scheinchen!«

»Ach so.«

Erleichtert atmete Rosa auf, ein bisschen beschämt darüber, dass sie es in einem winzigen Winkel ihres Kopfes doch noch für möglich gehalten hatte, dass Maria hinter dem erneut verschwundenen Geld hätte stecken können. »Ich bin ja so froh, dass dir nichts passiert ist, du Heldin!«, seufzte sie auf, während sie die andere fest an sich drückte.

Sie war immer noch ganz benebelt vor Staunen. Als Nächstes würde Maria noch als weiblicher James Bond unterwegs sein, Verbrecher über Hausdächer verfolgen und sich von Hubschraubern und Wolkenkratzern abseilen ...

Die tätschelte ihr aber bloß in ihrer mütterlichen Art den Rücken. »Weißt doch: Unkraut vergeht nicht!«

»So ein Blödsinn!«

Rosa setzte ein gespielt wütendes Gesicht auf. »Du bist ein wahrer Schatz! Wirklich.«

Maria, die offensichtlich vor lauter Verlegenheit nicht wusste, wohin sie schauen sollte, verabschiedete sich hastig von Kommissar Meister, dann murmelte sie etwas von »Muss noch Schlagobers für den Apfelstrudel schlagen« – und schon war sie durch die Küchentür verschwunden.

Noch immer völlig baff schaute Rosa zu dem Polizisten. »Wollen Sie vielleicht noch dableiben … auf einen Kaffee und ein Stück Strudel?«

»Sehr lieb … aber nein, danke …«

Mit einem Blick à la »Das Böse ist immer und überall« tippte er sich an seine nicht vorhandene Mütze, stieg dann wieder in den Polizeiwagen. Sie konnte bloß noch matt »Auf Wiedersehen!« murmeln, so verwirrt war sie.

Eigentlich sollte sie jetzt der Kathi absagen und Maria ordentlich feiern, das war schließlich das Mindeste, was sie tun konnte! Doch als sie sich umdrehte, um ihrer Angestellten genau das mitzuteilen, lugte die mit einer Rührschüssel in der Hand durch das offene Küchenfenster. »Kommt gar nicht infrage, Roserl! Du fährst nach Kitzbühel! Die Kathi hat doch nur heute Zeit, und dir tut es gut, einmal rauszukommen!«

»Kannst du Gedanken lesen?«, fragte Rosa völlig verdattert.

»Vielleicht …«

Maria setzte einen geheimnisvollen Blick auf, tat dann mit der einen Hand so, als ob die Schüssel eine Glaskugel wäre, die sie befragte. »Alles klar! Bis später! So gegen sechs bin ich wieder hier«, lachte Rosa, dann schaute sie auf die Uhr.

Mist! Gut vierzig Minuten kam sie zu spät … da hatten Kathi und sie ja nicht mal zweieinhalb Stunden miteinander. »Bleib ruhig länger!«, sagte Maria jetzt breit schmunzelnd.

Ihre Chefin riss die Augen auf. Langsam aber sicher wurde sie ihr unheimlich …

»Winzig!«

Missmutig drehte sich Therese um ihre eigene Achse. »Diese Kammer ist dermaßen klein, dass man nicht mal zwei Schritte gehen kann, ohne mit der Nase an die nächste Wand zu knallen!«

»Ach.«

Gutmütig lächelte Florian ihr zu. Zugegeben, Rosas Gästezimmer, in das Therese am Vortag eingezogen war, hatte tatsächlich nicht die großzügigen Ausmaße der Ferienzimmer, war aber lange noch nicht klein. Es war wohl eher Thereses nicht vorhandener Ordnungssinn, der jeden Raum in kürzester Zeit unter ihrem Krimskrams verschwinden ließ. Fast niedlich fand er ihre Schlampigkeit, mit der er, der eigentlich recht ordentlich war, ganz gut leben konnte. »Ich hasse es hier!«

Trotzig wie ein kleines Kind stampfte sie mit dem Fuß auf dem Dielenboden auf, warf ihm von unten einen wütenden Blick aus ihren vor Zorn zusammengekniffenen Puppenaugen zu. »Jetzt kann ich ja quasi hautnah miterleben, wie du und Rosa euch durch die Nacht vögelt!«

»He, du weißt doch, dass wir schon seit Tagen nicht mehr …«

Weiter kam er nicht, denn auf einmal landete ein Kissen auf seinem Gesicht. Nun ja, Therese wusste ohnedies, dass zwischen Rosa und ihm absolute Flaute im Bett herrschte. Zuerst hatte er öfters die eine oder andere Ausrede gefunden, auf die Rosa, wie ihm nicht entgangen war, anfangs ein wenig verletzt reagiert hatte, auch wenn sie kein Wort darüber verloren hatte. Doch zunehmend zog sie sich von ihm zurück. Kein gutes Zeichen, wenn er sie wirklich lieben würde. So aber war es ohnehin nur eine Frage der Zeit, bis Therese und er sich aus dem Staub machen würden. Und die viertausend Euro, die in seiner Tasche knisterten, waren schon mal ein guter Start dafür. Ganz schön clever, dass er nicht die gesamte Summe, die er zur Bank hatte bringen sollen, unterschlagen hatte, sondern bloß die Hälfte. Aber irgendwann, in nicht allzu langer Zeit würden Therese und er auffliegen – da machte er sich gar keine Illusionen. Noch weniger, nachdem Maria nach ihrer idiotischen Heldentat als Sündenbock ausfiel. »Aua!«

Noch mal hatte Therese ihm das Kissen ins Gesicht geschleudert. Diesmal fester. Lachend hielt er sie an den Schultern fest, drückte sie aufs Bett. »Lass das, du kleines Luder!«

»Verschwinde!«, pfauchte sie, jedoch mit einem dermaßen koketten Blick, dass seine Hose augenblicklich im Schritt spannte.

»Ich will wieder nach München zurück!«

»Ich doch auch, Wildkätzchen«, raunte er ihr ins Ohr.

»Meine Band fehlt mir, außerdem möchte ich den ganzen Tag und die ganze Nacht mit dir Liebe machen.«

Mit einem Blick aus halbgeschlossenen Lidern öffnete er Thereses Jeans, schob sie ihr die Hüften runter, um sie schließlich mit einer lässigen Bewegung zu Boden fallen zu lassen.

Dabei traf er eine kleine Dose, wie er im Augenwinkel bemerkte. Und sah auch noch, wie ein Bündel Scheine, die fünftausend Euro, die Therese »herbeigeschafft« hatte, auf dem Teppich landete. Egal, darum würden sie sich später kümmern. »Was machst du, du Idiot?«, zischte Therese, nicht ohne dabei wohlig aufzustöhnen. »Rosa kann doch jeden Moment kommen.«

»Nein, meine Süße«, sagte er, zog sich jetzt selbst seine Hose aus.

»Sie ist stundenlang weg. Die Einzige, die jeden Moment kommen wird, bist du …«

»Na, in Kirchberg geht's zu! Unfassbar …«

Kathi, die zum Glück nicht wirklich beleidigt auf Rosas Verspätung reagiert hatte, schüttelte angesichts der Geschichte von Marias »Polizeieinsatz« ungläubig den Kopf mit den kupferroten Haaren – die neuerdings mit honigblonden Strähnen durchzogen waren. Rosa, die in der Kitzbüheler Innenstadt neben ihrer Freundin herlief, nickte zustimmend. Mit einem Grinsen, das tatsächlich von einem Ohr zum anderen lief. »Toll, die Frau, nicht wahr?«

He, wenn sie nicht aufpasste, platzte sie noch vor Stolz. Von dem gestohlenen Geld hatte sie jedoch mit Absicht nichts gesagt, ja sogar Kathi, als die letztens mal danach gefragt hatte, angeschwindelt. »Ist wieder aufgetaucht«, war ihr knapper Kommentar gewesen, zwar nicht ehrlich, aber immer noch besser als Maria bloßzustellen. »Ich komm mir vor wie bei James Bond oder Tatort oder so.«

Kathi war immer noch neben der Spur, atmete tief durch. Dann stieß sie ihre Freundin leicht in die Seite. »Aber jetzt machen wir beide es uns nett, ja?«

»Und wie … was hältst du davon, wenn wir uns auf die Suche nach ein paar Sommersachen machen?«

Sie war stehen geblieben, zeigte nun auf ihre Hose und das brombeerfarbene T-Shirt. »Ich habe das Gefühl, ich trage nur noch Jeans.«

»Passt dir ja gut«, sagte Kathi, die andere musternd.

»Aber ein paar neue Sommerkleider, in denen du deinen Florian bezirzen kannst, wären auch nicht schlecht.«

Sie zwinkerte ihrer Freundin zu, die sich zu einem gequälten Lächeln zwang. Rosa verstand sich selbst nicht, aber an Florian wollte sie im Moment gar nicht denken. »Welche Boutique würdest du mir denn empfehlen?«, fragte sie rasch, vor allem, um dieses ungute Gefühl in ihrer Magengrube loszuwerden.

Kathi setzte sich zielstrebig in Bewegung. »Da weiß ich einige feine …«

Sie zeigte zum dunkelgrauen Himmel, von dem die ersten Tropfen fielen. »Am besten schnell, sonst werden wir noch gebadet … und einen Bikini brauchst du ja jetzt nicht.«

»Na, dann«, murmelte Rosa mit wenig Begeisterung, der der Regen gerade völlig egal war.

So sehr sie sich auch bemühte, Spaß an dem Nachmittag mit Kathi zu haben, auf einmal wollte es ihr nicht mehr gelingen. Stattdessen hätte sie sich am liebsten im Bett unter ihrer Decke verkrochen.

»Du, da gehen wir jetzt rein!«

Kathi war stehen geblieben. Direkt vor »Diana«, einem eleganten Brautmodengeschäft, wie Rosa mit Entsetzen merkte. »Komm, nur so zum Spaß! Wir können uns doch schon mal ein paar Hochzeitskleider anschauen für dich.«

Sie zwinkerte ihrer Freundin zu. »Wer weiß, vielleicht wird's ja schneller ernst mit euch, als du denkst … und dem Johann könnte ich auch eines zeigen, wenn es mir besonders gut gefällt.«

»Du, irgendwie habe ich gar keine Lust«, wehrte Rosa ab.

Bevor Kathi antworten konnte, öffnete sich die Tür des Geschäfts, und eine Frau eilte heraus.

»Oh, hallo, Ines«, stammelte Rosa, als sie die Kinderärztin erkannte.

»Grüß euch, ihr zwei!«, antwortete Ines mit kühler Stimme, spannte ihren Regenschirm auf.

Ihre Blicke trafen sich, fast kam es Rosa vor, als ob die Augen der anderen feucht wurden. Abgesehen davon kam sie ihr auffallend blass und abgespannt vor, gar nicht wie neulich beim Abendessen, wo sie vor Glück gestrahlt hatte. Viel zu tun im Krankenhaus, dazu der Hochzeitsstress, gab sie sich selbst die Antwort.

Gleichzeitig schoss ihr »Sie heiratet Christian« durch den Kopf.

Himmel, der Gedanke tat ihr fast körperlich weh, so als ob sie ihn zum ersten Mal gedacht hatte. Was bestimmt nicht der Fall war ... Jetzt war sie Kathi fast dankbar, dass die sie nach einem kurzen Nicken in Richtung Ines ins Geschäft zog. »Kann ich Ihnen helfen?«, wurden sie gleich darauf von einer herbeieilenden Verkäuferin in Beschlag genommen.

Kathi kam Rosa, die bereits den Satz »Entschuldigung, wir sind eigentlich verkehrt hier« auf den Lippen hatte, zuvor: »Wir suchen ein wunderschönes Brautkleid für meine Freundin.«

Kurz ließ die Frau im eleganten Kostüm den Blick über Rosas Körper gleiten, nickte dann erfreut. »Bei der hübschen Figur werden wir ganz schnell was finden ...«

Sie setzte ein spitzbübisches Lächeln auf, das fast im Kontrast zu ihrem ehrwürdigen Auftreten stand. »Bei Ihnen muss man ja nix kaschieren, sondern kann alles in Szene setzen.«

»Danke«, murmelte Rosa, kam sich wie im falschen Film vor.

Umso mehr, als die Frau zu einem Ständer eilte und einen Kleiderbügel mit einem wirklich wunderschönen Kleid abnahm. Schillernde Perlen zierten den tiefen Ausschnitt und die schmalen Träger des ansonsten schlichten, wohl eng anliegenden, elfenbeinfarbenen Traumkleides. »Fantastisch!«, rief Kathi aus. »Das musst du unbedingt anprobieren!«

Aufgeregt zappelte sie vor ihrer Freundin umher. »Ich seh dich direkt vor mir, wie du darin neben dem Florian in der Pfarrkirche stehst!«

Für einen Augenblick schoss auch Rosa dieses Bild durch den Kopf, verdeckt von gekreuzten Balken samt kreischendem Alarmsignal. Falsch, einfach falsch! Sie schluckte, spürte plötzlich den ekelhaften Geschmack von Magensäure im Mund. Wenn sie nicht aufpasste, landete in diesem eleganten Laden noch ihr Mittagessen höchst unfein auf dem Fußboden. Zumindest wurde es ihr plötzlich ganz klar: Sie konnte Florian unmöglich heiraten. Ja, nicht mal länger mit ihm zusammen sein. Er war sympathisch und herzlich und sah obendrein wahnsinnig gut aus. Aber die Wahrheit war schlicht und ergreifend diese: Sie liebte ihn nicht. Auf jeden Fall nicht genug, um mit ihm ihr Leben zu verbringen. Und auch wenn der Mann, für den dummerweise ihr Herz immer noch wie verrückt schlug, eine andere heiraten würde, mit weniger als diesem Gefühl konnte sie sich einfach nicht zufrieden geben. Wie vom Blitz getroffen fühlte sie sich, gleichzeitig endlich völlig klar. »Alles in Ordnung mit dir?«, fragte Kathi im besorgten Ton, als Rosa die Hände vors Gesicht schlug.

Auch die Verkäuferin reagierte sofort. »Also wenn dieses Stück noch nicht Ihren Geschmack trifft, keine Sorge …«

Sie machte mit ihren Armen ausladende Bewegungen. »Wir haben noch so viel Auswahl, ein Kleid schöner als das andere!«

»Zum Beispiel diesen Traum in Spitze, ein französisches Designerstück.«

Nun hatte sie ein anderes Kleid vom Ständer geholt. Gedecktes Weiß, trägerlos, mit langem, weitem Rock. »Das hat sich die Dame vor Ihnen weglegen lassen.«

Sie machte ein betrübtes Gesicht. »Aber da die Hochzeit leider abgesagt werden musste, ist es nun wieder verfügbar.«

»Ines«, murmelte Kathi, blickte mit vor Überraschung weit aufgerissenen Augen zu Rosa.

Die hatte gar nicht richtig hingehört. Wie auch, wenn ihr gesamter Körper unter Strom stand. Entschuldigend fasste sie Kathi an den Schultern. »Es tut mir leid, aber ich muss dringend nach Hause.«

»Jetzt?«

»Ja. Bitte sei nicht böse, ich ruf dich morgen an!«

»Auf Wiedersehen und vielen Dank!«, verabschiedete sie sich von der etwas ratlos dreinschauenden Verkäuferin, dann war sie auch schon bei der Tür draußen.

An die Strecke von Kitzbühel bis nach Kirchberg, die sie wohl in einer Art Trance zurückgelegt haben musste, konnte sich Rosa kaum erinnern, als sie in den Hof der Ferienpension einbog. Fast wie ein Dampfkessel fühlte sie sich mit ihrem schnellen Atem. Und wenn sie nicht sofort reinen Tisch mit Florian machte, explodierte sie noch. Florian … beim Gedanken daran, dass sie ihm gleich das Herz brechen würde, wurde ihr Hals ganz eng. Trotzdem, ihr Entschluss war gefasst, und ein kleiner Trost war zumindest der, dass er doch wirklich eine Frau verdient hatte, die ihn richtig liebte. Sie konnte nur hoffen, dass er das einmal verstehen würde. Hastig sprang sie aus dem Auto, warf mit Schwung die Tür ins Schloss. Dann lief sie durch den Regen quer über den Hof. »Hast du den Florian gesehen?«, fragte sie gleich darauf Maria von der Küchentür aus, die gegenüber Doris Reichart bei Apfelstrudel und Kaffee am Küchentisch saß, von der kleinen Nele war nichts zu sehen.

»Schon ewig nicht mehr«, sagte Maria.

Auch Doris schüttelte den Kopf. »Keine Ahnung.«

»Kein Problem«, antwortete sie, wandte sich wieder zum Gehen.

Einmal drehte sie sich noch um, registrierte erfreut, dass Doris bereits viel frischer und entspannter als vorhin aussah. Offenbar hatte Maria mit ihrer mütterlichen Art volle Arbeit geleistet, um die krisengeschüttelte Kölnerin aufzubauen. Und der traumhaft leckere Apfelstrudel tat vermutlich auch sein Übriges.

Gleich darauf hastete sie die Treppe zu ihrer Wohnung rauf, vielleicht saß Florian ja am Schreibtisch vor seinem Laptop. Oben am Flur angekommen, blieb sie für einen Moment lang stehen, strich sich eine regennasse Locke hinters Ohr. Vor ihrer Wohnung merkte sie, wie ihr schon wieder mulmig wurde. Und auch ihre Beine wollten nicht so richtig weitergehen, fast so, als ob ihr Körper sie vor etwas schützen wollte. Völliger Schwachsinn, murmelte sie.

Offenbar hatte sie einfach Angst davor, Florian zu verletzen. Aber es ging nun mal nicht anders. Entschlossen setzte sie einen Schritt vor den anderen, drückte die Türklinke zu ihrer Wohnung auf. Leises weibliches Lachen tönte aus dem geschlossenen Gästezimmer. Wahrscheinlich schaute sich Therese einen lustigen Film im Fernsehen an oder telefonierte mit jemandem. Rosa verzog das Gesicht. Lieber hätte sie es gehabt, wenn bei ihrer Aussprache mit Florian niemand anderer in der Wohnung gewesen wäre. Wo war der überhaupt? Weder im Wohnzimmer noch im Schlafzimmer fand sie ihn. Eben wollte sie an die geschlossene Badezimmertür klopfen, als sie wieder ein Lachen aus Thereses Zimmer hörte. Diesmal ein männliches, kehliges, das von Florian. Ohne zu zögern, riss sie die Tür zum Gästezimmer auf und sah Florian und Therese nackt, eng aneinandergeschmiegt im Bett liegen, bis sie in der nächsten Sekunde mit entsetzten Gesichtern auseinanderfuhren. Während Therese im Bett sitzen blieb, sprang Florian auf die Beine. »Es tut mir so leid«, stammelte er und war dabei zumindest so anständig, angemessen schuldbewusst dreinzuschauen.

Rosa brachte kein Wort heraus, während die Gedanken in ihrem Kopf Karussell fuhren. Sie kapierte es nicht: Florian war doch bis über beide Ohren in sie verknallt nach Tirol gekommen! Und dann sollte er sich auf einmal in ihre Schwester verliebt haben? War er so wankelmütig? Verwirrt schüttelte sie den Kopf, bis es ihr wie Schuppen von den Augen fiel. Thereses Satz, als Rosa sie damals vom Bahnhof abgeholt hatte: »Du machst mich richtig neugierig auf deinen Nürnberger …«

Jetzt konnte sie sich erinnern, wie sie damals schon kurz stutzig geworden war, aber nicht erkannt hatte, warum. Jedoch mit keinem Wort hatte sie vor Thereses Ausspruch erwähnt, dass Florian aus Nürnberg kam. Also musste die es deshalb gewusst haben, weil … Rosa schluckte entsetzt … sie und er sich bereits vorher gekannt hatten. Ein ausgeklügelter Plan, um sie an der Nase rumzuführen. Aber warum bloß? Hasste ihre Schwester sie denn so sehr? Mit großen Augen starrte sie Therese an, die bloß mit verächtlichem Ausdruck im Gesicht den Blick senkte. »Mir wäre mehr zugestanden von Tante Gretes Erbe!«, hörte Rosa sie murmeln, bevor sie die zusammengerollten Geldscheine auf dem Teppich neben dem Bett liegen sah. Aha, daher wehte also der Wind. Ein scharfer Stich fuhr durch ihre Brust, als sie daran dachte, dass sie doch tatsächlich daran geglaubt hatte, Therese und sie würden wieder enger zusammenrücken. Alle hatten sie gewarnt. Umsonst, sie hatte wohl erst selbst tüchtig auf die Nase fallen müssen, um zu verstehen, dass es keine sentimentalen Gefühle waren, die ihre Halbschwester nach Kirchberg geführt hatten. »Ich gebe euch eine halbe Stunde Zeit, um zu packen«, sagte Rosa jetzt mit einer auch für sie erstaunlich festen Stimme.

»Wenn ihr bis dahin nicht weg seid, rufe ich bei der Polizei an.«

Als sich ihr und Florians Blick trafen, hätte sie fast laut auflachen können. In was für einem Zirkus war sie gelandet! Eben noch war ihr vor schlechtem Gewissen ganz anders gewesen, und nun war sie die Betrogene! Na ja, mit ein wenig Humor konnte man es auch so sehen: Sie hatte sich zumindest das unerfreuliche Schlussmachen mit Florian erspart. Der setzte nun zum Reden an: »Ich weiß nicht, was in uns gefahren ist.«

Rosa lachte bitter auf. »Ich schon! War ja auch gar kein so übler Plan, der naiven Rosa die große Liebe vorzuspielen, um sie dann abzuzocken.«

Sie wandte sich an Therese. »Wolltet ihr mich bis aufs Hemd ausziehen?«

»Nein«, flüsterte ihre Schwester, ihre Finger fuhren unruhig auf der Bettdecke auf und ab.

»Bloß ein paar Tausender, damit wir wieder besser auf die Füße kommen.«

»Klar …«

Rosa schenkte Florian ein falsches Lächeln. »Als Musiker gibt es ja immer Startschwierigkeiten, nicht wahr?«

Touché! Er zuckte getroffen zusammen, es war fast amüsant zu sehen, wie verdutzt er aus der Wäsche schaute. Nun, sie würde ihn bestimmt nicht aufklären, woher sie ihre Informationen hatte. Bevor sie aus dem Zimmer ging, zeigte sie auf das Geldbündel am Boden. »Das könnt ihr mitnehmen, habt ja schließlich ganz schön viel Arbeitszeit in mich investiert.«

Okay, gar nicht mal so ein übler Abgang. Erst als Rosa auf der Treppe stand, merkte sie, wie ihre Beine drohten, nachzugeben. Wie Gummi fühlten sich ihre Kniegelenke an. Nach Luft schnappend, ließ sie sich auf eine Treppenstufe fallen, während das Erlebte durch ihren Kopf schwirrte. Vielleicht hatte sie ja auch alles nur geträumt oder befand sich noch mittendrin in einem wirklich üblen Albtraum, bei dem man beim Aufwachen erleichtert aufatmete, weil gar nichts Schlimmes passiert war. Nein, kein Traum, kein Aufwachen, nur die unfassbare Wirklichkeit, die sich bestimmt durch den Schock noch ein wenig wie in Watte verpackt anfühlte. War das wirklich sie gewesen, die ihre Schwester und ihren Verlobten zusammen im Bett erwischt hatte? Ungläubig schüttelte sie den Kopf, wollte eben die Augen schließen, als Maria mit geröteten Wangen unten am Treppenabsatz auftauchte. »Rosa, komm schnell! Die Nele ist verschwunden!«

Neben ihr stand nun auch Doris mit einem vom Weinen verquollenen Gesicht. »Sie wollte nur kurz mal zu den Kaninchen gehen, aber da ist sie nicht«, brachte sie mühsam zwischen zwei Schluchzern heraus.

»Und jetzt haben wir sie überall gesucht …«

Das Schluchzen wurde heftiger. So hastig, dass sie fast über ihre eigenen Füße stolperte, sprang Rosa auf. »Habt ihr auch hinten im Garten nachgeschaut?«

Mit angstweiten Augen schaute sie aus dem Fenster im Flur, der Regen draußen kam nun fast sintflutartig vom Himmel. »Ja, überall!«, sagte Maria, man merkte, dass sie jetzt auch den Tränen nahe war.

»Die Kittingers und die Jakobs suchen nochmal den ganzen Hof ab ... die Steffi ist mit dem Konstantin nach vorn zur Hauptstraße gelaufen, und ich ruf jetzt die Polizei an.«

Als Maria das Wort »Hauptstraße« gesagt hatte, schrie Doris laut auf. Um dann leise weiterzuweinen. »Meine Nele, meine Nele ...«

Mit einem dicken Kloß im Hals, der ihr fast die Luft abschnürte, hockte sich Rosa vor sie hin, nahm sie in die Arme. »Jetzt sag doch mal, wie war denn das, wie die Kleine verschwunden ist?«

»Wir sind zu dritt in der Küche gesessen«, stammelte Doris.

»Und ich hab der Maria leise erzählt, dass es für mich kein Zurück mit dem Klaus gibt ... die Nele hat währenddessen ihren Strudel gegessen und mit ihrer neuen Barbiepuppe im Prinzessinnenkleid gespielt ... und plötzlich ist sie aufgesprungen und hat gesagt, sie will zu Schneeflocke und Murmel.«

Ein seltsamer Gedanke kam Rosa, zuerst verschwommen, dann klarer. Vielleicht ja ein völliger Blödsinn, aber sie musste es ausprobieren. »Ich schau einmal zu dem Bankerl oben auf der Alm ... vielleicht ist sie ja da hingelaufen.«

Maria schlug sich entsetzt die Hand vor den Mund. »Bei dem Regen sind ja die Felsen total glitschig!«

Rosa warf ihr einen warnenden Blick zu, dann redete sie wieder mit Doris. »Wir werden sie finden, und alles wird gutgehen, ja?«

Statt einer Antwort nickte die andere bloß, offenkundig resigniert. Rosa streichelte ihren Arm. »Glaub mir, wir finden die Nele … gesund und munter!«

Die letzten Worte hatte sie betont optimistisch gesagt, bestimmt auch, um ihre eigene Angst, die immer mächtiger wurde, zu überdecken. »Ich komme mit!«, rief Doris, aber Rosa schüttelte energisch den Kopf.

»Du kennst dich da nicht aus, das wäre mir keine Hilfe!«

Maria raunte sie noch zu: »Sag den Polizisten, sie sollen mir nachkommen, wenn sie da sind«, schlüpfte in ihre Regenjacke und die Wanderschuhe, dann rannte sie in den strömenden Regen hinaus.

Wie bei einem Weltuntergang fühlte sie sich, als sie über die Wiesen rannte. Ein glatter Wahnsinn, was für Wassermassen vom Himmel runterkamen! Gleich darauf donnerte es, gefolgt von einem Blitz. Und noch einer. »Bitte, lass ihr nichts passiert sein!«, betete sie stumm vor sich hin, zu wem, das wusste sie auch nicht so recht.

Vielleicht zu allen guten Geistern, die bei diesem Mistwetter noch unterwegs waren. So, jetzt noch ein Stück über die Alm, wo der Wind den Regen gegen ihr Gesicht peitschte, dann in das etwas ruhigere Waldstück, und bald würde der felsige Teil des Aufstiegs beginnen. Als Rosa daran dachte, wie leicht man auf den nassen Steinen ausrutschen konnte, sackten vor Sorge fast ihre Beine ein. Nein, sie musste weiter, einfach hoffen, dass Nele keinen Felsen hinuntergefallen war. Falls sie überhaupt den Weg zu der Bank auf dem Berg genommen hatte. Eine Sekunde lang schoss es Rosa durch den Kopf, dass sie sich womöglich völlig unnötig durch das Gewitter quälte, weil das Kind irgendwo ganz anders war. Bestimmt irgendwo in der Ferienpension. Und gleich würde jemand von der Polizei hinter ihr herlaufen und Entwarnung geben. Kurz drehte sie sich tatsächlich um. Nein, kein Mensch zu sehen, also zwang sie sich weiterzugehen, murmelte erneut »bitte, bitte« vor sich hin.

»Rosa!«

Abrupt blieb sie stehen, da hatte doch jemand nach ihr gerufen – oder spielten ihr der Regen und der Sturm einen gemeinen Streich? Dennoch wandte sie sich um, sah einen großen, schlanken Mann auf sich zulaufen. Seine kurzen Haare waren klatschnass, Wasser rann über sein Gesicht. Rosa atmete heftig, auch aus noch weiterer Entfernung hätte sie ihn unter Tausenden erkannt. »Christian! Was machst du denn hier?«

Nun hatte er sie eingeholt. »Mit dir die kleine Nele finden!«

Er sah ihr einen Augenblick in die Augen, vor lauter Rührung versagte ihr die Stimme. Gleich darauf hatte sie sich wieder gefangen. »Danke!«

Er nickte, nahm wie selbstverständlich ihre Hand. »Na, dann komm!«

Ohne ein Wort zu sagen, liefen sie weiter, als die Felsen kamen, half ihr Christian hoch. Nun hatte man eine gute Sicht auf den Großteil des Aufstiegs – aber von Nele war nichts zu sehen. »Da, schau!«, schrie Rosa gegen den Wind, der noch stärker geworden war, an.

Vor ihren Füßen lag völlig durchnässt eine Barbiepuppe. Das hellblaue Prinzessinnenkleid nur noch ein nasser Fetzen. »Die muss von der Nele sein!«

Christian drückte ihre Hand. »Dann sind wir wenigstens am richtigen Weg.«

»Aber wir müssen weiter rauf … oder willst du hier warten?«, fügte er hinzu.

»Nein!«

Sie schaute ihren Jugendfreund, dessen Gesicht durch einen Blitz fast geisterhaft erhellt war, entschlossen an. »Auf keinen Fall!«

Kurz lächelte er ihr zu, dann stiegen sie im stummen Einverständnis weiter die Felsen hoch, jetzt konnte man sogar die kleine Holzbank hinter der großen Föhre sehen. »Wenn sie dort ist, muss sie sofort weg, bevor ein Blitz in den Baum fährt!«, rief Christian, kletterte schneller.

Adrenalin raste durch Rosas Körper, bewirkte, dass sie trotz ihrer Erschöpfung und dem unbändigen Drang, einfach loszuheulen, weitermachte.

Ja, wirklich, unter der Bank kauerte ein kleines Etwas im ehemals rosafarbenen, jetzt schlammig braunen Kleid. »Nele! Wir sind da!«

Sie wurde schneller, kam gleichzeitig mit Christian bei der Bank an, der das wimmernde Kind hochhob und sich mit ihm auf den Rückweg machte. »Ein bisschen weiter unten ist ein Felsvorsprung, da können wir uns hinsetzen und das Gewitter abwarten.«

Er sah sie einen Moment lang an, total innig, wie es ihr vorkam. »Bitte pass beim Abstieg auf dich auf!«

»Ja«, erwiderte sie leise, setzte dann automatisch trittfest einen Fuß vor den anderen. Ohne dass sie nachdenken musste, schienen ihre Füße den Weg alleine zu kennen, Bei den steileren Felsen half sie Christian mit Nele, die sich fest an seinen Hals geklammert hatte. Offenbar war die Kleine völlig geschockt, schien aber zum Glück unverletzt. »Da ist es!«, rief Christian etwa zehn Minuten später, zog mit einer Hand Rosa zu sich unter den Felsen. In seinen Armen lag immer noch Nele, die jetzt zumindest die Augen aufschlug. »Ich wollte zu der Bank, um nachzudenken«, sagte sie leise.

»Ob ich nicht bei dir bleiben kann … weil ich doch jetzt keinen Papa mehr habe.«

Rosa strich ihr über die kleine nasse Wange. »Aber natürlich hast du noch einen Papa! Und der hat dich furchtbar lieb, so wie deine Mama. Die beiden würden niemals ohne dich sein wollen. Und du darfst immer zu mir kommen, wenn du willst und es dir deine Eltern erlauben.«

Mit einem kleinen Seufzer fügte sie hinzu: »Aber bitte lauf nie wieder weg!«

»Ja«, sagte Nele im müden Ton.

Im nächsten Moment war sie eingeschlafen. Rosa betrachtete das kleine Mädchen eine Weile, das da so friedlich schlief, während nicht mal einen Meter von ihrer Zuflucht unter dem Felsen entfernt geradezu ein Inferno tobte. Dann schaute sie zu Christian, der ganz selbstverständlich seinen Arm um sie gelegt hatte. »Und … warum bist du eigentlich zu mir gekommen?«

Sie hörte selbst, wie ihre Stimme dabei zitterte. Christian sah ihr direkt in die Augen, oder besser gesagt bis in ihr Herz, so kam es ihr zumindest vor. »Weil ich dir endlich gestehen wollte, dass ich dich liebe. Nicht erst seit heute. Eigentlich all die Jahre.«

Ihr Herz schien ihr fast aus der Brust zu springen. »Und warum hast du nie etwas gesagt?«, fragte sie leise, während ihr der Puls bis in die Ohren rauschte.

Hilflos zuckte er mit den Schultern. »Weil du in mir doch immer nur einen großen Bruder gesehen hast.«

Halb entsetzt, halb amüsiert lachte sie auf. »Das hast du gedacht?«

Sie gab sich einen Ruck, auch für sie war die Stunde der Wahrheit gekommen. »Ich glaube, ich bin schon in dich verliebt, seit ich ein Teenager war … und dummerweise war ich immer davon überzeugt, dass das nicht auf Gegenseitigkeit beruht.«

Zärtlich zog er sie zu sich heran. »Lauter dumme Missverständnisse.«

»Ja«, hauchte sie, schloss die Augen, denn seine Lippen näherten sich bereits ihrem Mund.

In der nächsten Sekunde riss sie sie wieder auf. »Und was ist mit Ines?«

»Wir haben uns getrennt.«

Fragend schaute er sie an. »Und Florian?«

Sie schüttelte nur den Kopf, versank dann fast in seinen Augen. Auch wenn sie jetzt vor dem Gewitter geschützt waren, schossen Blitze durch ihren Körper. Glücksblitze.

»Dann kann uns nichts mehr trennen, ja?«, flüsterte er ihr ins Ohr, bevor er sie zuerst zärtlich, dann leidenschaftlich küsste.

»Nein«, antwortete sie in Gedanken, hatte das Gefühl zu fliegen …

»Rosa?«

Erschrocken stoben sie auseinander, sahen verlegen zu Nele, die eben aufgewacht war. »Ja?«, sagte Rosa betont munter. »Was ist denn los?«

»Na, das Gewitter ist vorüber!«, rief das Mädchen.

Sie zeigte nach draußen. »Habt ihr das denn nicht bemerkt?«

»Nein«, gestanden Rosa und Christian wie aus einem Mund und prusteten los.

Epilog

Drei Monate später.

»Hab ich da was?«, fragte sie, zeigte dabei auf ihr rechtes Unterlid.

»Ja, die schönsten rehbraunen Augen, die man sich nur vorstellen kann«, antwortete Christan, der an diesem heißen Spätsommer-Nachmittag neben Rosa auf einer Decke im Garten hinter der Ferienpension lag und seinen Arm um sie geschlungen hatte.

»Ich hab eine Mücke oder so was gemeint!«

Gespielt entrüstet setzte sie sich auf, stemmte ihre Arme in die Hüften, sie musste ohnehin gleich aufstehen, um Steffi bei den Zimmern zu helfen. Eine tolle Hilfe, wie Rosa jeden Tag erfreut dachte. Seit zwei Wochen machte das Mädchen, das nach dem Abitur eine Hotelfachschule besuchen wollte, ein bezahltes Praktikum bei ihr. Sie fühlte sich hier offensichtlich total wohl, was vielleicht auch daran lag, dass Konstantin sie jeden Nachmittag abholte. Doch abgesehen davon war Steffi schon nach kürzester Zeit ein guter Ersatz für Maria geworden, die gerade einen Monat Urlaub in Wien machte. Erst am Vortag war wieder eine Ansichtskarte, diesmal mit dem Riesenrad drauf, in Kirchberg eingetrudelt. *Liebe*

Grüße von hoch oben in der Luft, unsere Herzen sind bereits auf Wolke 7 gelandet, Hubert und Maria, stand hinten drauf.

An Therese und Florian, die beide tatsächlich damals mit Sack und Pack verschwunden gewesen waren, als Christian und sie mit Nele zurückgekommen waren, dachte Rosa nicht mehr allzu häufig. Vielleicht würde sie ja einmal ihre Nichte oder ihren Neffen kennenlernen, aber im Moment wollte sie sich gar nicht mit diesem Gedanken befassen. »Einen Kuss noch, bitte«, flüsterte Christian ihr jetzt zu, zog sie, ohne ihre Antwort abzuwarten, zärtlich an sich ran.

»Hab ich dir schon mal gesagt, dass ich dich liebe?«

»Vielleicht …«

»Und dass du mich zum glücklichsten Mann der Welt machst?«

Sie zwinkerte ihm zu. »Meine Pension heißt ja nicht umsonst ›Willkommen im Glück‹!«

»Aha«, grinste er.

Und dann kam sie ihm zuvor und küsste ihn einfach, ihr ganzer Körper kribbelte dabei von den Zehenspitzen bis fast zu ihren dunkelbraunen Locken. Ehrlich gesagt, fühlte es sich immer noch genauso traumhaft an wie beim ersten Mal … wenn nicht sogar noch schöner.

Im Rosenheimer Verlagshaus bereits erschienen

Das Geheimnis auf der Alm
304 Seiten
ISBN 978-3-475-54425-5

Die Physiotherapeutin Regina kehrt zurück in ihr Heimatdorf. Als sie ihrem Jugendschwarm Markus begegnet, flammen alte Gefühle wieder auf. Bei einem Ausflug auf die Hütte seiner Familie stößt Regina jedoch auf ein altes Geheimnis. Statt sich Markus anzuvertrauen, verlässt sie überstürzt die Alm. Der junge Förster glaubt, dass sie ihn nicht liebt, und ist zu stolz, ihr zu folgen. Dann kommt die attraktive Biologin Andrea ins Dorf, für die Markus sofort Feuer fängt. Doch Regina spürt, dass er sie noch nicht vergessen hat. Wird sie sich den Geistern der Vergangenheit stellen?